Liebe mit Knalleffekt

Ein Roman von Anika Werkmeister

Für dich, für mich, für alle.

Herstellung und Verlag: BoD – Books on Demand, Norderstedt.
ISBN: 9783739208503

Alle Rechte vorbehalten.
Nachdruck, auch auszugsweise, verboten.
Kein Teil dieses Werkes darf ohne schriftliche Einwilligung der Autorin in irgendeiner Form reproduziert oder unter Verwendung elektronischer Systeme verarbeitet, vervielfältigt oder verbreitet werden.

Liebe mit Knalleffekt

Ich verstehe wirklich nicht, wie das passieren konnte. Gut es gab dieses eine Mal, an dem wir es getan haben, ohne vorher zu überlegen und wohl auch, ohne zu verhüten. Aber, und jetzt kommt das, was ich am wenigsten verstehe, ich habe nie geglaubt, dass es so etwas wirklich gibt. Ich hielt es immer für eine Ausrede. Ich habe doch meine verdammte Periode bekommen. Wie also konnte ich jetzt hier sitzen und auf die zwei rosa Striche auf meinem Schwangerschaftstest starren?

Steven und ich kennen uns gerade mal ein paar Wochen. Er ist der Onkel meiner kleinen Patientin. Ich bin Kinderkrankenschwester im Sana Klinikum in Hameln. Nele verlor bei einem Autounfall auf der Umgehungsstraße zwischen Hameln und Hessisch Oldendorf ihre Mutter, ihren Vater und auch den jüngeren Bruder. Alle auf Station haben geweint, als die Nachrichten im Radio so emotionslos herunter gesprudelt wurden. Nele wurde gerettet, für alle anderen kam jede Hilfe zu spät. Als der Ersthelfer sich umdrehte, brannte das Auto schon lichterloh. So viel Glück muss man erstmal haben. Nele hatte kaum Verletzungen. Die Schwierigkeit bestand darin, jemanden zu finden der mit ihr verwandt war und sich um Sie kümmern konnte. Tja das war dann Steven. Als er ins Zimmer kam, hörte die Welt auf sich zu drehen. Ich konnte nicht mehr atmen, nicht mehr denken, ich wollte nur in seine Arme sinken und mich an seine Brust kuscheln.

Ihm ging es zum Glück genauso. Unsere Beziehung entwickelte sich nach anfänglichen Schwierigkeiten rasant. Nachdem Nele entlassen wurde, zog ich mit den beiden zusammen. Das ist jetzt eine Woche her, tief in meinem inneren hatte ich gehofft das wir unser

Leben jetzt entschleunigen können. Doch mit diesen beiden rosa Strichen ist das wohl nicht möglich.
Ich weiß nicht, ob ich mich freuen, oder heulen soll. Nach unendlichen Minuten stehe ich auf und stelle mich vor den Spiegel. Ich kann mir nicht vorstellen das dort, in meinem Bauch, jetzt ein kleiner Mensch heran wachst. Schwangerschaftstests sind doch auch nicht zu 100 % sicher oder? Vielleicht habe ich ja irgendeine Krankheit, die einem eine Schwangerschaft vortäuscht? Für einen Moment keimt Hoffnung in mir auf. Vielleicht ist das alles auch nur ein versehen, vielleicht …
Ich schüttel den Kopf, tief in mir drin weiß ich, dass der Test recht hat. Ich bin schwanger und daran lässt sich eigentlich nichts mehr ändern.
Was aber ist, wenn unsere, noch so junge Beziehung an der Verantwortung zerbricht? Kann ich ertragen, wenn ich Nele und Steven verliere? Es ist eine Sache sich einer dreijährigen anzunehmen, nicht wissend, wie das Zusammenleben mit einem Kind ist und etwas ganz anderes sofort ein gemeinsames Kind zu bekommen.
Panik steigt in mir auf, mein Atem geht schneller und mein Herz rast.
Um mich zu beruhigen, gehe ich ans Fenster und starre in den Vorgarten, so als ob dort die Antwort liegt, die einzig wahre Lösung für mein Dilemma. Nachdem ich mich etwas beruhigt habe, stelle ich mich vor den großen Spiegel, rolle mein Shirt hoch und betrachte mich von allen Seiten.
Ob das ein Spiel ist, das alle schwangeren spielen, ich weiß es nicht. Ich streiche mit der Hand über meinen flachen Bauch. Natürlich kann man noch nichts sehen, aber lange wird es nicht mehr dauern. Dann findet man keinen Unterschied mehr zwischen mir und einem Wal.

Die Stimmen meiner Lieben holen mich zurück in die Wirklichkeit. Sie sind unten in der Küche und bereiten das Frühstück vor.
Ich steige die Treppe zum Erdgeschoss hinunter, in der Tür bleibe ich stehen und lehne mich an die Zarge, die beiden sind so beschäftigt, dass Sie mich nicht bemerken. Nele hat ein Messer in der Hand und schneidet eine Gurke in Scheiben. Steven steht daneben, um sofort eingreifen zu können, sollte etwas schief gehen.
»Guten Morgen ihr beiden, so wie es aussieht, braucht ihr mich ja nicht.«
Kokett grinse ich Steven an, der mit strahlenden Augen zu mir schaut.
»Nein Du kannst wieder ausziehen«, sagt er mit einem lächeln in der Stimme.
»Ich weiß schon gar nicht mehr, warum ich dich unbedingt in meiner Nähe haben wollte!«
Ich fühle einen Stich in meinem Herzen, auch wenn ich weiß, dass er es nicht ernst meint, tun mir seine Worte weh.
In Sekundenbruchteilen entscheide ich mich, es ihm nicht übel zu nehmen. Ich gehe zu ihm und kneife ihn in den Arm.
»Aua«, sagt er vorwurfsvoll.
»Das hast du jetzt davon, wie kannst du nur so etwas zu mir sagen? Und dann auch noch vor Nele?«
Mit versteinertem Gesicht und vor der Brust verschränkten Armen sehe ich ihn böse an.
»Das war doch nur Spaß«, verteidigt er sich. Mit einem Zwinkern lasse ich ihn stehen und gehe zu Nele, streiche ihr übers Haar und gebe ihr einen Kuss auf die Wange.
»Hauptsache du hast mich noch lieb«, necke ich Steven weiter.
Nele nickt und widmet sich wieder ihrer Gurke.

Mein Magen gibt ein lautes Grummeln von sich. Ich zucke mit den Schultern. Hunger habe ich schon, doch alleine bei dem Gedanken mir etwas in den Mund zu schieben wird mir schlecht. Ich spüre eine leichte unterschwellige Übelkeit. Wie soll das nur weiter gehen? Hunger ist da aber essen kann ich nichts. Vielleicht geht es mir später ja besser und ich kann dann eine Kleinigkeit essen.
Ich drehe mich um, und nehme meine Lieblingstasse, groß mit roten Herzen, aus dem Schrank und gieße mir eine Tasse Kaffee ein.
»Das solltest du lieber nicht trinken.«
Wenn er wirklich denkt, ich würde unser Ungeborenes absichtlich gefährden, hat er sich getäuscht.
Erneut spüre ich diesen Stich im Herzen. Traurig lasse ich den Kopf hängen.
»Warum denn nicht? Meinst du allen Ernstes, eine Tasse Kaffee, schadet unserem Würmchen? Ich denke eher nicht! Ich kenne viele schwangere, die sich einen Kaffee am Morgen gönnen.«
Abwehrend hebt er die Hände.
»Schon gut, schon gut, vergiss das ich etwas gesagt habe, und bevor du mir den Kopf abreißt, fahre ich jetzt lieber zur Arbeit … FRAUEN! … Schlimm sind die«, schimpft er beim Gehen vor sich hin.
»Das habe ich gehört«, rufe ich noch, bevor Steven die Tür hinter sich zuschlägt. Lächelnd wende ich mich wieder meinem Kaffee zu.
So schnell, wie die Tür geschlossen ist, geht sie wieder auf. Steven eilt zu mir und Nele, gibt uns einen Kuss und geht zurück in den Flur.
»Ich hoffe doch, das, das nicht noch schlimmer wird!«
Auch er lächelt. Wie gut das er das nicht ernst meint. Ich meine, ich hoffe, dass er es nicht ernst meint. Und genau hier erscheinen sie wieder, meine eintausend Probleme. Ich liebe diesen Mann, aber ich kenne ihn nicht. Ich kann nicht mit Bestimmtheit sagen, dass er

das Gesagte nicht ernst meint. Dass sein lächeln, dass er mir jetzt zeigt, aufrichtig ist. Ich kann nicht wissen, wie es erst sein wird, wenn das Baby auf der Welt ist.
Nie in meinem Leben war ich so sehr auf meinen Instinkt angewiesen wie in den letzten Tagen und Wochen. Doch er scheint mich im Stich gelassen zu haben, ich kann nur vertrauen und das fällt mir, nach der Schlappe mit Monia und Ronny schwerer als alles was ich je zu bewältigen hatte. Ich schäme mich, dass ich denke, wie ich denke, und versuche wirklich unvoreingenommen an meine neue Beziehung heranzugehen. Ich hoffe, es gelingt mir bald.
Ein wenig denke ich noch an den eben gesagten Satz, während ich an meinem Kaffee nippe.
Als Nele fertig ist mit frühstücken, rufe ich im Krankenhaus an, ich brauche einen Termin bei der Gynäkologin.

*

Da ich genau weiß, dass man im Krankenhaus durchaus auch mal länger warten muss, bringe ich Nele zu meiner Mutter. Mit verschwitztem, gerötetem Kopf komme ich nur zehn Minuten später im Krankenhaus an. Völlig erledigt lasse ich mich auf einen der freien Stühle im Wartebereich fallen.
Vor Aufregung zittern meine Hände. Ich bin so gespannt, ob man schon etwas erkennen kann. Die Zeit vertreibe ich mir, in dem ich in den vielen Elternzeitschriften blätter, die im Wartebereich herumliegen. Als ich wieder aufsehe, ist bereits eine Stunde vergangen.
Ich vertiefte mich wieder in meine Zeitschrift. Ich bin nie auf den Gedanken gekommen, dass die Elternschaft so aufregend sein kann.
Als ich angesprochen werde, zucke ich ein wenig zusammen.
»Angie? Ah hier bist du, komm doch mit mir mit, dann wollen wir uns dein Überraschungsei mal ansehen.«
Mit unserer Gynäkologin habe ich noch nicht viel zu tun gehabt. Doch von Ellen weiß ich, dass Sie ihre Patientinnen immer mit dem Vornamen anspricht, um eine gewisse Vertrautheit aufzubauen.
Ich stehe auf und folge ihr. Der Raum, in den Sie mich führt, ist abgedunkelt. Der Untersuchungsstuhl, von dem ich jedes mal glaube, dass er mich fressen wird, wenn ich mich auf ihm niederlasse, steht mitten im Raum. Hinter einem Vorhang ziehe ich mich aus und klettere etwas unwillig hinauf.
Frau Dr. Hillebrand lässt sich auf einen niedrigen Hocker sinken und taucht zwischen meinen Beinen ab.
»Entspann dich, es wird nicht wehtun!«

Ich weiß sehr wohl, dass diese Art von Untersuchung nicht weh tut, allerdings ist es mir jedes Mal sehr peinlich, wenn ich meine Scham so unverblümt zur Schau stellen soll.
Ich atme dreimal tief durch und versuche an etwas anderes zu denken, an einen Zahnarztbesuch zum Beispiel.
Frau Doktor dreht nach ein paar Minuten einen kleinen Bildschirm zu mir,
»Schau mal, hier haben wir das kleine Wunder! Das ist deine Gebärmutter und das, was aussieht wie ein kleiner Fisch, ist dein Embryo.«
Mit dem Finger fährt sie über den Bildschirm und zeigt mir alles, doch ich erkenne nichts außer Grau, ein bisschen schwarz und vielleicht einen Hauch von weißen Sprenkeln.
»Wenn Sie das sagen, wird es schon stimmen! Ich erkenne nichts«, gebe ich mürrisch zurück. Irgendwie habe ich mir das alles spektakulärer vorgestellt. Ich bin enttäuscht, weil ich nichts erkennen kann.
»Ich werde dir alles markieren, dann kannst du zuhause so tun als wüsstest du genau, wovon du redest!«
Mit einem Lächeln auf den Lippen tippt Sie ein paar Mal auf der Tastatur herum und druckt dann ein Bild für mich aus.
Als ich angezogen an ihrem Schreibtisch sitze, überreicht Sie mir das Bild mit den Worten:
»Nach meinen Berechnungen bist du etwa in der sechsten Schwangerschaftswoche. Der errechnete Geburtstermin wäre dann der 12.03.2013.«
Ich schlucke, das ist der Tag, an dem Ronny mich verlassen hat, nur ein Jahr später. Heute weiß ich, dass wir beide einer Intrige zum Opfer gefallen sind. Meine damals beste Freundin brachte uns auseinander. Sie war eine Intrigantin par excellence und das alles nur, weil Ronny lieber mit mir zusammen war.

Ich weiß nicht, was ich dazu sagen soll, das kann doch kein Zufall sein oder?
Dennoch kann ich ein kleines Grinsen nicht unterdrücken.
Das Schicksal ist ein mieser Verräter, der Buchtitel von John Green findet immer wieder einen Weg in mein Leben.
Auf dem Weg nach Hause starre ich immer und immer wieder auf das Ultraschallbild.
Als ich die Haustür aufschließe, und mich nichts als herrliche Ruhe empfängt, wird mir bewusst, dass ich etwas vergessen habe. Nele ist immer noch bei meiner Mutter. Ich lege das Ultraschallbild auf den Küchentresen und eile zu ihr. Mutti muss mich schon von weiten gesehen haben, denn sie erwartet mich bereits an der Haustür, mit vor der Brust verschränkten Armen. Das bedeutet nichts Gutes.
»So, so, eine Stunde! Höchstens zwei ja?«
Ihr Ton lässt keinen Zweifel daran, dass Sie ziemlich sauer ist. Würde ich direkt vor ihr stehen, müsste ich einen Schirm aufspannen, wie immer wenn Sie wütend ist, fliegt der Speichel nur so aus ihrem Mund.
Ich versuche, Schuldbewusst auszusehen.
»Es waren vier! Vier Stunden! Meine Verabredung kann ich jetzt vergessen, Dankeschön!«
Es tut mir wirklich leid, doch woher hätte ich wissen sollen, dass es doch so lange dauert?
»Entschuldige, von einer Verabredung hast Du nichts gesagt, sonst hätte ich mich doch beeilt.«
Auch wenn das eigentlich nicht möglich ist, will ich nicht, dass Sie sich noch mehr aufregt.
Ich fühle mich wie damals als ich 12 Jahre alt war und ihren Lieblings Pulli versteckt habe. Damals drohte sie mir, mich zur Adoption frei zu geben. Wegen einem Pullover das muss man sich mal vorstellen.
Heute weiß ich das es ein ziemlich teurer Kaschmir

Pulli war, den Sie, um uns etwas zu essen kaufen zu können, zurück ins Geschäft bringen wollte.
Irgendwann werde ich ihr die Wahrheit erzählen, ihr sagen, dass ich vergessen habe, dass ich jetzt nicht nur schwanger, sondern auch eine Drei jährige Tochter habe.
»Ich hoffe, du hast, mir zumindest ein Bild mitgebracht?.«
Der Spannung ihrer verschränkten Arme lockert sich und ich kann es wagen, einen Schritt auf Sie zuzugehen. Ich hoffe, sie wird nicht gleich wieder zur Furie, wenn ich ihr sage, dass ich das Bild zuhause gelassen habe. Ich grinse Sie an, wie ich es schon als Kind getan habe, und rücke mit der Sprache heraus.
»Das habe ich in meine Küche gelegt, entschuldige ich war so durcheinander. Ich kann das alles noch gar nicht fassen!«
Endlich lässt Sie die Arme sinken und nimmt mich in den Arm, genau das brauche ich jetzt. Als wenn sich eine Schleuse öffnet, rollen die Tränen in Sturzbächen meine Wangen hinunter.
»Na gut es sei dir verziehen, dann komme ich jetzt eben mit zu Euch. Das heißt, wenn du nichts dagegen hast.«
»Nein, natürlich nicht, Nele«, rufe ich in die Wohnung hinein.
»Komm wir gehen nach Hause.«
Nele kommt aus dem Wohnzimmer gerannt und stemmt die Hände in die Hüfte. Fehlt nur noch das Sie auf den Boden stampft, anfängt zu heulen und sich auf den Boden wirft, und sich auf den Boden wirft und strampelt. Irgendetwas muss heute in der Luft liegen, die Menschen sind schlecht gelaunt und aggressiv. Dabei ist heute doch einer der schönsten Tage meines Lebens. Ich bin schwanger, habe ein Ultraschallbild bekommen. Ich fühle mich, als wenn ich die ganze Welt umarmen kann.

»Ich will aber hier bleiben«, schreit Nele mich mit starren Augen an.
»Oma kommt mit uns, alleine hier bleiben kannst du nicht«, ich bemühe mich ruhig zu bleiben, obwohl ich mich tierisch ärgere. Ist dieses Verhalten normal in ihrem Alter? Ich glaube, ab jetzt muss ich mehr von diesen Mamizeitschriften lesen.
Nele lässt die Schultern hängen, zieht ihre Schuhe an und kommt mit uns.
Vielleicht bin ich ja ein Naturtalent, eine Mami, wie Sie im Buche steht, die Situation ließ sich einfacher klären als gedacht.
Den ganzen Weg über sagt Nele kein Wort. Ich mache mir ein wenig Sorgen. Sie ist so komisch geworden nach ihrem Geburtstag, so abweisend und einsilbig.
Beim Bäcker kaufen wir noch etwas Erdbeerkuchen, meine Lieblingsspeise, ich könnte den ganzen Tag nichts anderes essen.
»Mit wem warst Du eigentlich verabredet?«, frage ich meine Mutter, als wir gemütlich im Esszimmer sitzen und Kaffee trinken.
Kaffee, der schwarze Bösewicht unter den Getränken, wenn es nach Steven geht. Genüsslich führe ich den Becher an meine Lippen und trinke einen großen Schluck. Er kann toben, wie er will, meinen Kaffee lasse ich mir nicht streitig machen.
»Dreimal darfst du raten.«
»Mit meinem Vater?«
Ungeduldig verdrehe ich die Augen.
»Genau.«
»Warum hast du mir nichts davon erzählt? Ich hätte Nele auch mitnehmen können.«
»Ach ich weiß auch nicht, ich habe befürchtet, du würdest ausrasten. Obwohl es dazu gar keinen Grund gibt«, fügt sie schnell hinzu und greift nach ihrer Kaffeetasse, damit ihre Hände etwas zu tun haben.

»Naja ausrasten ist das falsche Wort, ich versteh nur nicht, warum er nach all den Jahren wieder kommt, was will er denn von dir?«
Auch ich greife nach der Tasse, es kostete mich unheimlich viel Beherrschung, meine Mutter nicht zu schütteln. Wie oft haben wir das jetzt schon mitgemacht? Wie oft ist er aufgetaucht um dann, sobald er etwas Geld bekommen hat, wieder untergetaucht?
»Er will mich wieder haben.«
Skeptisch ziehe ich die Augenbrauen zusammen, wenn das sein einziger Grund ist, bin ich die Kaiserin von Österreich.
»Ja, aber warum?« Hake ich nach.
»Weil ich das auch will!«
Fast hätte ich mich an dem Kaffee verschluckt. Mit weit aufgerissenen Augen starre ich meine Mutter an, hat sie das eben wirklich gesagt? Hat sie nach all den Jahren immer noch Gefühle für meinen Vater? Wie kann das sein?
»Das ist nicht dein Ernst«, presse ich zwischen zwei Hustenanfällen hervor. »Irgendwann muss ich dir mal alles erzählen, es gibt so viel, was du nicht weißt. Vielleicht kannst du mich dann ein bisschen besser verstehen.«
Nur schwer kann ich das verächtliche Schnauben unterdrücken.
Auch diese Masche kenne ich schon zu Genüge. Ich verwette meinen Hintern, dass er verschwindet, sobald die Barschaft meiner Mutter erschöpft ist. Sie wird schon sehen, was Sie davon hat, ich jedenfalls tröste Sie dann nicht schon wieder.
»Warum erzählst du mir die ganze Geschichte nicht jetzt? Wir haben alle Zeit der Welt.«
»Weil ich endlich das Ultraschallbild sehen möchte.«
Ein gutes Ablenkungsmanöver, das muss ich ihr lassen. Ich gehe in die Küche und hole das Bild. Nach

dem Sie es eingehend studiert hat, fängt sie an, zu grinsen.
»Wirklich erstaunlich, wie die Technik sich entwickelt hat, früher konnte man nie etwas erkennen.«
»Sag bloß, du weißt, was man da sieht?«
Erstaunt nehme ich das Ultraschallbild wieder an mich und starre auf, schwarze, graue und weiße Pixel.
Meine Mutter steht auf, kommt um den Tisch herum und setzt sich neben mich.
»Natürlich, das sieht man doch sofort.«
Wie schon die Ärztin fährt sie mit dem Finger über das Bild und erklärt mir, was Sie sieht. Verwirrt zucke ich mit den Schultern.
»Ich erkenne da immer noch nichts.« Gebe ich zu.
»Das wird sich bald ändern, schau nochmal genau hin, da ist ein kleiner schwarzer Fleck, der aussieht wie ein Bärchen, siehst du es? Das ist das Baby.«
Meine Mutter ist total enthusiastisch, immer und immer wieder zeigt sie auf eine Stelle des Bildes und gluckst wie ein kleines, fröhlich, spielendes Kind.
Als Sie es mir zurück gibt, sehe ich noch ein bisschen auf die Stelle, an der das Baby schwimmen soll.
Plötzlich und ohne Vorwarnung, so als wenn sich meine Fantasie eingeschaltet hat, erkenne ich, was sie so verzweifelt versucht hat, mir zu zeigen. Mein Gummibärchen.
»Da! Ich sehe es, ein Gummibärchen.«
»Ich will auch ein Gummibärchen.«
Meine Mutter und ich sehen uns an und fangen an zu lachen. Nele ist unbemerkt zu uns ins Esszimmer gekommen. Sie steht vor mir und hält ihre Hand auf.
»Das Bärchen ist ein Baby und das Baby ist in meinem Bauch«, versuche ich ihr zu erklären.
»Warum hast Du das Baby aufgegessen? Verwirrt zieht sie ihre Hand zurück.

Mama und ich können nicht an uns halten, wir lachen, bis unsere Augen ganz feucht werden. Nele guckt beleidigt und geht zurück in ihr Zimmer.
Nachdem wir uns wieder beruhigt haben, frage ich meine Mutter,
»Wie erklär ich Ihr am besten, wie das Baby in meinen Bauch gekommen ist?«
»Das kann ich dir auch nicht sagen, ich habe dir damals nicht gesagt, dass ich ein Baby bekomme. Du hast dich nur irgendwann gewundert, dass ich immer dicker wurde. Als ich dann aus dem Krankenhaus kam, hast Du dich gefreut und keine Fragen gestellt.«
Verschwörerisch beuge ich mich über den Tisch und sehe meiner Mutter direkt ins Gesicht.
»Erklär mir doch jetzt, wo Nele in ihrem Zimmer ist, was Du mir bei Gelegenheit erzählen wolltest.«
Meine Mutter steht auf und dreht sich zum Fenster um. Ihr Blick verschleiert sich, Sie scheint in ihren Gedanken zu einem weit entfernten Ort zu wandern. Als Sie endlich zu sprechen anfängt, klingt ihre Stimme so anders, sie ist belegt und droht zu versagen.
»Ich möchte jetzt lieber nicht darüber sprechen.«
Ich sehe an ihrer Haltung, das es ihr nicht leicht fällt mir zu erzählen, was Sie erzählen muss. Es scheint ihr schwer auf der Seele zu lasten.
»Warum denn nicht?« Bohre ich dennoch nach.
Ich gehe zu Ihr und umarme Sie. Ich merke, dass es Zeit wird, dass Sie mir ihr Geheimnis anvertraut.
Jeder Muskel in ihrem Körper vibriert.
»Weil ich noch nicht so weit bin und der richtige Zeitpunkt ist es auch nicht!«
Um einem weiteren Gespräch aus dem Weg zu gehen, macht sie sich von mir los, nimmt die Teller vom Tisch und geht in die Küche.
Für mich ist es das sichere Zeichen, das ich nicht weiter versuchen muss, mit ihr über das Thema zu

sprechen. Ich lasse es erst einmal fallen und gehe hoch zu Nele.
Als ich in ihr Zimmer komme, liegt sie auf dem Bett und hat den Kopf im Kissen vergraben.
»Hey Kleine, was ist denn los?«
Ich setze mich auf die Bettkante und streiche ihr über den Rücken, doch sie schlägt meine Hand weg.
»Ich will zu meiner Mama!«
Mir krampft sich das Herz zusammen.
»Aber Du weißt doch, das, das nicht geht! Deine Mama ist im Himmel. Zusammen mit Papa und Bastian. Wenn du möchtest, können wir uns ein paar Bilder ansehen?«
Nele schüttelt den Kopf und schickt mich aus ihrem Zimmer. Davor habe ich mich gefürchtet, Ablehnung, ich weiß nicht, wie ich damit umgehen soll.
Außerdem ist Nele noch viel zu klein, um zu begreifen, was es heißt, tot zu sein. Nie mehr wieder zu kommen und irgendwo begraben zu sein.
Wenn Steven von der Arbeit zurück ist, muss ich mit ihm sprechen. Wir brauchen einen Plan um es der Kleinen leichter zu machen.
Ich gehe wieder hinunter, meine Mutter sitzt mittlerweile im Wohnzimmer auf der Couch. Unentschlossen, was ich tun soll, bleibe ich in der Tür stehen. Ich kämpfe den dicken Kloß in meinem Hals hinunter und versuche nicht zu weinen, doch es fällt mir wirklich schwer.
Neles Worte lasten schwer auf meiner Seele. Wie sehr würde ich mir wünschen, dass Sie nicht mit diesem Schicksal hadern muss. Dass ihre Eltern für Sie da sein können und Sie ein ganz normales Leben führen kann. Ich fühle für dieses kleine Mädchen gerade nichts anderes als Mitleid.
»Nele will zu ihrer Mutter!«, flüster ich.
Kaum habe ich das ausgesprochen, weine ich erneut.
Meine Güte Hormone sind wirklich schrecklich!

Mama steht sofort auf, eilt zu mir und nimmt mich in den Arm. Mir ist das gerade alles zuviel. Ich klammer mich an Sie wie ein ertrinkendes Kind und lasse meinen Gefühlen freien Lauf.
Hormone sind was Feines, dass sie allerdings schon so früh Achterbahn fahren, war mir noch nie so klar wie in diesem Moment.
»Hey nicht weinen, das wird schon wieder. Gib ihr etwas Zeit! Es ist normal das Sie ihre Mama vermisst. So geht es doch jedem, der die geliebten Eltern verliert. Egal wie alt man ist.«
Auch wenn mich ihre Worte nicht wirklich trösten können, sie reichen aus, damit ich aufhören kann zu weinen.
»Was soll ich denn jetzt machen? Wie soll ich reagieren, wenn Sie nach ihrer Mama fragt? Sie ist doch noch so klein, ich kann sie nicht da oben alleine lassen, mit ihrem Kummer.«
»Geh hoch und versuch Sie zu trösten, sei einfach für Sie da, es wird sich alles wieder in Luft auflösen hab nur ein wenig Geduld.«
Wenn es doch so einfach wäre, ich glaube nicht, das Nele einfach irgendwann ihre Mutter vergisst. Aufhört nach Ihr zu fragen und mich an Ihre Stelle setzt.
»Geh jetzt zu Ihr, ich werde nach Hause gehen.«
»Okay danke Mama.«
Sie verabschiedet sich mit einem Küsschen. Der überstürzte Aufbruch kommt mir spanisch vor, so als wenn Sie nur auf eine Gelegenheit gewartet hat, um gehen zu können.
Ich schiebe den Gedanken beiseite, momentan gibt es dringendere Probleme, um die ich mich kümmern muss.
Ich mache mir bewusst das, egal was gleich passiert, Nele gerade mal drei Jahre alt ist und gar nicht anders reagieren kann. Wenn Sie will, kann sie mich hauen,

beißen treten, ich werde ruhig bleiben und alles ertragen.
Mit einem unguten Gefühl im Bauch gehe ich wieder zu ihr, Sie liegt immer noch auf dem Bett und weint. Sie tut mir so leid, ich ziehe Sie hoch und lege ihren Kopf in meinen Schoß. Sanft streiche ich Ihr die Haare aus dem Gesicht, während ich leise eins von den wenigen Schlafliedern summe, die ich kenne.
Nach und nach versiegt der Tränenstrom, und Sie beruhigt sich sichtlich, nur die Schultern zucken noch ein wenig. Sie dreht sich um und sieht mir direkt ins Gesicht, ich versuche es mit einem zarten Lächeln. Plötzlich springt Nele auf und wirft sich mir an den Hals. Ich wage nicht, mich zu bewegen. Halte Sie einfach nur fest. Wir sitzen noch eine ganze Weile auf ihrem Bett, erst als Nele eingeschlafen ist, lege ich Sie zurück und decke Sie zu. Ich beobachte Sie noch fünf Minuten und gehe dann zurück nach unten.
Die Ruhe behagt mir nicht, ich schalte den Fernseher ein und zappe durch das Programm. Ich fühle mich so hilflos. Was kann ich nur tun, damit Nele wieder fröhlich wird?
Ich schalte den Fernseher wieder aus und stehe auf.
Ruhelos wander ich durchs ganze Haus. Ich kann mich nicht ablenken und gehe noch einmal hoch ins Kinderzimmer.
Nele scheint schlecht zu träumen, sie wimmert und dreht sich, von einer, auf die andere Seite. Ich setze mich zu Ihr, streiche über ihr Gesicht und summe. Nele wird wach und sieht mich mit verschlafenen Augen an.
»Geh weg«, schreit sie als ihre Augen, die meinen finden.
»Süße du hast schlecht geträumt, komm in meine Arme wir gehen in die Küche und trinken einen Kakao.«

Widerwillig lässt Sie sich von mir hochnehmen. Ihr ganzer Körper ist angespannt. Deutlich spüre ich ihre momentane Abneigung mir gegenüber.
»Möchtest du einen warmen Kakao?«
»Ja.«
Wenigstens antwortet Sie mir noch.
»Okay dann dauert es aber etwas länger, möchtest du während die Milch warm wird etwas essen? Es ist noch Erdbeerkuchen da.«
Auch wenn ich mich nicht so fühle, gebe ich mich lässig. Ich möchte es ihr nicht noch schwerer machen.
»Ja!«
Ich stelle ihr einen Teller mit Kuchen auf den Tresen und setze Sie auf einen der Hocker. Sofort fängt sie an zu essen. Als auch der Kakao fertig ist, setze ich mich ihr gegenüber, ich sehe Sie die ganze Zeit an. Nele lacht mich an und wirft mir einen Kuss zu. Vielleicht ist alles nur halb so schlimm, und das Problem erledigt sich wirklich von alleine? Vielleicht hat meine Mutter ja recht und alles, was Nele braucht, ist Geduld, Liebe und ganz viel Zeit.
»Gehen wir gleich zusammen auf den Spielplatz?«
»Nein.«
Nele sieht mich wieder böse an, klettert vom Stuhl und rennt hoch in ihr Zimmer. Ich habe mich wohl zu früh gefreut.
Dieses Hin und Her, das Gefühlschaos dem ich gerade ausgesetzt bin, macht mich ganz wuschig. Mit einem Knall fällt ihre Tür ins Schloss.
Ich muss wohl einsehen, dass dieses Problem etwas länger an uns haften wird und das Geduld etwas ist, von dem ich mehr aufbringen muss als von Liebe.
Trübsinnig stelle ich den benutzten Teller in die Spülmaschine, wenigstens hat sie etwas gegessen. Den Kakao hat sie nicht angerührt. Ich nehme den Becher, eine Flasche Apfelsaft und bringe es nach oben. Getrunken hat sie heute definitiv zu wenig.

Als ich die Tür öffnen will, bekomme ich sie nicht auf. Nele scheint etwas davor gestellt zu haben.
„Nele, bitte nimm deine Spielsachen von der Tür weg, ich komme nicht rein! Ich habe hier etwas Apfelsaft für dich, du musst doch trinken."
»Neiiiiiiiiiiiiiiiiiiiiiiiiiiiiiiiin!«
Ich habe nicht gewusst, wie schnell Kinder einen zur Weißglut treiben können. Wütend klopfe ich an ihre Tür, etwas strenger als beabsichtigt wiederhole ich meine Bitte.
»Nele! Nimm! Das! Spielzeug! Von! Der! Tür! Weg!«
»Neiiiiiiiiiiiiiiiiiiiiiiiiiiiiiiiin! Hau ab!«
»Ich werde nicht weggehen, du machst sofort die Tür frei.«
Nele antwortet nicht, ich höre Sie nur ihre Spielzeugkisten durchwühlen. Mit aller Kraft, die ich aufbringen kann, stemme ich mich gegen die Tür, doch ich bekomme sie nicht auf. Was hat sie bloß alles davor gestellt? Deprimiert gehe ich hinunter und hole mein Handy, ich muss Steven anrufen. Ich muss mir jetzt einfach mal Luft machen. Und er soll bloß nicht denken, es ist hier zu Hause ja so nett und einfach. Nein, ich kann ihm einfach nicht verheimlichen, was hier los ist. Es dauert eine Weile, bis er den Hörer abnimmt.
»Ja was ist denn?«
Steven verstimmt.
»Hi Schatz, ich habe ein Problem. Nele ist außer Rand und Band. Ich darf sie den ganzen Tag schon nicht anfassen. Sie weint nach ihrer Mutter, isst und trinkt kaum. Jetzt hat sie ihre Spielzeugkisten vor die Tür geschoben, ich komme nicht rein!«
Ich hoffe, er erkennt, wie dringend es ist, das er mir hilft.
»Lass Sie, sie wird schon wieder raus kommen, ich kann jetzt von hier doch auch nichts machen! Obwohl,

frag Sie doch mal, ob Sie mit mir sprechen möchte, nur beeil dich, ich habe eigentlich keine Zeit!«
Er hat keine Zeit, ja super, ich brauche ihn aber gerade dringend. Brauche seinen Zuspruch, seine Unterstützung. Was in aller Welt konnte schon Wichtiges in einem Zoo passieren. Warum habe ich gerade das Gefühl an zweiter, vielleicht sogar dritter Stelle zu kommen? Halt stopp! Ich bin gerade ungerecht, denke wieder in alten Mustern und lege alles auf die Goldwaage, ich will doch vertrauen und nicht alles schlecht reden. Als ich weiter spreche, bemühe ich mich meine Stimme nicht eisig klingen zu lassen. Ihn nicht spüren zu lassen, was gerade in mir vorgeht, er kann nichts dafür, ich bin die mit den eintausend Problemen.
»Ich weiß, es tut mir leid. Ich weiß mir nur keinen Rat und habe gehofft das du Sie überreden kannst aus ihrem Zimmer zu kommen. Warte, ich gehe eben hoch.«
Etwas leiser klopfe ich an Neles Tür.
»Nele? Steven ist am Telefon, er möchte mit dir sprechen, du musst nur die Tür aufmachen!«
»Neiiiiiiiiiiiiiiiiiiiiiiiiiiiiiiin!«
»Hast du das gehört?«, frage ich ins Telefon.
»Ja habe ich, jetzt weiß ich mir auch keinen Rat. Angie es tut mir leid, ich muss weiter arbeiten, lass Sie einfach ein bisschen in Ruhe! Ich liebe Dich, bye.«
Ohne meine Antwort abzuwarten, legt er auf.
Ich unterdrücke den ersten Impuls, wegzurennen, und rufe mir in Erinnerung mit wem ich es hier zu tun habe. Sie ist ein kleines trauriges Mädchen, das gerade einen sehr schlechten Tag hat.
»Ich bin unten, wenn du etwas brauchst, den Apfelsaft lasse ich hier vor der Tür stehen. Ich habe Dich lieb Kleine!«
»Neiiiiiiiiiiiiiiiiiiiiiiiiiiiiiiin!«

So bockig habe ich Sie noch nicht erlebt. Unsicher, wie ich mich verhalten soll, setze ich mich doch lieber ins Gästezimmer, das genau gegenüber von Neles ist, und warte.

Vom Bett aus bekomme ich mit, falls Sie ihre Tür öffnet. Ich warte zwei ganze Stunden, doch es tut sich nichts. Außerdem ist es seltsam still. Ich klopfe noch einmal und warte darauf, dass Nele antwortet. Doch außer einem lauten Rumpeln höre ich nichts.

Panisch hämmere ich gegen die Tür. Was ist das gewesen? Was ist da drinnen passiert?

Horrorszenarien schießen mir durch den Kopf, ein umgefallenes Regal, ein geöffnetes Fenster aus dem Sie versucht heraus zu kommen. Schnell schicke ich ein Stoßgebet Richtung Himmel.

»Bitte lass Ihr nichts passiert sein«, bettel ich.

»Nele? Nele ist alles in Ordnung? Hast du dir wehgetan? Sag doch was.«

Ich drücke mein Ohr gegen das Holz und versuche mein von Panik pochendes Herz zu ignorieren. Nele wimmert. »Sie ist verletzt«, schießt es mir durch den Kopf. Irgendwie muss ich da rein, und zwar sofort! Erneut drücke ich die Klinke hinunter und stemme mich gegen die Tür. Ob Nele sie etwas freier geräumt hat oder ich in kurzer Zeit Bärenkräfte entwickelt habe, weiß ich nicht, die Tür jedenfalls öffnet sich fast von selbst.

Als ich im Zimmer stehe, kann ich kaum fassen, was ich sehe. Nele liegt neben ihrem Bett und blutet. Sie hat eine Platzwunde an der Stirn. Ein verirrter Blutstropfen rinnt ihre Wange hinab. Mit zwei großen Schritten bin ich bei ihr und sehe mir die Wunde etwas genauer an. Sie scheint sehr tief zu sein. Schnell renne ich zurück ins Gästezimmer, zum Telefon und wähle die Nummer des Notrufes.

»Mein Name ist Angie Ehlert, ich brauche einen Krankenwagen in die Klütstraße 27. Meine Tochter

hat sich beim Spielen den Kopf an ihrem Bett aufgeschlagen. Sie hat eine Platzwunde an der Stirn.«
Natürlich weiß ich das ich nicht Ehlert heiße, doch mein eigener Name ist mir gerade in der Aufregung entfallen. Die Frau am anderen Ende versucht mich zu beruhigen.
»Immer mit der Ruhe Frau Ehlert, ich schicke ihnen sofort jemanden. Ist ihre Tochter ansprechbar und bei Bewusstsein?«
»Nein ist sie nicht, und selbst wenn Sie das wäre, würde sie nicht mir sprechen Sie ist böse auf mich.«
Warum plappere ich eigentlich immer, wenn ich nervös bin? Ich muss dringend damit aufhören, die Frau am anderen Ende interessiert es mit Sicherheit nicht die Bohne. Trotz allem kann ich nicht aufhören zu reden.
»Wissen Sie, ich bin gar nicht ihre Mutter, ich bin die Freundin ihres Onkels. Ihre Eltern sind gestorben, das ist alles noch gar nicht so lange her.«
>>Ruhe jetzt<<, schimpfe ich mit mir selbst.
»Der Krankenwagen ist unterwegs!«
»Danke«, als ich gerade aufgelegt habe, fängt Nele an zu weinen. Ruckartig drehe ich mich um und renne zu Ihr, doch ich komme ins Stolpern und falle hin. Zum Glück nicht auf den Bauch. Im Vierfüßlerstand kauer ich einen Moment im Flur und versuche mich zu beruhigen. Als ich Nele erreicht habe, klingelt es an der Haustür. Ich nehme Nele hoch und gehe hinunter. Die beiden Sanitäter drücken sich sofort an mit vorbei, nehmen mir Nele aus den Armen und legen Sie auf den Boden. Sie reden mit ihr, doch ich verstehe nicht, was Sie sagt, in meinen Ohren rauscht es, ich bin einer Ohnmacht nahe. Nach einer gefühlten Ewigkeit dreht sich einer der beiden zu mir um.
»Packen Sie ein paar Sachen zusammen, wir nehmen ihre Tochter mit, die Wunde muss genäht werden!«

Ich nicke stumm und tue, was der Sanitäter gesagt hat.
Als ich wieder unten bin, haben Sie Nele bereits auf
die Trage geschnallt und bringen Sie hinaus. Ich
schnappe meine Handtasche und renne hinterher.
Draußen hat sich eine kleine Menschentraube
gebildet. Nachbarn sind aus ihren Häusern gekommen
und versuchen neugierig einen Blick auf Nele zu
erhaschen.
Mir ist total übel!
Die Fahrt zum Krankenhaus legen wir in Rekordzeit
und mit Blaulicht zurück. Schneller als gedacht sind
wir in der Notaufnahme und Nele wird untersucht. Die
Kleine sieht mich die ganze Zeit über ängstlich an,
sagt aber nichts.
Ich sehe, wie Nele langsam immer panischer wird. Zu
frisch ist die Erinnerung an den letzten
Krankenhausaufenthalt.
Nach ein paar Minuten hängt sich der Arzt das
Stethoskop um den Hals und nimmt mich beiseite.
»Die Platzwunde muss genäht werden, ich befürchte,
Sie hat eine Gehirnerschütterung, ich möchte sie für
48 Stunden zur Beobachtung hier behalten.«
»Okay«, ich kämpfe mit den Tränen, versuche aber
nicht schon wieder zu heulen.
»Können Sie mir sagen, wie das passiert ist?«
Ich schüttel den Kopf. Der Arzt runzelt die Stirn und
sieht mich vorwurfsvoll an. Ich habe das dringende
Bedürfnis ihm haarklein zu erklären, was genau
passiert ist.
»Nein leider nicht, sie hatte sich in ihrem Zimmer
verschanzt und Spielzeugkisten vor die Tür
geschoben. Dann habe ich einen Knall gehört und die
Tür endlich öffnen können. Sie lag dann bewusstlos
auf dem Boden. Erst als ich den Notarzt angerufen
habe, kam sie wieder zu sich.«
»Wie lange war sie ungefähr bewusstlos?«
»Nicht länger als fünf Minuten!«

»Okay, dann bitte ich Sie jetzt raus zugehen, wir werden ihrer Tochter ein Beruhigungsmittel geben, die Stirn betäuben und die Wunde vernähen.«
»Ich bleibe hier, ich lass Sie nicht alleine!«
Was denkt der eigentlich von mir, ich komme mit Blut klar, ich bin Krankenschwester.
»Auf ihre Verantwortung.«
Wer bitte handelt in so einer Situation anders? Welche liebende Mutter geht genau dann zur Tür hinaus, wenn das Kind Beistand und Trost braucht?
»Ich bin Kinderkrankenschwester und Schlimmeres gewohnt.«
Trotzig gehe ich zu Nele und nehme ihre Hand in meine.
Der Arzt zuckt die Schultern und wendet sich wieder Nele zu. Ich stelle mich hinter Sie und streichel ihre Wange. Ängstlich sieht Nele sich in dem jetzt abgedunkelten Raum um.
»Keine Angst gleich geht es dir besser und du kannst schlafen.«
Nele nickt und drückt meine Hand.
Als Sie die erste Spritze bekommt, fängt Sie sofort an zu weinen und um sich zu treten. Zum Glück dauert es nicht lange und sie hat sich dank des Beruhigungsmittels entspannt. Als der Arzt anfängt, die Wunde zu nähen wird mir flau im Magen. Nele, die kurz davor ist einzuschlafen, lässt meine Hand los und ich kann mich etwas abseits hinsetzen und durchatmen.
»Alles in Ordnung?«, fragt mich der Doktor. Ich nicke schwach.
Das ist einfach zu viel Aufregung für einen Tag!
Als Nele auf Station gebracht wird, gehe ich aus dem Krankenhaus hinaus um Steven anzurufen. Während ich dem melodischen Klingeln zuhöre, kann ich nicht mehr tapfer sein. Ich weine.

»Ist sie aus ihrem Zimmer gekommen?« Fragt er hoffnungsvoll.
Ich kann nichts sagen, ich schluchze nur ins Telefon, Stevens Stimme verändert sich sofort. Er klingt panisch, als er weiter spricht.
»Was ist passiert? Angie sprich mit mir, bitte!«
Mit erstickter Stimme schaffe ich es, ihm wenigstens die wichtigsten Details zu erzählen.
»Wir sind im Krankenhaus, Nele ist gestürzt, sie hat«, meine Stimme ist wieder kurz davor zu versagen.
»Sie hat eine Platzwunde an der Stirn, die genäht werden musste und wahrscheinlich eine Gehirnerschütterung.«
Mechanisch ratter ich alles hinunter.
»Was? Wie ist das denn passiert? Ich mache sofort Feierabend und komme zu euch!«
Ich nickte, unfähig auch nur noch ein Wort zu sagen.
»Bis gleich! Warte im Krankenhaus auf mich.«
Ich stecke das Handy zurück in meine Handtasche und gehe auf Station. Sofort werde ich von meinen Kolleginnen bestürmt.
»Was ist denn passiert? Angie geht es Dir gut? Du bist so blass!«
»Alles in Ordnung Melina, ich will nur zu Nele, in welchem Zimmer liegt sie denn?«
»Wieder gegenüber."
»Danke!«
Leise drücke ich die Tür auf. Es ist wie vor ein paar Wochen, Nele liegt in dem Gitterbett und schläft. Ihre Haare stehen zu allen Seiten ab. Sie atmet ruhig und gleichmäßig.
Ich stelle die Tasche in den Schrank und setze mich zu Ihr, umfasse ihre kleine Hand durch das Gitter.
»Es tut mir so leid Kleines«, flüster ich als ich eine Locke, die unter dem Turban hervor lugt, zwischen meinen Fingern drehe.

»Ich war bis jetzt wohl keine gute Mutter. Ich werde mich bemühen, es besser zu machen. Versprochen!«
Nach etwa einer Stunde ist Steven da. Er kommt zu mir und nimmt mich in den Arm. Ich schmiege mich eng an ihn und versuche nicht gleich wieder in Tränen auszubrechen.
»Komm mit raus und erzähl mir alles ganz in Ruhe.«
Ich nicke und folge ihm. Draußen sprudelt alles aus mir heraus. Als ich geendet habe, fühle ich mich leer. Alles ist gesagt und ich warte gespannt auf eine Reaktion von Steven. Innerlich wappne ich mich gegen die Vorwürfe, die ich ihm machen würde, wäre Nele meine Nichte. Steven schüttelte leicht den Kopf und zieht mich wieder an sich. Sachte streicht er über meine Haare. Von dieser Geste bin ich so gerührt, dass ich sofort sämtliche Vorbehalte fallen lasse. Ich bin eine paranoide, blöde, einfältige Kuh. Wann begreife ich, dass Liebe nicht immer heißt, sich für den anderen aufzugeben. Oder aber das Fehler passieren können. Als er wieder zu mir spricht, höre ich die Zärtlichkeit in seiner Stimme.
»Aber das ist doch nicht deine Schuld! Das hätte unter meiner Aufsicht genauso passieren können. Hol erstmal tief Luft und beruhige dich.«
Ein, aus, ein, aus. Ruhiger werde ich davon nicht und auch mein schlechtes Gewissen ist noch da, als ich mich erneut an Steven kuschel.
»Mach dir bitte keine Vorwürfe.«
»Kannst du hier bleiben? Ich muss hier raus, ich kann das nicht.«
Die Schuldgefühle drohen mich zu erdrücken. Mir stockt der Atem und mein Herz rast.
Ich mache mich von Steven los und renne zum Fahrstuhl. Außer Atem stehe ich nur ein paar Minuten später vor der Tür meiner Mutter. Sie trägt einen Bademantel, ihre Haare sind zerzaust, fragend sieht Sie mich an und zieht den Mantel enger um sich.

»Oh du hast geschlafen«, stelle ich trocken fest.
»Ich wollte dich nicht wecken.« presse ich zwischen zwei Atemzügen hervor.
»Schlafen kann man das nicht gerade nennen!«
Sie grinst und ich weiß genau, was Sie meint.
»Oh Mama, das ist eklig, bitte sag mir nicht, du hast … Ihr habt? Ich geh wohl besser wieder!«
Schnell macht sie einen Schritt auf mich zu und hält mich am Arm fest.
»Du kannst gerne hereinkommen.«
»Nein danke, wirklich nicht.«
Ich mache auf dem Absatz kehrt und gehe in die Innenstadt.
Vielleicht kann ich mir ja bei einem kleinen Einkaufsbummel entspannen. Vor dem Schaufenster eines Schreibwarenladens bleibe ich stehen. Mein Blick wandert die Auslage entlang und ich entdecke ein wunderschönes Buch. Auf dem Einband ist mit goldenen Buchstaben das Wort >>Tagebuch<< gedruckt. Vielleicht kann ich mir ja damit etwas Luft machen. Meine Freundinnen haben mir schon des Öfteren erzählt das es ihnen hilft die Dinge anders zu betrachten und es ihnen besser geht sobald Sie sich alles von der Seele geschrieben haben. Ich habe es noch nie versucht, nicht mal als Teenie. Entschlossen betrete ich den Laden und kaufe das Buch.
Da meine Stimmung sich etwas gebessert hat, beschließe ich bei Steven anzurufen. Nach dem ersten Klingeln nimmt er ab.
»Steven? Ich habe mich beruhigt, ich gehe jetzt nach Hause. Bleibst du die Nacht bei Nele oder kommst du nach?«
»Ich bleibe heute Nacht hier, wir können uns ja morgen zum Frühstück treffen. Ich muss erst um 11 Uhr los zur Arbeit. Meinst du, du bist dann in der Lage bei Nele zu bleiben?«

Womit ich so viel Verständnis verdient habe, weiß ich nicht. Er ist wirklich süß. Selbst in einer Situation, in der ich ihn vor den Kopf stoße, ist er zuckersüß zu mir und macht mir nicht mal Vorwürfe.
»Natürlich, ich weiß auch nicht, was eben mit mir los war. Ich liebe dich, bis morgen früh.«
»Ich liebe dich auch.«
Zuhause angekommen setze ich mich in die Küche, schlage das Tagebuch auf und beschreibe die erste Seite.

Liebes Tagebuch,
Heute war ein so verrückter Tag, genau deswegen habe ich mich entschlossen, Tagebuch zu führen. Heute Morgen war ich im Krankenhaus bei Frau Dr. Hillebrand, sie zeigte mir mein Gummibärchen. Ja wirklich, es sieht aus wie ein mini Gummibär, also mein Baby!
Zuerst habe ich ja nichts erkannt, dazu brauchte es dann erst die Ruhe und die Umschreibungen meiner Mutter. Am besten ist wohl aber, ich fange ganz am Anfang an.
Ich habe einen Schwangerschaftstest gemacht. Wirklich damit gerechnet, dass ich schwanger sein könnte, habe ich nicht!
Steven hat sich natürlich gefreut, obwohl wir gerade mal ein paar Wochen zusammen sind. Er sagt, das ist unser Schicksal. Nele hat uns zusammengebracht, und solange Sie ist, werden wir sein! Poetisch oder?
Dieser Mann ist wirklich etwas Besonderes, er ist sensibel, liebevoll und liest uns jeden Wunsch von den Augen ab. Naja ab und zu versucht er schon den Proleten raushängen zulassen, damit komme ich aber ganz gut zurecht.
So wie beim Frühstück. Er will los zur Arbeit und sagt er hofft, dass ich nicht noch kratzbürstiger werde! Halloooo??? Ich bin doch gar nicht zickig.
Aufgewühlt - ja,
Ängstlich - ja,
Verunsichert - ja,
Zickig - nein! Niemals!
Er hat nicht mal den Hauch einer Ahnung, was ich gerade durchmache. Manchmal muss ich mich wirklich zusammenreißen ... Ich könnte stets und ständig heulen. So wie jetzt! Verdammt ... jetzt ist eine Träne auf die Seite getropft.

Warum ich weine? Weil Nele immer wieder fragt, wo ihre Mama ist und weil Sie zu ihr will. Ich bin so ratlos, was soll ich Ihr denn sagen?
»Deine Mama ist im Himmel, zusammen mit Papa und Bastian?«
Das reicht ihr nicht. Sie nimmt mich auch nicht in den Arm, lässt sich nicht trösten, isst kaum und liegt nur im Bett. Sie ist doch erst drei Jahre alt, da soll man nicht traurig sein, man sollte spielen und Freude haben.
Warte ...
Puh, das war knapp! Entschuldige die Unterbrechung, ich musste eben im Bad verschwinden.
Ich weiß nicht, warum das Morgenübelkeit heißt, mir ist den ganzen Tag schlecht.
Wobei mir einfällt, dass ich vielleicht endlich mal etwas Vernünftiges essen sollte, außer Erdbeerkuchen gab es heute noch nichts. Keine Zeit!
Was nimmt man, als Frau nicht alles in Kauf, damit am Ende ein kleines Wunder bei rauskommt?
Bis bald liebes Tagebuch, danke fürs Zuhören!
Angie

Als ich fertig bin, lese ich mir alles noch einmal durch. Da steht jetzt zwar nichts von Neles Unfall und das Sie im Krankenhaus liegt aber wenn ich diese Seite irgendwann lese, will ich an die eigentlichen und schlimmen Gedanken des heutigen Tages nicht erinnert werden. Zufrieden klappe ich das Tagebuch zu und mache mir, obwohl ich mich gerade übergeben habe, etwas zu essen. Ob Steven und Nele zurechtkommen? Wenn nicht ruft er bestimmt an, beruhige ich mich. Mit einer Scheibe Brot und ein paar geschnittenen Tomaten setze ich mich aufs Sofa im Wohnzimmer und schalte den Fernseher ein. Nachdem ich gegessen habe, dauert es nicht lange und mir fallen die Augen zu.
Geweckt werde ich durch das Klingeln meines Telefons. Verschlafen und mit schmerzendem Rücken schlurfe ich in die Küche, wo ich mein Handy liegen gelassen habe, und melde mich mit rauer Stimme.
»Ja?«
»Süße, ich bin es Steven, hast du gut geschlafen?«
»Geht so«, murmel ich.
»Okay das tut mir Leid, kommst du ins Krankenhaus? Es ist schon fast neun Uhr, wir wollten doch Frühstücken!«
»Oh verdammt. Wirklich? Ich geh schnell duschen und bin gleich bei euch. Entschuldigung, ich bin auf dem Sofa eingeschlafen und habe den Wecker nicht gestellt.«
»Kein Problem, deswegen rufe ich ja an. Nele geht es so weit ganz gut. Sie hat schon nach dir gefragt!«
Er klingt so fröhlich und für einen Moment lasse ich mich anstecken. Ich grinse von einem Ohr zum anderen.
»Sie scheint dich jetzt Mama zu nennen«,
Verkündet er stolz, mein Grinsen erstirb sofort. Hat er denn immer noch nicht begriffen, dass Sie nicht mich

damit meint? Ich muss mich bemühen, dass ich Steven nicht anbrülle.
»Mit Mama meint sie nicht mich, sondern IHRE Mutter!«
Steven atmet scharf ein.
»Verdammt, daran habe ich nicht gedacht. Ich habe ihr gesagt, Mama kommt gleich und sie ist vor Freude im Zimmer umher getanzt.«
»Ich bin gleich da, vielleicht fällt mir ja ein, wie wir ihr besser erklären können, wo ihre Mama jetzt ist.«
»Bis gleich, ich liebe dich!«
Dieses Mal bringe ich die drei kleinen Worte nicht über die Lippen, ich fühle gerade alles andere aber keine Liebe.
Nachdem ich aufgelegt habe schäume ich fast über vor Wut, wie kann er nur so blöd sein?
Ich spare mir die Dusche und wasche mich nur kurz, ziehe mich an, schnappe meine Handtasche und hetze zum Krankenhaus. Verschwitzt und außer Atem stehe ich nach wenigen Minuten vor Neles Zimmertür. Als ich die Klinke gerade hinunterdrücken will, kommt Ellen.
Ellen ist meine schwangere Kollegin, gerade in dem Moment, wo Sie aufgegeben hat, ein Kind bekommen zu wollen hat es endlich geklappt. Ihr Bauch zeichnet sich langsam unter dem Kittel ab. Sofort ist all meine Wut verraucht und ich stürze mich in ihre Arme. Schützend legte sie ihre Arme um mich und hält mich fest. Als ich mich wieder von ihr löse, sieht sie mich etwas verdutzt an.
»Was ist denn mit dir los?«
Kurz überlege ich Sie anzulügen und zu sagen alles sei bestens, doch das würde sie bemerken, also entscheide ich mich für die Wahrheit.
»Ach weißt du, es läuft momentan nicht so gut, Nele will immer zu ihrer Mama. Sie lässt niemanden an sich heran und isst kaum etwas. Ständig weint Sie,

und wenn ich Sie trösten will, stößt sie mich weg oder haut mich.«
»Das ist ja furchtbar!«
Ich lese blankes Entsetzen in ihren Augen.
»Du sagst es«
»Wenn du mal reden möchtest, komm doch mit Nele einfach mal bei mir vorbei! Außerdem können wir dann Erfahrungen austauschen, Du bist ja auch schwanger.«
»Woher weißt du das denn?«
Ich habe zwei Wochen Urlaub genommen, um mich um Nele kümmern zu können und einen Kindergartenplatz für Sie zu finden. Letzteres habe ich noch nicht einmal in Angriff genommen. Ich weiß gar nicht, an wen ich mich da wenden muss.
Da ich selbst erst seid ein paar Tagen weiß, dass ich schwanger bin, erstaunt mich das es sich bereits, wie ein Lauffeuer im Krankenhaus verbreitet hat. Ich muss Ellen ganz schön verwirrt anblicken, denn sie fängt an zu lachen und erklärt:
»So etwas spricht sich doch schnell rum, immerhin warst du hier in unserem Krankenhaus. Man redet eben.«
Mit einer abwertenden Handbewegung gibt Sie mir zu verstehen, mir darüber nicht den Kopf zu zerbrechen.
»Da fällt mir noch etwas ein, das sollte ich dir aber nicht hier auf dem Gang erzählen. Wollen wir uns morgen Nachmittag treffen?«
Sie hat es geschafft, mich neugierig zu machen.
»Gerne, aber nicht bei dir, lass uns mit Nele auf den Spielplatz gehen. Das Wetter müssen wir noch ausnutzen.«
»Da hast du recht! Dann also morgen auf dem Spielplatz in der Innenstadt um 15 Uhr?«
»Ich sag dir Bescheid, ich weiß ja nicht ob Nele morgen schon entlassen wird.«

Ellen gibt mir einen Kuss auf die Wange und geht zurück ins Schwesternzimmer. Ich setze ein fröhliches Gesicht auf und gehe zu meinen beiden Lieben.
»Hey Ihr zwei, alles Okay?«
Frage ich, als ich im Zimmer stehe. Sofort weht mir der unverwechselbare Krankenhausduft ins Gesicht. Babypuder gepaart mit einem süßlichen Geruch, den ich noch nie identifizieren konnte.
Nele sieht mich kurz an und dann an mir vorbei, ich weiß, wonach Sie Ausschau hält und es bricht mir das Herz.
»Sagst du mir gar nicht Guten Morgen Nele?«
Frage ich betont fröhlich. Liebevoll streiche ich ihr über die Haare und gebe ihr einen Kuss auf die Locken.
»Morgen!«
Auch Steven bekommt einen Kuss. Ich setzte mich an den Tisch ihm gegenüber.
»Hi, ist Dir etwas eingefallen?"
»Nein, ich habe absolut keine Ahnung wie wir das wieder in den Griff bekommen sollen.«
»Nele? Wollen wir dann frühstücken gehen?«
Sie schüttelt bloß den Kopf. Na gut dann eben nicht!
»Nele, schau mich bitte mal an. Auf was wartest Du denn?«
»Mama kommt gleich«, berichtet sie mir freudestrahlend.
Ihre Augen leuchteten, ich kann in ihnen lesen, wie sehr Sie sich wünscht, dass ihre Mama gleich zur Tür herein kommt.
»Nele, Mäuschen, Mama kann nicht kommen. Mama ist im Himmel.«
Tränen schießen ihr in die Augen und laufen Ihre Wangen hinab.
»Nein Mama kommt, Steven hat gesagt, Mama kommt gleich.«

Wütend schlägt sie auf mich ein, Steven springt sofort von seinem Stuhl auf und hält Nele fest.
»Hey wir hauen nicht! Egal wie wütend du bist, schlag in ein Kissen, wenn es sein muss aber nie … NIE! Schlagen wir einen anderen Menschen.«
Ich bin beeindruckt, wie ruhig und doch bestimmt Steven ist. In seiner Stimme schwingt keine Wut mit, doch sein Ton ist so scharf, dass Nele mitten in der Bewegung stockt.
Sie weint noch heftiger und macht sich auch von ihm los. Sie zieht sich einen Stuhl an ihr Bett, krabbelt hinein und verkriecht sich unter der Bettdecke. Wir hören ihr herzzerreißendes Weinen und auch mir kommen schon wieder die Tränen.
Wir sind gefangen in der Gefühlsachterbahn!
>>Heulsuse! Hör auf damit, Du hast keinen Grund zu weinen.<<
Meine Gedanken wirbeln durcheinander sie wandern hin und her, von:
>>ich kann nicht mehr<<,
bis hin zu,
>>irgendwie muss ich Ihr helfen<<.
Als ich mich ein wenig beruhigt habe, sage ich zu Steven:
»Wenn Du frühstücken gehen möchtest, dann geh ruhig! Mir ist der Appetit vergangen.«
Steven will gerade etwas erwidern, als die Tür erneut aufgemacht wird.
»Oh bitte nicht«, keuche ich. Eins meiner tausend Probleme steht in der Tür und grinst uns blöd an. Elias der Assistenzarzt der Kinderstation. Möchtegern Womanizer und das größte Ekel, das ich kenne.
Auch ich war ihm für einen kurzen Moment verfallen. Bis ich merkte, dass er etwas mit der Nachtschwester Ines am laufen hatte, und nicht nur mit ihr, sondern auch noch mit zahlreichen Frauen auf anderen Stationen Ines dachte, Sie wäre die Einzige, die er

bezirzte, und ließ sich auf eine Affäre mit ihm ein. Ich besann mich eines Besseren und verdrängte die anfängliche Verliebtheit sofort.
»Ach, habe ich es mir doch gedacht! Ich wusste, dass mir der Name, bekannt vorkommt!«
Steven war ebenfalls nicht gut auf ihn zu sprechen. Irgendwie, und ich wusste nicht warum, hielt er ihn für eine Bedrohung. Sah ihn als Konkurrenten.
Steven stand mit geballten Fäusten vor Elias, der nur höhnisch grinste und sich köstlich amüsierte.
»Noch ist das hier meine Station. Wenn du Sie übernehmen willst, solltest Du studieren!«
Ich konnte nicht fassen, wie arrogant Elias sich gab, und für so einen Mann hatte ich mal geschwärmt, ich schäme mich ein bisschen.
Nele, die Elias scheinbar auch wiedererkannt hat, versteckt sich hinter meinem ausgestreckten Arm. Vor Schreck hat sie sogar aufgehört zu weinen.
»So dann wollen wir doch mal sehen, hat Nele sich übergeben, noch Kopfschmerzen oder sonst etwas Auffälliges?«
»Nein«, knurrt Steven.
»Dann denke ich das wir Sie entlassen können.«
»Sollte sie nicht lieber 48 Stunden unter Beobachtung bleiben?«
Werfe ich ein.
»Das hat der Arzt in der Notaufnahme gesagt.«
Setzte ich nach.
»Nochmal, ich bin der Arzt! Ich weiß schon, was gut ist.«
Elias hat gerade ausgesprochen, als ich Nele würgen höre, gut sichtbar für alle im Zimmer, erbricht sie sich auf den Fußboden. Elias, der nicht weit von ihr entfernt steht, bekommt eine ordentliche Portion auf die Schuhe. Gut gemacht denke ich. Gerade noch rechtzeitig kann ich ein Lachen unterdrücken.
Angewidert sieht Elias die Kleine an. Und obwohl ich

weiß, das Nele, das nicht mit Absicht getan hat, bin ich stolz auf unsere kleine Retterin. Irgendwann bekommt eben jeder die gerechte Strafe und wenn es sich nur um Erbrochenes einer dreijährigen handelt.
»Okay, dann eben noch ein bis zwei Nächte.«
Wie ein begossener Pudel steht der Arzt da und wartet darauf, dass wir ihm ein Tuch für seine Schuhe reichen. Weder Steven noch ich bewegen uns. Soll er doch zusehen, wie er das wieder sauber bekommt. Nach dem er seine Schuhe mit einer Mullwindel gesäubert hat, verlässt er wutschnaubend das Krankenzimmer.
Ich drehe mich zu Nele um und tröste Sie, lautlos hat Sie wieder angefangen zu weinen.
»Süße alles ist gut, das macht doch nichts!«
Steven der einen Waschlappen aus dem Bad geholt hat, kommt zu uns und wischt Nele den Mund sauber.
»Komm, du solltest dich etwas hinlegen.«
Ich strecke Ihr die Arme entgegen, doch sie fängt an, wieder um sich zu schlagen.
Traurig lasse ich Sie los und gehe zur Seite, damit Steven Sie in ihr Bett legen kann.
Es dauert keine fünf Minuten und sie ist eingeschlafen.
»Irgendetwas muss uns einfallen, so geht es nicht weiter!«
»Ich weiß, es tut mir auch so Leid für dich, ich mag mir gar nicht vorstellen, wie du dich fühlst.«
»Es ist wohl besser, ich gehe wieder nach Hause. Bleib du bei Ihr!«
Ich drehe mich um und will das Zimmer verlassen, doch Steven hält mich zurück.
»Ich kann nicht«, protestiert er, »ich muss arbeiten.«
»Dann wirst du dir wohl freinehmen müssen«, meine Stimme ist eiskalt, selbst ich bekomme bei meinen Worten eine Gänsehaut.

»Wie du vielleicht mitbekommen hast, will deine Nichte von mir nichts wissen! Ich geh nach Hause, sieh zu, wie du alleine zurechtkommst und lass dir endlich etwas einfallen, es muss sich etwas ändern. Sonst sind wir die längste Zeit ein Paar gewesen.«
Der letzte Satz tut mir, kaum das er gesagt ist, leid. Zurück nehmen geht aber nicht, außerdem ist es doch genau das, was ich denke, seit diese Mamasache angefangen hat. Ich komme mit Nele nicht klar.
Woher soll ich auch wissen, wie ich Ihr helfen kann, mit ihrer Trauer fertig zu werden.
Entgeistert sieht Steven mir in die Augen, ich funkel ihn böse an und stürme aus dem Zimmer. Mit einem lauten Knall fällt die Tür hinter mir ins Schloss.
Vor Wut fast überschäumend stapfe ich ins Schwesternzimmer. »Habt ihr einen Kaffee für mich?«
Frage ich bissig, alle zucken erschrocken zusammen.
»Was ist denn mit dir los?«
Ellen setzt sich neben mich und streicht mir über die Wange.
»Nele hasst mich, das ist passiert. Sie will zu ihrer Mama und ich? Ich bin Luft für Sie. Keine Umarmungen, kein Kuss, kein liebes Wort kommt von ihr!«
Vorwurfsvoll schnalzt Ellen mit der Zunge.
»Sie ist drei Jahre alt. Was erwartest du denn? Die Kleine hat ihre Eltern und ihren Bruder verloren. Ehrlich gesagt habe ich mich schon gefragt, wann Sie denn anfängt, nach ihrer Mutter zu fragen. Überleg doch mal was du Ihr die ganze Zeit erzählt hast. >>Mama schläft noch<<, ja was soll sie denn da denken? Du hast Sie angelogen! Auch so kleine Kinder kennen den Unterschied zwischen Lüge und Wahrheit!«
Die Gardinenpredigt habe ich gebraucht, Tränen rollen über meine Wangen.

»Trotzdem ist das alles nicht fair! Ich liebe dieses Kind wie mein eigenes.«
Mir wird wieder einmal bewusst, wie selbstsüchtig ich bin. Wieder einmal habe ich nur an mich gedacht. Die Einzigen, die hier wirklich leiden, sind Steven und Nele. Ich nehme mich viel zu wichtig.
»Sie liebt dich auch, die Trauer ist nur stärker.«"
»Ja aber was mache ich denn jetzt?«
»Das weiß ich auch nicht, abwarten?«
»Warten, es gibt auf der Welt fast nichts Schlimmeres!«
Ich merke, wie Ellen sauer wird und ich kann es verstehen. Ihre Stimme verändert sich und der Druck ihrer Hand auf meiner wird stärker, warum tue ich mir das eigentlich alles an? Ich stehe auf und will den Raum verlassen. Doch ich werde erfasst von einer Welle der Zuneigung. Ich stehe fast genau an derselben Stelle, als ich von Neles Unglück erfahren habe. Die Gefühle von damals überrollen mich erneut und ich halte es nicht mehr aus, ich habe das Gefühl mein Herz zerspringt. Ich muss mich ablenken, an etwas anderes denken.
Ich dränge mich an Ellen vorbei, bevor ich das Zimmer verlasse murmel ich noch schnell eine Entschuldigung.
Wie ungerecht geht es doch in der Welt zu, da ist ein kleines Mädchen, so unschuldig, wie man nur sein kann und dann sterben die Eltern. Natürlich hat sie jemanden der sie liebt, trotzdem, wer kann schon die Eltern ersetzten. Niemand! Ich schaffe das mit ihr schon, und wenn ich immer und immer wieder von ihr weg gescheucht werde. Es macht nichts. Ich komme damit klar. Auf einmal bin ich endlos müde.
Ich flüchtete mich mit meinen umherwirbelnden Gedanken in die Cafeteria und bestellte einen Cappuccino.

Mit meinem Becher mache ich mich wieder auf den Weg nach oben. Zeit Verantwortung zu übernehmen und sich erwachsen zu verhalten. Nele braucht mich und ich will für Sie da sein.
Zuerst werde ich mich bei Steven entschuldigen und ihn zur Arbeit schicken.
Ob diese Unbeständigkeit, die ich gerade fühle, von den Schwangerschafthormonen kommt?
Es nervt mich selbst, und wenn ich könnte, wie, ich würde es sofort abstellen.
Wie lange Steven dieses Hin und Her wohl noch mitmacht?
Ich bin so in meine Gedanken versunken, dass ich meine Mutter, die ebenfalls am Fahrstuhl steht, nicht bemerke. Als Sie mich anspricht, zucke ich vor Schreck zusammen.
»Guten Morgen, wo kommst du denn her?«
Fragt sie mich, mit einem breiten grinsen auf den Lippen.
Ich drehe mich zu ihr um und falle ihr um den Hals.
»Ach Mama, Nele will mich nicht bei sich haben, sie stößt mich immer nur weg, sie will zu ihrer Mutter«
»Ja aber Kindchen, das ist doch normal! Das wird sich schon wieder geben!«
Ich schüttel den Kopf.
»Nein das glaube ich nicht! Wie soll es auch besser werden? Wir wohnen in dem Haus ihrer Eltern, alles erinnert sie an Sie!«
»Dann sucht euch doch eine neue Wohnung! Wer weiß vielleicht ist das wirklich die Lösung!«
Manchmal wünsche ich mir, ich wäre schlau genug gewesen und hätte Psychologie studiert. Dann könnte ich die komplexen Denkweisen so manchen Menschen besser verstehen.
»Ich kann sie doch nicht entwurzeln. Oder doch? Meinst du wirklich.«

Verunsichert sehe ich Sie an. Warum fällt es mir so schwer, Entscheidungen zu treffen? Seit ich die Mutterrolle für Nele übernommen habe, fühle ich mich schwammig. Zu keiner vernünftigen Entscheidung fähig. Was hält mich ab? Angst etwas falsch zu machen? Gut möglich.
Statt eine Antwort abzuwarten, zieht sie mich mit sich in den Fahrstuhl.
»Sicher bin ich mir nicht, ich kenne mich da doch auch nicht aus. Versuchen könnte man es aber. Oder ihr bringt die Kleine einfach ein paar Tage zu mir.«
»Und was willst du an der Situation ändern? Wie willst du es ihr einfacher machen? Was wenn es alles nur noch schlimmer macht?«
»Ich bin deine Mutter, ich habe dich und deine Schwester doch auch groß bekommen und wir hatten weiß Gott einige Probleme.«
Ja, das habe ich nicht vergessen. Das Monster kein Geld ist immer noch in meinem Kopf, auch wenn ich es mittlerweile gut kontrollieren kann. Außerdem war sie nie die Geduldigste. Alles keine guten Voraussetzungen um sich um Nele zu kümmern.
»Pass auf, wenn es nicht besser wird, nehme ich Sie erstmal zu mir, danach sehen wir weiter.«
»Naja, zuerst werde ich mich wohl bei Steven entschuldigen müssen. Ich habe ihm Vorwürfe gemacht. Woher weißt du eigentlich, das Nele im Krankenhaus ist?"
Frage ich verwirrt.
»Ich habe heute Morgen mit Steven gesprochen, du bist nicht ans Handy gegangen. Das mit euch wird schon wieder, du bist einfach nur überfordert!«
Oh ja anders lässt sich das alles wohl nicht erklären.
»Geh alleine rein, ich komme gleich nach.«
Bei Ellen muss ich mich auch entschuldigen. Doch bevor ich dazu komme, stürzt sie auf mich zu und nimmt mich in den Arm.

»Es tut mir leid! Wirklich, ich hätte das alles nicht sagen sollen.«
»Doch ich glaube, du hast recht, vielleicht nicht mit allem aber zu neunzig Prozent.«
»Freunde?«
»Freunde!«
Wir grinsen uns an, wirklich lange böse können wir uns nicht sein.
»Da bin ich ja froh.«
Sie lässt mich stehen und geht wieder ihrer Arbeit nach. Bei Steven wird es wohl nicht so einfach werden.
Vorsichtig klopfe ich an die Tür und trete ein. Steven sitzt neben Neles Bett und streicht Ihr die Locken aus der Stirn.
»Können wir uns kurz draußen unterhalten?«
Flüster ich. Steven nickt, steht auf und kommt zu mir. Es dauert eine Weile, bis ich die Worte für das finde, was ich ihm sagen will, sagen muss.
»Steven es tut mir leid. Wirklich. Ich bin nur so ... so ... verdammt, ich bin überfordert! Ich habe doch keine Ahnung von dem, was ich tue. Mit Nele, mit dir, mit uns, mit der Schwangerschaft.«
Ich atme aus und rede einfach weiter, obwohl ich sehe, dass Steven mir nur zu gerne ins Wort fallen will.
»Woher soll ich denn wissen, was jetzt für Nele das Beste ist? Es ging einfach alles viel zu schnell. Ich bin so unsicher.«
Steven nimmt meine Hand in seine, aber noch bin ich nicht fertig.
»So kann es nicht weiter gehen, das soll nicht heißen, dass ich euch jetzt im Stich lasse. Im Gegenteil, ich will das wir uns Hilfe holen. Damit du heute arbeiten gehen kannst bleibe ich bei Nele.«
Nachdem ich geendet habe, bin ich außer Atem.

»Angie ich liebe dich, ich weiß das, das alles nicht so einfach ist. Ich würde dich auch gerne unterstützen doch auch ich weiß nicht wie! Ich bin ratlos und genauso hilflos wie du. Allerdings bin ich davon überzeugt, dass wir das zusammen schaffen. Ich kann verstehen, dass es dir zuviel ist.«
Nach einer kurzen, unangenehmen Pause fährt er fort.
»Wenn du erstmal eine Pause machen möchtest. Dann … Dann bin ich damit einverstanden. Es wäre nur das Schlimmste, was mir passieren kann. Ach verdammt ich wollte dir keine Vorwürfe machen. Bitte lass es uns einfach noch ein bisschen weiter probieren und wenn es nicht besser wird, holen wir uns professionelle Hilfe. Einverstanden? Weinst du etwa?"
Steven legt seine Hand unter mein Kinn und hebt meinen Kopf an. Bei seinen Worten sind mir wirklich die Tränen gekommen. Das ewige Weinen geht mir ganz schön auf die Nerven.
»Alles Okay, geh du jetzt zur Arbeit ich melde mich nachher.«
Japste ich.
Steven nimmt mich in den Arm, drückt mich fest an sich und flüstert mir etwas ins Ohr.
»Ich liebe dich, mehr als alles andere auf der Welt, ich will dich nicht verlieren.«
Stumm schlucke ich den dicken Brocken, der sich in meinem Hals gebildet hat, hinunter und nicke.
Wie auf Kommando kommen meine Mutter und Ellen auf den Flur.
»Ihr seid so süß!«
Steven löst sich von mir, wischt meine Tränen weg und küsst mich auf die Wange, bevor er zum Fahrstuhl geht.
Ich sehe ihm hinterher, bis er im Fahrstuhl verschwunden ist. Was habe ich doch für ein Glück. Ich liebe diesen Mann wirklich.

»So und wir beide muntern jetzt Nele etwas auf, komm.«
Energisch geht meine Mutter vorne weg.
„Versuchen können wir es ja", murmel ich.
Nele sitzt im ihrem Bett und sieht uns skeptisch an. Meine Mutter läuft zu ihr und will sie in den Arm nehmen. Doch Nele stößt sie weg.
»Was ist denn mit dir los kleine Maus? So kenne ich dich ja gar nicht. Hast du schmerzen? Soll ich den Arzt holen?«
Nele antwortet nicht, sie starrt bloß auf ihre Hände, als ich sehe wie ein paar Tränen ihre Wange hinunter laufen, schlängel ich mich an meiner Mutter vorbei. Doch Nele reagiert genauso, wie ich es mir gedacht habe. Sie schlägt nach mir, biegt sich nach hinten und versucht mir zu entkommen. Ich kann sie kaum festhalten. Erst als Nele zu schreien anfängt, lasse ich Sie los und setze mich zu meiner Mutter an den Tisch. Es bleibt mir nichts anderes über als Nele dabei zuzusehen, wie Sie wütet. Sie greift sich alles, was Sie in die Finger bekommt, und wirft es im Zimmer umher. Sie schreit, weint und trampelt, so habe ich Sie noch nie gesehen. Erst als Ellen ins Zimmer kommt, Nele in den Arm nimmt und Sie so fest hält, dass Sie sich nicht mehr bewegen kann, beruhigt sie sich.
»Vielleicht geht ihr ein bisschen mit ihr an die Luft. Ich komme auch mit, mir ist mal wieder, spei übel.«
»Das ist lieb von dir.«
Ellen zieht Nele an und zu viert gehen wir in den kleinen Garten. Nele ist wie ausgewechselt. Sie rennt hinter einem Schmetterling her, lacht und tanzt durch den Garten. Selbst meine Mutter wird in ihr Spiel miteinbezogen. Dass ich am Rand stehe und zum Zusehen verdammt bin, stört mich gerade nicht. Hauptsache Nele ist für den Moment glücklich.
Vorher ist es mir nicht aufgefallen aber jetzt, da ich hier stehe und einen kurzen Moment zu Ruhe komme,

merke ich das sich mein Unterleib immer wieder, schmerzhaft zusammenkrampft. Eine halbe Stunde später verabschiedet Ellen sich von uns. Nele, Mutter und ich bleiben noch eine Weile im Garten. Mittlerweile sitzen die beiden auf der Wiese und flechten Blumenkränze aus Gänseblümchen. Schade das man immer dann keine Kamera dabei hat, wenn sich ein Bild lohnen würde.
Eine Stunde später gehen auch wir wieder zurück. Meine Kolleginnen sind schon dabei, das Mittagessen zu verteilen. Ich gehe und hole das Tablett von Nele und mir. Als ich zurück ins Zimmer komme, ist alles wieder beim Alten. Nele lässt sich nicht anfassen, schreit und bockt.
Resigniert gibt mir meine Mutter einen Kuss auf die Wange und geht nach Hause. Ohne auf Nele zu achten, fange ich an zu essen, auch wenn mir eigentlich nicht danach zumute ist. Nele isst nichts, Sie starrt mich nur böse an. Immer wieder sehe ich von meinem Teller hoch und grinse sie an. Ich gebe mir große Mühe, die Heiterkeit, die ich verströmen will, auch zu fühlen. Ich schneide ihr Grimassen, lächel und rede scheinbar mit mir selbst. Ich tue so, als wenn ich mit mir allein den größten Spaß habe. Doch es nutzt nichts, Nele bleibt eisern. Wie Sie will, als ich fertig mit essen bin, setze ich mich aufs Bett und hole das Tagebuch aus meiner Handtasche. Erst jetzt geht Nele an den Tisch und beginnt zu essen. Für eine Dreijährige ist sie erstaunlich selbstständig. Es bereitete ihr keine Mühe, das Fleisch zu schneiden und die Kartoffeln platt zu drücken. Ich widme mich meinem Tagebuch:

*Liebes Tagebuch
Nele ist momentan unausstehlich, Sie lässt sich von mir absolut nichts sagen. Ich bin mit meinem Latein am Ende! Sie will zu ihrer Mutter, das kann ich ja verstehen, ich weiß nur nicht wie ich ihr begreiflich machen sol
l das, das nicht geht! Ich bin wirklich verzweifelt, essen tut sie auch nicht, oder kaum etwas. Sie wird immer dünner und dünner. Ich könnte den ganzen Tag heulen! Doch das kann ich ja nicht machen, wenn Sie sieht, wie ich weine, macht es die Situation für Sie doch nur noch schlimmer.
Wenn wir aber unterwegs sind, darf Oma alles, sie darf sie knuddeln und herzen und Ihr sagen, was Sie darf oder eben nicht. Am besten wir ziehen aus und fangen nochmal von vorne an. Aber kann ich ihr das antun? Kann ich Sie komplett entwurzeln? Ihr die letzten greifbaren Erinnerungen an ihre Familie nehmen ...
Steven weiß auch nicht weiter, ich mache mir große Sorgen, so kann es doch nicht weiter gehen.
Durch den ganzen Stress habe ich immer wieder Unterleibschmerzen, ich muss mich schonen. Doch wie soll ich das machen? Das geht nicht, ich muss mich doch um Nele kümmern und zusehen das es ihr gut geht.
Meine Mutter hat vorgeschlagen, dass Sie Nele für ein paar Tage zu sich holt.
Über diesen Vorschlag sollten wir wirklich mal nachdenken. Wer weiß, vielleicht hilft ja genau das, ein Tapetenwechsel! Was dann aber Ihre These, dass wir aus dem Haus raus müssen, bestätigt.
Ich bin so ratlos, schade das du nicht sprechen kannst, liebes Tagebuch.
Bis bald ...*

Ich klappe das Tagebuch zu, stecke es zurück in meine Tasche und lege mich aufs Bett. Der Nachmittag dümpelt in langweiliger Manie dahin, Nele spielt in ihrem Bett. Immer wenn ich versuche mit ihr zu kommunizieren, ernte ich böse Blicke. Ein Highlight gibt es aber, ich habe einen gute Nacht Kuss von Ihr bekommen, durfte ihr sogar beim Zähneputzen helfen. So schlecht war der Tag also gar nicht. Als ich fast eingeschlafen bin, klingelt mein Handy. Steven!
»Hi, wie ist es heute mit Nele gelaufen? Hat sie etwas gegessen?«
Ich schüttele den Kopf, obwohl ich weiß, dass er das nicht sehen kann, aber ich will nicht, dass er hört, wie brüchig meine Stimme ist.
»Angie? Redest Du nicht mehr mit mir?«
»Doch aber ...«
Ich kann nicht weiter sprechen, ich habe einen dicken Kloß im Hals.
»Wir bekommen das hin, das verspreche ich dir!«
Seine Stimme ist so sanft, ich habe noch nie einen Mann kennengelernt, der so mitfühlend ist wie er. Jemand der ihn nicht näher kennt, könnte fast auf den Gedanken kommen er ist ein Weichei.
»Ich liebe Dich, bis morgen.«
Als er aufgelegt hat, lege ich das Handy auf den Nachtschrank und drehe mich zu Nele. Sie liegt eingekuschelt in ihre Decke im Bett und schläft.
»Ich wünschte, du würdest mich als Ersatzmama akzeptieren, ich schwöre dir, niemand liebt dich mehr als ich!«
Seufzend ziehe ich mir die Decke über den Kopf, und versuche zu schlafen. Aber es ist zu früh. Unruhig drehe ich mich von einer auf die andere Seite. Nach zwei Stunden stehe ich auf und wandere ein wenig auf dem Flur entlang. Ich habe gar nicht bemerkt, wie die Zeit vergangen ist. Es brennt nur noch jedes zweite Licht und es ist beängstigend still. Im

Schwesternzimmer sitzt Ines. Sie ist käseweiß im Gesicht und hält sich den Bauch. Ich klopfe an die geöffnete Tür und gehe zu ihr.
»Was ist denn mit dir los? Bist du krank? Du bist ganz schön blass um die Nasenspitze. Warum bist du eigentlich hier? Ich dachte, du arbeitest jetzt auf der Gyn.«
»Ich brauche das Geld! So ist das eben, wenn man schwanger ist.«
Wütend funkelt sie mich an, etwas scheine ich an mir zu haben. Jeder sieht mich in den letzten Tagen so an. Aber halt, hat sie gerade gesagt sie ist schwanger?
»Du bist ... ich meine, wer ist ... ich meine wie?«
»Du kannst aufhören zu stottern! Mich wundert das dir noch niemand, etwas gesagt hat? Es ist Stationsgespräch Nummer eins. Danke übrigens das jetzt jeder weiß, dass ich was mit Elias hatte.«
>>Selbst Schuld<<, denke ich, doch zu Ihr sage ich:
»Ja naja, ihr wart ja nicht gerade diskret! Wer ist denn der ... Ähm naja ... du weißt schon!«
»Wer sollte das schon sein? Überleg doch mal. Mein Mann und ich hatten seit einem Jahr keinen Sex mehr!«
»Oh!«
»Ja, OH!«
Ihr Ton wird immer bissiger.
»Weiß Elias denn Bescheid? Was sagt er dazu?«
Ich kann meine Neugier nicht zügeln, ich will alles wissen. Vielleicht kommt Elias schlechte Laune ja daher.
»Was soll er schon sagen? Er will, dass ich das Kind abtreibe! Aber das kann er vergessen. Ich wollte immer Kinder haben. Wenn er sich nicht kümmern will, hat er eben Pech. Ich komme auch alleine klar.«
Sie springt auf und kommt mir ziemlich nah, unsere Nasen berühren sich fast. Ihr Atem riecht nach

Erbrochenem, angewidert halte ich die Luft an und gehe einen Schritt zurück.
»Ja und was ist mit deinem Mann?«
Eigentlich sollte ich aufhören zu bohren, Sie in Ruhe lassen und nicht noch Salz in die Wunde reiben. Aber warum sollte ich? Sie war, wenn es um Klatsch und Tratsch ging, die Erste die alles weiter erzählte.
»Noch nicht ganz Exmann, er ist ausgezogen.«
»Oh.«
Wieder macht sie einen Schritt auf mich zu.
»Ja oh! Angie, du gehst mir auf die Nerven, hau ab.«
Genau das mache ich auch, auf Station scheint der Babyboom umzugehen. Wenn noch ein Baby dazu kommt, könnten wir unsere eigene Krabbelgruppe gründen. Bei dem Gedanken muss ich lachen.
Als ich wieder in meinem Bett liege, denke ich noch ein wenig über den heutigen Tag nach. Es ist viel passiert. Wenn Ines es schafft, Elias die Stirn zu bieten dann sollte es für mich doch ein Klacks sein, mit Nele klar zukommen. In diesem Augenblick habe ich wieder das Gefühl alles zu schaffen! Mal sehen, wie es morgen wird.
Der Morgen allerdings gestaltet sich genauso schwierig wie die letzten Tage. Nele ist unausstehlich. Zu allem Überfluss rebelliert auch noch mein Magen, ständig muss ich ins Bad rennen, weil ich glaube, mich übergeben zu müssen. Irgendwann lege ich mich zurück aufs Bett und schließe für einen Moment die Augen. Als Elias zur Tür herein kommt, rennt sie zu mir, krabbelt in mein Bett und vergräbt ihr Gesicht an meiner Schulter. Sofort werde ich von meinen Gefühlen übermannt. Nur mit Mühe kann ich die Tränen zurückdrängen. Ich schließe meine Arme um Sie und halte Sie ganz fest. Ich wünsche mir, dass dieser Moment nie vergeht. Es ist das erste Mal seit ewiger Zeit, zumindest kommt es mir so vor, dass ich wieder das Gefühl habe, ihr nicht egal zu sein. Ich

rieche an ihren Haaren und präge mir diesen Geruch sehr genau ein. Wer weiß, wann Sie sich das nächste Mal so innig von mir umarmen lässt.
»Ich habe dich so lieb«, flüster ich in ihre Haare.
Elias dem, das alles ziemlich egal ist, kommt zu mir, nimmt mir Nele aus den Armen und untersucht sie. Meinen Protest überhört er einfach. Selbst Nele ist so überrumpelt, dass Sie ihn einfach machen lässt. Als er fertig ist, legt er Nele wieder in meine Arme zurück, doch sie klettert sofort wieder von mir runter und setzt sich zurück an den Tisch. Genau das habe ich befürchtet.
Schade, dass der Moment so schnell vorübergezogen ist.
»Ich mache die Papiere fertig, heute Mittag könnt Ihr nach Hause gehen.«
Ich nicke und sehe sehnsüchtig zu Nele. >>komm wieder her<< flehe ich Sie stumm an. Aber sie bleibt, wo Sie ist und tut so als wäre das eben nicht geschehen.
Elias will gerade zur Tür hinaus, als ich einen Unterleibskrampf bekomme. Ich krümme mich unter Schmerzen und keuche. Es tut so weh, das ich kaum Luft bekomme. Fühlt sich so etwa eine Fehlgeburt an?
»Aua, Elias, Hilfe!«
»Was ist denn jetzt schon wieder«, fragt er ungeduldig.
»Ich bin schwanger und habe Unterleibschmerzen, bitte tue, doch was, Du kannst, mich doch hier nicht so liegen lassen!«
»Du bist auch schwanger? Geht momentan ein Virus um? Habt Ihr Euch abgesprochen? Ich schicke dir jemanden, der dich zu Frau Dr. Hillebrand bringt. Bleib einfach ruhig liegen.«
Das ist jetzt fast nett! Es dauert nicht lange und eine Schwester, die ich nicht mit Namen kenne, kommt mit einem Rollstuhl zu mir. Ich setze mich hinein und sie

bringt mich zu meiner Gynäkologin. Frau Dr. Hillebrand machte einen Ultraschall.
»Es ist alles so, wie es sein soll, ich vermute, dass du Wachstumsschmerzen hast. Allerdings kann ich dir nur ans Herz legen, dich zu schonen. Ab auf die Couch und ausruhen, wir wollen ja nicht das doch noch etwas passiert.«
»Wenn das so einfach wäre, ich werde mich bemühen«, verspreche ich ihr. Hat sie denn kein Zaubermittel, das mir hilft, auch unter Stress, keine Fehlgeburt zu bekommen?
Flehend sehe ich Sie an.
»Das muss du, es gibt kein Zaubermittel. Ruhe und Bewegung in Maßen.«
»Okay.«
»Ich werde dich bis zum nächsten Termin krankschreiben.«
Ohne Protest verabschiede ich mich von ihr.
»Auf Wiedersehen.«
Ich gehe zurück zu Nele, packe ihre Tasche und warte auf den Anruf von Steven.
Als mein Handy endlich klingelt, kann ich nicht ran gehen. Elias kommt mit den Entlassungspapieren und wirft uns hinaus.
»Ihr könnt in der Cafeteria warten. Ich brauche das Zimmer.«
Was für ein Arsch, habe ich nicht gerade noch gedacht, dass er auch anders kann? Ich habe mich wohl getäuscht.
»Komm Nele wir gehen.«
Zu meiner Überraschung machte Sie kein Theater, Sie kommt mit mir mit, nur an die Hand will Sie nicht. Da wir es nicht weit haben und die Tasche nicht schwer ist gehen wir gleich nach Hause. So kann Steven wenigstens seine Schicht zu Ende arbeiten und muss nicht wegen uns schon wieder Überstunden nehmen.

Auf dem Weg nach Hause ist alles wieder wie immer, Nele rennt ausgelassen vor. Freut sich an der frischen Luft zu sein und genießt die Sonne. Wenn ich ihr sage, Sie soll warten, streckt sie mir die Zunge raus und läuft noch schneller. Ich renne hinter ihr her und halte Sie fest. Als ich kurz nach Luft geschnappt habe, man glaubt gar nicht, wie schnell ein dreijähriges Mädchen laufen kann, gehe ich in die Hocke und versuche vernünftig mir ihr zu reden.
»Wenn ich sage, du sollst warten, dann möchte ich auch, dass du stehen bleibst und mir nicht noch die Zunge raus streckst. Weißt du Nele, das ist nicht sehr nett.«
»Lass mich in Ruhe. Ich will, dass Du weggehst, ich will zu meiner Mama.«
»Ach Nele, Mama ist im Himmel, Sie sitz auf einer Wolke und schaut dir von da oben zu.«
Ich zeige nach oben, doch Nele schüttelt den Kopf.
»Du lügst! Mama ist zuhause.«
Sie versetzt mir einen Schlag auf den Arm und rennt weiter. »Nein ist sie nicht.«
»Doch«,
Ruft sie im rennen über ihre Schulter.
»Nein, Schluss jetzt es reicht. Wir gehen nach Hause, dann wirst Du schon sehen, dass deine Mama nicht da ist, ich habe keine Lust zu streiten, bleib jetzt bitte stehen.«
Doch Sie hört nicht, Sie ignoriert mich einfach. Ich versuche ihr hinterher zu kommen, doch meine Unterleibschmerzen halten mich davon ab. Ich muss dringend auf die Couch.
Als wir ankommen, werfe ich die Tasche in die nächste Ecke und lasse mich aufs Sofa fallen. Nele rennt erst durch die ganze Wohnung, bevor Sie sich dann zu mir auf die Couch setzt und den Fernseher einschaltet.

Ich lasse Sie einfach machen, mir ist einfach nicht nach einer erneuten Diskussion zumute.
Vor Müdigkeit fallen mir die Augen zu.
Erst als die Haustür aufgeschlossen wird, werde ich wach. Zum Glück sitzt Nele noch neben mir und schaut fern.
Steven kommt grinsend ins Wohnzimmer. Begrüßt erst Nele und dann mich.
»Warum hast du denn nicht angerufen?«
Fragt er etwas beleidigt.
»Ich hätte euch doch abgeholt.«
Ich richte mich ein wenig auf und gähne.
»Elias hat uns praktisch aus dem Zimmer geschmissen und in der Cafeteria wollte ich nicht warten. Ich musste dringend auf die Couch, heute Morgen war ich bei Frau Dr. Hillebrand. Ich hatte Unterleibsschmerzen«,
Steven sieht mich besorgt an.
»Keine Angst es ist alles in Ordnung. Ich soll mich nur ein bisschen schonen. Das funktioniert allerdings nur, wenn Nele mir nicht davon rennt.«
Steven sieht von mir zu Nele und wieder zurück.
»Sie ist dir davon gerannt? Seit wann kannst du dich denn nicht mehr durchsetzten?«
Jetzt platzt mir aber wirklich der Kragen.
Wütend springe ich auf, renne die Treppe hoch, ins Schlafzimmer und knalle die Tür hinter mir zu. Ob er mir in den letzten Tagen einmal richtig zu gehört hat? Ich glaube eher nicht. Sonst wüsste er doch das seine Nichte momentan alles andere, als das liebe kleine Mädchen ist, das wir damals im Krankenhaus umsorgt haben. Ruhelos gehe ich vor dem Bett auf und ab.
»Ich mich nicht durchsetzen, ich glaub ich spinne. Die Kleine ist außer Rand und Band und tut was Sie will aber ich kann mich nicht durchsetzten.«
Wie ich das alles an mir abprallen lassen kann weiß ich nicht. Ich bin eben ein sehr gefühlvoller Mensch,

jemand der ab und an mal durchknallt, wenn er zu viel
fühlt. Und genauso geht es mir doch gerade, alles
stürmt auf mich ein, ich bin bis zum Rand angefüllt
mit Emotionen. Ich mag aber gerade nicht so viel
fühlen.
Als ich mich fast beruhigt habe, die Tränen hinunter
schlucken konnte, bekomme ich erneut einen
Unterleibskrampf. Es fühlt sich an, als wenn etwas in
mir zerspringt, mit Gewalt auseinandergerissen wird.
Ich halte mir den Bauch, sinke auf die Knie und
versuche ruhig zu atmen. Ich sehe, wie die Tür
vorsichtig geöffnet wird. Steven schaut mit einem
leichten Grinsen um die Ecke. Als unsere Augen sich
treffen, spiegelt sich in seinen Augen nur noch
blankes Entsetzen. Sofort ist er neben mir, hebt mich
hoch und legt mich aufs Bett.
»Was ist mit dir los, du bist total verschwitzt. Soll ich
einen Arzt holen?«
Die Angst in seiner Stimme beunruhigt mich, wenn
der Mann der immer die Ruhe selbst ist, in Panik gerät
muss ich schon echt beschissen aussehen.
»Das geht bestimmt gleich wieder, es ist der Stress.
Ich soll ihn vermeiden und laufe doch immer wieder
hinein.«
»Kann ich dir etwas bringen, wenn ich schon keinen
Arzt holen soll? Egal was, ich besorge es dir.«
Traurig schüttel ich den Kopf.
Ich strecke meine Hand nach Stevens Gesicht aus und
streiche ihm über die Wange,
»Es kann mir erst besser gehen, wenn es Nele besser
geht. Und das ist scheinbar gar nicht so einfach.«
„Ich weiß, dass Sie unausstehlich ist, das wissen wir
beide! Aber es wird so schnell nicht besser werden.
Wir können nichts tun als abzuwarten. So schwer und
anstrengend es momentan auch sein mag.«
Er legt sich neben mich und rollt sich auf die Seite,
ich tue es ihm gleich. Unsere Gesichter sind nur ein

paar Zentimeter voneinander entfernt, sofort fällt mir wieder ein, warum ich mich in ihn verliebt habe. Es waren seine Augen, die mich scheinbar mühelos durchschauen können. Die kleinen Grübchen neben seinem wunderschön geschwungenen Mund. Solche Momente musste es unbedingt des Öfteren geben. Sie geben einem Halt, Kraft und Zuversicht, auf einmal sieht alles heller aus und man denkt, man schafft alles, wenn man nur will.

»Habe ich dir erzählt, dass meine Mutter angeboten, hat Nele ein paar Tage zu sich zu nehmen?«

Er nickt.

»Ja hast du und ich denke, wir sollten das Angebot annehmen. Ich kann euch ja nicht alleine lassen du brauchst Ruhe. Da passt es sich doch super, das deine Mutter mir gerade eine SMS geschrieben hat. Sie wollte euch besuchen kommen. Bleib du liegen ich packe ein paar Sachen für Nele zusammen. Ist dir klar, dass wir dann das erste Mal total alleine sind? Ich wüsste ein paar Sachen, die wir unternehmen oder«, er grinste frech und zeigte zuerst auf das Bett und dann in einer all umfassenden Geste auf das Haus, ich verstehe sofort.

Ich greife hinter mich und werfe ihm ein Kissen an den Kopf. Sofort kommt er wieder zu mir und küsst mich. Ich habe keine Zweifel daran, dass er seine Fantasien, gerne sofort in die Tat umsetzten will. Doch wie soll es auch anders sein, es klingelt an der Tür. Meine Mutter hat wirklich ein vorzügliches Timing ... Unmöglich. Lachend verlässt mich Steven, um die Tür zu öffnen.

Da es mir ja gerade wieder gut geht, beschließe ich, auch hinunterzugehen.

„Was meinst du Kind, gehen wir auf den Spielplatz und danach ein Eis essen?"

Höre ich meine Mutter fragen. Bitte, bete ich stumm, lass Nele freiwillig mit gehen. Ich ertrage es nicht, wenn Sie weint.
Nele schüttelt den Kopf und zeigt auf den Fernseher. Das kann doch alles nicht wahr sein! Verdutzt sieht meine Mutter zu mir, ich stehe in der Tür und bedeute ihr mit mir zu kommen. Als Sie den Kopf schüttelt, hake ich nach.
»Mama kommst du BITTE mit in die Küche? Ich würde gerne etwas mit dir besprechen.«
Mit dem Rücken zu ihr gedreht, koche ich erstmal Kaffee. Ich brauche einen Moment um die richtigen Worte zu finden.
»Mama, Steven und ich haben geredet. Wir würden dein Angebot, Nele für ein Paar Tage mit zu dir zu nehmen, gerne annehmen. Ich brauche Ruhe und die bekomme ich nicht, wenn …«, meine Mutter fällt, mir ins Wort.
»Ich denke, ihr tut das Richtige.«
»Steven ist schon dabei, ihre Sachen zu packen.«
»Okay, was sagt Nele denn dazu?«
»Nichts, sie weiß es noch gar nicht und wir sollten es Steven überlassen, ihr das zu sagen. Mit ihm redet sie wenigstens, ist halbwegs normal in seiner Gegenwart. Er bringt euch dann mit dem Auto zu dir.«
»Aber das ist doch nicht nötig.«
»Doch ist es, Nele hört absolut nicht! Sie ist mir vorhin davon gerannt«
»Oh!«
»Ja oh, ich hoffe wirklich, es bringt etwas, diese Auszeit. Ich kann das alles so nicht mehr. Das ist mir alles viel zu viel."
Sie nimmt mich in den Arm,
»Ach Kind, das wird schon wieder, da bin ich mir ganz sicher. Es braucht alles seine Zeit.«
»Dein Wort in Gottes Ohr.«

Als Steven die beiden wegbringt, habe ich das Gefühl ich kann das erste Mal seit Wochen frei durchatmen. Ich sinke erschöpft aufs Sofa und schlafe sofort ein. Ich werde wach, als ich höre, wie in der Küche mit Töpfen und Pfannen hantiert wird. Scheinbar habe ich länger geschlafen, denn draußen wird es bereits dunkel. Langsam stehe ich auf und wander mit zerzausten Haaren in die Küche.
»Hey süße, ich hoffe du hast Hunger. Ich koche uns jetzt etwas Leckeres.«
Gut gelaunt steht er am Herd, mit meiner Schürze um den Bauch, und schält Kartoffeln.
»Ich sterbe vor Hunger«, gebe ich zu. »Wie lange dauert es denn noch? Ich habe richtig Lust auf ein heißes Bad«
»Mach ruhig ich brauche mindestens noch eine Stunde.«
»Sag mir Bescheid ja? Ich liebe dich.«
Ich gebe ihm einen Kuss auf die Wange.
»Ich liebe dich.«
Erwidere ich.
Jetzt habe auch ich gute Laune, trotzdem meldet sich ganz leise mein schlechtes Gewissen. Wir haben Nele abgeschoben und schon hat sich die Stimmung im Haus verbessert. Leise vor mich her pfeifend gehe ich trotzdem die Treppe hinauf, ins Bad und lasse Wasser in die Wanne laufen. Sofort beschlägt der Spiegel. Nachdem ich mich ausgezogen habe, prüfe ich mit dem Fuß die Temperatur. Ausnahmsweise habe ich gleich auf Anhieb die richtige Temperatur eingestellt. Langsam lasse ich mich in das herrlich warme Wasser gleiten und schließe die Augen.
Als es an der Tür klopft, schrecke ich hoch.
»Angie, essen ist gleich fertig, magst du runter kommen?«
»Was jetzt schon? Ich bin doch gerade erst in die Wanne gestiegen.«

»Nein Du bist schon fast eine Stunde hier drin.«
Das kann doch nicht sein, wo ist denn die Zeit geblieben? Wie müde kann ein Mensch eigentlich sein? Hauptsache ich kann heute Abend trotzdem schlafen, denke ich. >>Siehst du<<, murmel ich vor mir her >>schon wieder schlafen, ich kann an nichts anderes mehr denken, verrückt!<<
»Ich beeile mich.«
Kaum ist die Tür wieder zu, merke ich, wie kalt das Wasser ist, schnell wasche ich meine Haare und steige aus der Wanne.
Eingehüllt in meinen Bademantel betrete ich die Küche. Steven hat den Tresen dekoriert, ein paar Kerzen brennen und Blütenblätter sind um die Schalen und Teller verteilt. Ich gehe um Steven herum und setze mich ihm gegenüber.
»Ich glaube, ich bin für den Anlass nicht richtig gekleidet", ein kleines Lächeln umspielt meinen Mund.
»Doch ich finde schon«, auch er lacht,
»Guten Appetit.«
Es ist wirklich lecker, Kotelett, Mischgemüse, Kartoffeln und Soße, ich esse, bis ich das Gefühl habe, jeden Moment zu platzen. Satt und zufrieden lehne ich mich ein wenig nach hinten, streichel mir über den Bauch und strecke ihn nach vorne.
»Ich bin essensschwanger« jammere ich.
Da ich zu schnell gegessen habe, macht sich ein Bäuerchen unaufhaltsam auf den Weg nach oben. Gerade noch rechtzeitig merke ich, dass es nicht nur Luft war, die wieder aus mir hinaus will. Ich stürze ins Gästebad und erreiche gerade noch rechtzeitig die Toilette.
»Angie, alles in Ordnung?«
Steven steht vor der Tür, wollte er zuhören, wie ich mich übergebe? Ihhh wie eklig!
»Ja es ist alles gut, geh ich bin gleich wieder bei dir.«

Bevor ich das Bad wieder verlasse, spüle ich mir den Mund aus und schöpfe mir Wasser ins Gesicht. Ich muss wohl auch hier unten, zumindest für die nächsten Monate, eine Zahnbürste deponieren.
Als ich wieder in der Küche bin, sieht Steven mich mit gerunzelter Stirn an.
»Was war das denn jetzt?«
»Ach weißt du, dein Essen war so lecker, das musste ich einfach zweimal essen«, ich grinse ihn, glücklich über meinen gelungenen Scherz, an.
»Danke sehr. Glaub ja nicht, dass ich noch einmal für dich koche.«
Steven stapft aus der Küche, die Treppe hoch ins Schlafzimmer und knallt die Tür hinter sich zu.
Ups, das war wohl doch kein so guter Scherz.
Ich gehe ihm hinterher, doch die Schlafzimmertür ist verschlossen. Ich klopfe an und bitte ihn, die Tür zu öffnen.
»Steven bitte, das war doch nur Spaß.«
Ich bekomme keine Antwort, wie kann man nur so humorlos sein? Er verdirbt uns den ganzen Abend.
Langsam gehe ich wieder hinunter ins Wohnzimmer und schalte den Fernseher ein. Doch es läuft nicht Vernünftiges, ich schalte wieder aus und rufe bei meiner Mutter an.
»Hallo Mama, wie läuft es mit Nele?«
»Einwandfrei, Sie ist wie immer, ein liebes kleines Mädchen. Wir haben bis eben Memory gespielt und wollten gerade hoch auf den Dachboden um deine alten Puppen zu holen. Soll ich Sie fragen, ob Sie mit dir sprechen möchte?«
Hoffnungsvoll umklammere ich den Telefonhörer, bevor ich Ihr antworte.
»Ja frag Sie.«
Ich höre, wie Sie mit Nele spricht, da Sie aber selbst wieder dran ist, kann ich wohl davon ausgehen das Nele nicht mit mir sprechen möchte.

»Sie möchte nicht. Gib Ihr noch ein paar Tage Zeit, das wird schon wieder.«
Ihre Stimme klinkt zuversichtlich. Doch irgendwie kann ich ihren Optimismus nicht teilen.
»Ja mach ich, gib ihr einen Kuss von mir. Bis bald.«
»Bis bald.«
>>Das wird schon wieder, das wird schon wieder<<, äffe ich Sie nach, ich kann es nicht mehr hören. Es freut mich ja, dass es Nele gut geht, aber ich will auch dieses liebe kleine Mädchen wieder haben, das ich im Krankenhaus kennengelernt habe. Da mir fast die Tränen kommen, ermahne ich mich in Gedanken selbst und wische alle Gedanken an Nele wie eine lästige Fliege davon. Steven scheint immer noch zu schmollen, darum beschließe ich, eine DVD anzusehen. Es wird mal wieder Zeit, Bruce Willis in "Stirb langsam" dabei zuzusehen, wie er die bösen Buben verhaut.
Nach gerade mal dreißig Minuten schalte ich den Film aus, ich kann ihm heute einfach nicht folgen. Es wird Zeit sich um das verletzte Ego meines Freundes zu kümmern. Doch zuallererst will ich den heutigen Tag in meinem Tagebuch verewigen. Ich setze mich bei einem Glas Milch in die Küche und schreibe:

Liebes Tagebuch,
langsam geht mir das mit der Übelkeit wirklich auf den Keks! Ich hatte heute so Unterleibschmerzen und konnte mich kaum bewegen. Natürlich bin ich bei Frau Dr. Hillebrand gewesen, es sind Wachstumsschmerzen. Die Gebärmutter dehnt sich aus und das sind die Schmerzen. Ich war wirklich erleichtert, ich habe gedacht, ich habe eine beginnende Fehlgeburt!
Allerdings soll ich mich schonen, leichter gesagt, als getan. Nele hält mich, wirklich auf trab!
Naja jetzt ja auch nicht mehr, sie ist bei meiner Mutter, mal sehen, wie lange ich das aushalte. Ist doch wirklich komisch. Da nehme ich mir extra Urlaub und ab Morgen sitze ich hier ganz alleine zuhause.
Naja aber nun zum Grund, warum ich diese Übelkeit hasse. Es ist nicht so, dass sie nur morgens da ist, im Gegenteil, ich weiß nicht, wann sie mal nicht da ist. Steven hat heute so lecker gekocht, es gab Schnitzel mit Erbsen und Möhren, Kartoffeln und Soße. Ich habe es wirklich verschlungen. Nach dem Essen saßen wir noch einen Moment am Tisch und unterhielten uns. Mit einem Mal wurde mir so richtig, richtig übel. Ich stürzte ins Bad und erreichte gerade noch rechtzeitig die Toilette.
Das war mir so peinlich! Steven kocht bestimmt nie wieder. Nach dem ich mir den Mund ausgespült habe bin ich wieder zu ihm, und habe mich entschuldigt. Die Entschuldigung kam nur nicht richtig an.
Irgendetwas an dem Satz:
»Das Essen war so lecker, das musste ich zweimal essen«,
hat ihn verärgert! Ich versteh wirklich nicht warum, er hat seitdem kein Wort mehr mit mir gesprochen. Im Gegenteil, er hat sich im Schlafzimmer eingeschlossen. Das ist doch wirklich albern oder?

Naja ich werde jetzt ins Bett gehen, ein bisschen früh für meine Verhältnisse aber naja gut. Auf in die Höhle des Löwen.

Bis Bald

Ich schleiche die Treppe hoch und bleibe wie angewurzelt vor der Schlafzimmertür stehen. Vorsichtig lege ich ein Ohr an das Holz und horche. Ich höre nichts, kein Schnarchen keinen Fernseher, nichts. Leise drücke ich dir Türklinge hinunter und öffne sie einen Spaltbreit. Mit einem Auge versuche ich hindurch zusehen, doch Steven liegt nicht im Bett. Wo ist er denn hin? Ich trete ins Zimmer und sehe ihn auf dem Stuhl vor unserem Kleiderschrank sitzen, er hat die Hände im Schoß gefaltet und schaut mich traurig an.
»Och Schatz, es tut mir leid, ich kann doch nichts dafür, dass ich mich übergeben musste. Es war wirklich keine Absicht und ich wollte einfach witzig sein.«
»Ich fand es nicht witzig.«
Seine Mimik wandelt sich, er zieht die Augenbrauen zusammen und mit leicht veränderter Stimme fährt er fort.
»Ich koche wahrlich nicht oft, ich erwarte auch keine Lobeshymnen, aber der Spaß ging einfach zu weit.«
Ich finde seine Reaktion, obwohl eigentlich total überzogen, richtig süß. Jeder Mensch hat seine Macken, das ist wohl eine von denen, die man akzeptieren kann. Wenn er das bei mir nicht tun würde, hätte ich wohl schon längst meine Koffer packen müssen. Ich versuche, Ernst drein zu schauen.
»Das habe ich gemerkt«, ein kleines Grinsen kann ich mir trotzdem nicht entsagen.
»Bitte sei nicht mehr sauer.«
Steven seufzt und beugt sich leicht nach vorne.
»Ich bin eigentlich gar nicht sauer, nicht auf dich jedenfalls.«
Verwundert versuche ich, in seinen Augen zu lesen.
»Nicht? Wo liegt dann das Problem?«
Will er mich auf den Arm nehmen?
»Es ist nichts«, winkt er ab.

Als er aufstehen will, drücke ich ihn zurück in die Polster.
»Das kannst du mir nicht erzählen! Ich mache einen Witz und du verziehst dich ins Schlafzimmer, bist beleidigt und siehst aus wie sieben Tage Regenwetter. Also was ist los? Raus mit der Sprache.«
Mir kommen die Tränen, ich weiß zwar nicht, warum aber ich kann, sie wieder Mal nicht zurückhalten. Steven legt seine Hand auf meine, fährt mit seinem Daumen die Konturen meiner Finger nach. Letztendlich steht er auf und nimmt mich mit einem tiefen Seufzer in den Arm. Als er mir einen Kuss auf die Wange gibt, verzieht er angewidert das Gesicht und wischt sich mit dem Handrücken über seinen Mund.
»Deine Tränen schmecken nicht. Hör bitte auf zu weinen, ich bin nicht sauer, weil du dich übergeben hast oder diesen blöden Satz gesagt hast. Weißt du so langsam realisiere ich, was wirklich passiert ist. Meine Familie, da sind nur noch Nele und ich übrig. Alle anderen sind gestorben. Ein jeder viel zu früh. Was wenn mir das auch so geht? Du bekommst unser Baby und dann ist da noch Nele ...«
»Hör auf, hör sofort auf. Du kannst dich doch nicht vor dem Leben verstecken, du kannst nicht einfach den Kopf in den Sand stecken und darauf warten, dass du stirbst. Weißt du eigentlich, was du dabei alles verpasst? Meine Güte, ja es ist traurig, ja es ist vielleicht ungerecht, in Neles Fall sogar sehr sicher. Aber ich lasse das nicht zu. Weißt du, ich habe genug um die Ohren, mit dieser Schwangerschaft, mit meinem Job, mit Nele. Ja sogar mit mir selbst. Ich bin für meine knapp 31 Jahre einfach viel zu unreif. Fühle mich nicht erwachsen und muss es doch sein. Weißt du, wie schwer das ist. Wenn man nie in seinem Leben für jemand anderen verantwortlich war und dann, mit einem Mal sind da Menschen, die dir die

Welt bedeuten. Und du könntest natürlich den ganzen Tag Angst um Sie haben, dir Sorgen machen, aber was bringt, das?«
Ich bin so in fahrt, dass ich mich kaum bremsen kann.
Steven hat sich meinen gesamten Sermon angehört, ohne mit der Wimper zu zucken. Jetzt steht er auf und nimmt mich in den Arm.
»Du bist das Beste ‚was mir je passiert ist.« Flüstert er in mein Ohr.
»Und du hast recht, Schluss mit der Traurigkeit, zurück ins Leben.«
Ich spüre, wie sich sein Herz fast überschlägt. Ich habe ihn total unterschätzt. Es ist ihm nicht alles egal, er hat genau wie ich einfach nur Angst. Fast tut er mir ein bisschen leid. Ich versuche ihn zu beruhigen, obwohl ich eigentlich lieber in den Katzenjammer einsteigen würde. Aber es ist eben so, wenn einer schwankt, muss der andere stark sein.
»Wollen wir schlafen gehen? Es ist schon spät.«
Murmel ich an seine Brust gekuschelt.
Er nickt, ich ziehe mich aus und lege mich nackt zu Steven. Wie zwei Löffelchen in der Schublade liegen wir nebeneinander und schlafen ziemlich bald ein.
Der nächste Morgen beginnt früh, viel zu früh.
Normalerweise höre ich Stevens Wecker nicht. Doch heute schient er ihn nicht zu hören und so klingelt das Ding erbarmungslos immer weiter. Ich drehe mich auf die andere Seite und stupse Steven an.
»Dein Wecker klingelt, du musst aufstehen", nuschel ich. Meine Stimme ist noch im Tiefschlaf. Mit einem Knurren richtet er sich auf, stellt den Wecker ab und gibt mir einen Kuss.
»Schlaf weiter.«
Das lasse ich mir nicht zweimal sagen, ich drehe mich wieder um und schlafe auf der Stelle wieder ein. Ich bekomme nicht mal mit, wie Steven sich anzieht und dann nach unten geht.

Als ich das nächste Mal wach werde, ist es bereit kurz vor zehn Uhr. Solange habe ich das letzte Mal geschlafen als ich mit 18 Jahren um sechs Uhr morgens, total betrunken, aus der Disco stolperte.
Ich recke mich, trinke einen Schluck Wasser und stehe dann auf.
Als ich mich nach oben beuge, sehe ich wie mein Bauch sich komisch nach oben wölbt, es sieht aus wie eine Brücke mit einem Wasserfall, oder so ähnlich.
Vor Schreck lasse ich mich wieder zurückfallen und probiere es noch ein paar Mal. Ist das normal?
Ich muss das unbedingt im Internet nachlesen.
Mit einem Kaffee, den Steven heute Morgen vorgekocht hat und der deswegen fast kalt ist, setze ich mich in der Küche an die Theke und durchforste zahlreiche Foren nach diesem Phänomen. Nach einer Stunde lesen bin ich erleichtert. Es ist alles in Ordnung.
Da ich nichts mit mir anzufangen weiß, gehe ich nach oben und lasse mir ein Bad ein. Als ich gerade ins Warme nass eintauche, klingelt es an der Tür. Wer kann das sein? Ich wickel mich in meinen Bademantel, gehe nach unten und öffne die Tür.
Davor stehen Mutter und Nele, beide grinsen mich an.
»Guten Morgen, ich hoffe, wir stören nicht? Nele wollte unbedingt nach Hause.«
»Nein, natürlich nicht, kommt rein.«
Ich gehe vor Nele in die hocke, und will Sie in den Arm nehmen, doch Sie weigert sich.
Ich streiche ihr trotzdem kurz über den Lockenkopf und gehe dann zur Seite, damit die beiden reinkommen können. Zusammen gehen wir in die Küche.
»Wollt ihr etwas trinken«
Beide nicken.
Nele bekommt eine Apfelsaftschorle und für meine Mutter koche ich einen Cappuccino.

»Wie war denn die erste Nacht mit meiner Kleinen?«
Ich versuche nicht zu neugierig auszusehen, trotzdem klingt meine Stimme fremd in meinen Ohren.
»Gut, Sie hat geschlafen wie ein Stein, was mich nur gewundert hat, war, dass Sie gleich nach dem Aufstehen zuerst nach dir gefragt hat.«
»Nach mir oder nach Mama?«
»Angie, glaubst du wirklich ich bin so beschränkt? Sie wollte zu Angie gehen.«
Mir fällt ein Stein vom Herzen. Ich gehe um die Theke herum und nehme Nele in den Arm, auch wenn ich weiß, dass Sie das eigentlich nicht will. Sie zappelt und strampelt wie verrückt. Trotzdem lasse ich Sie nicht los, immer und immer wieder flüster ich ihr ins Ohr, das ich Sie sehr, sehr lieb habe. Kurze Zeit später hat Sie sich etwas beruhigt und ich lockere meinen Griff. Als Sie ihre Arme weit öffnet, denke ich, Sie will mich umarmen, doch sie fängt wieder an, auf mich einzuschlagen. Sie erwischt mich unglücklich am Auge und ich taumel rückwärts, bis ich an die Arbeitsplatte stoße. Damit habe ich nicht gerechnet. Meine Mutter springt auf, rennt zu mir und beäugt mich besorgt.
»Alles in Ordnung?«
Ich nicke, Tränen quellen aus dem getroffenen Auge, ich bin sprachlos, hat Sie das mit Absicht getan?
»Du brauchst Eis, habt ihr etwas im Gefrierfach das wir dir aufs Auge legen können?«
Ich nicke wieder, unfähig zu sprechen.
Sie geht und kommt mit einem Beutel gefrorener Erbsen zurück.
»Danke.«
»Ich und Nele gehen jetzt wohl lieber etwas auf den Spielplatz. Wenn du Hilfe brauchst, ruf mich an.«
»Mach ich. Nele? Ich habe dich lieb.«
Die Kleine steht vor mir, ich versuche, ihren Blick einzufangen, doch sie weicht mir immer wieder aus.

Ich weiß, dass Sie mich gehört hat, und lasse Sie gehen, auch wenn es mir schwerfällt.
»Bis bald«, rufe ich den beiden noch hinterher.
Wieder allein lege ich die Erbsen zurück ins Eisfach und gehe wieder hoch zu meinem Badewasser, mittlerweile ist es eiskalt. Ich lasse etwas davon ablaufen und neues, heißes Wasser dazu. Ich kletter hinein und tauche komplett unter und warte, bis ich keine Luft mehr bekomme. Hört das mit Nele irgendwann auf? Wann findet sie endlich einen Weg aus ihrer Trauer? Es tut so weh, von ihr verstoßen zu werden. Dabei will ich doch einfach nur einen winzigen Platz in ihrem Herzen. Mehr nicht. Ich versuche den Brocken in meinem Hals hinunterzuschlucken, ich will nicht schon wieder heulen. Ich bin eine erwachsene Frau und kein Baby mehr. Krampfhaft versuche ich an etwas Schönes zu denken, nur fällt mir nichts ein. Langsam werde ich das Gefühl nicht los, das sich ein dicker grauer Schleier über meine Welt gelegt hat und sie nur noch aus Trauer besteht, aus Tränen und Unglück. Ich finde nichts, woran ich mich festhalten kann, kein positiver Gedanke zwischen all dem negativen von dem ich umgeben bin. Ich bin ein unerschöpflicher See aus Tränen.
Sie rinnen über meine Wangen, meinen Hals und finden ihr Ende in meinem Badewasser.
Schlagartig ist mir die Lust am Baden vergangen. Ich wasche meine Haare, seife meinen Körper ein und spüle beides mit der Dusche ab.
Wütend über mich und alles um mich herum stapfe ich tropfend ins Schlafzimmer. Als ich mich im Spiegel betrachte, so nass uns verweint, erschrecke ich vor mir selbst. Ich sehe aus wie das Elend in Person. Nein so ein Mensch bin ich nicht, nie gewesen. Langsam muss mir etwas einfallen so geht es nicht weiter.

Ich lege die Hand auf meinen Bauch und flüster kämpferisch:
»Für dich, für mich, für Steven, für Nele, ab jetzt ist Schluss mit der Heulerei! Ab jetzt reißt du dich zusammen und kämpfst, wie eine Löwin, du bist stark, du schaffst alles, was du willst.«
Weil das Wasser auf meiner Haut langsam trocknet, fange ich an zu zittern, schnell ziehe ich mich an.
Mit deutlich besserer Laune sitze ich ein paar Minuten später mit einem Cappuccino im Wohnzimmer. Auch wenn es mir nicht recht gelingt, versuche ich, eine Art Schlachtplan, zu entwickeln. Damit in dieses Haus wieder ein wenig Freude einziehen kann. Leider ist es schwieriger als gedacht, und als sich mein Magen meldet, gebe ich fürs Erste auf. Es ist schon nach vierzehn Uhr und ich habe immer noch nicht gefrühstückt.
Ich nehme das Müsli aus dem Küchenschrank und gebe reichlich davon in eine Schüssel, zusammen mit Joghurt und einer klein geschnittenen Banane.
Nachdem die Milch alles bedeckt, gehe ich mit einem Löffel bewaffnet ins Wohnzimmer.
Einsam, nur begleitet von den Stimmen aus dem Fernseher, verschlinge ich alles in Windeseile.
Das Programm, ganz und gar nicht fesselnd, beginnt mir auf den Wecker zu fallen.
Warum kommt eigentlich nie etwas im Fernsehen, wenn man Zeit hat, vor der Flimmerkiste zu sitzen?
Nach einer Weile schalte ich gelangweilt aus, und wander durchs Haus, hier muss es doch etwas für mich zu tun geben.
Doch außer Betten machen, die Bäder säubern und die Tassen in die Spülmaschine stellen, kann ich nichts erledigen.
Nach einer halben Stunde bin ich mit allem fertig.
Gerade als ich mich entscheide Bummeln zu gehen klingelt es zum zweiten Mal an diesem Tag an der

Tür. Dieses Mal stehen meine Schwester und ihre Tochter Cecilia vor der Tür. Dankbar für die kommende Ablenkung falle ich ihnen um den Hals.
»Was ist denn mit dir los? So hast du mich ja noch nie begrüßt.«
Julia schiebt mich ein Stück von sich weg und sieht mich besorgt an.
»Ich fühlte mich gerade so allein, wusste nichts mit mir anzufangen aber jetzt seit ihr ja da. Kommt rein, ich mache uns was zu trinken.«
»Warum bist du allein? Wo ist Nele? Und was ist mit«, sie stockt und sieht mich etwas genauer an, hebt mein Kinn und betrachte mein Auge.
»Warum hast du ein blaues Auge und warum bist du total verheult?«
»Komm mit in die Küche dann erzähle ich dir alles.« Cecilia nimmt im Vorbeigehen meine Hand in ihre und zieht mich hinter sich her.
»Du wirst auch immer größer, schämst du dich gar nicht?«
»Nein, wieso sollte ich? Irgendwann will ich Model werden, und bis dahin fehlen mir noch viele Zentimeter!«
Hört, hört denke ich, ein ehrgeiziges Ziel hat die Kleine da.
Ich sehe meiner fünfjährigen Nichte ins Gesicht, Sie grinst frech zu mir hoch und zieht mich weiter. In der Küche angekommen gebe ihr einen Kuss.
Nachdem Sie getrunken hat, geht sie in Neles Zimmer spielen. Ich erkläre Julia, was momentan mit Nele los ist und das Sie zurzeit bei unserer Mutter wohnt.
»Und als Sie dann heute Morgen hier zu besuch war, ist sie ausgerastet und hat mir das hier verpasst«, ich zeige auf mein blaues Auge.
»Wahnsinn, ich hätte nie gedacht, dass die kleine, süße Nele so ausrasten kann.«

»Ich auch nicht aber es geht ja schon eine ganze Weile so. Sie will zu ihrer Mutter, mich ignoriert sie, auch wenn Mama vorhin gesagt hat sie will zu mir, kann ich das nicht glauben. Nele hasst mich.«
Kurz bevor ich wieder in meine Heulsusenrolle falle, reiße ich mich zusammen. Ich ermahne mich an das zu denken, was ich mir vor noch gar nicht langer Zeit vor dem Spiegel geschworen habe.
Der Gedanke hilft mir, mich zusammen zunehmen.
Meine Schwester kommt um den Tresen herum und nimmt mich in den Arm. Beruhigend redet Sie auf mich ein.
»Angie es ist doch ganz normal, das Nele so ist, wie Sie ist. Sie vermisst ihre Mutter. Es ist eigentlich nichts anderes wie Heimweh, nur viel schlimmer. Erinner dich doch mal an, meine Blinddarm OP, als Cecilia bei dir war. Sie wollte auch immer zu mir und hat getobt.«
»Das, war etwas ganz anderes, du warst nur im Krankenhaus, Neles Mutter ist tot.«
»Wer ist tot?«
Ziemlich unverhofft steht Cecilia in der Tür und schaut uns ängstlich an.
»Die Eltern von Nele.«
»Das weiß ich doch«, sie dreht sich auf dem Absatz um und verschwindet wieder. Wortlos sitzen Julia und ich uns eine Zeit lang gegenüber. Das Klingeln meines Handys unterbricht die Stille. Steven ruft an, mein Herz schlägt sofort etwas schneller, ich liebe diese kleinen Pläusche, während er arbeiten ist.
»Hallo mein Schatz, alles in Ordnung?«
Ich versuche fröhlich zu klingen, weiß aber nicht, ob es mir auch gelingt.
»Ich habe gerade Mittagspause, was machst du?«
»Julia und Cecilia sind zu Besuch. Wir quatschen ein bisschen.«

Scheinbar gelingt es mir ganz gut, alles ist besser, als wenn er sich wegen mir auch noch Sorgen macht.
»Na dann will ich nicht weiter stören wir sehen uns ja bald. Ich liebe dich.«
»Ich liebe dich auch.«
Ich lege das Handy zurück auf den Tisch, Julia beobachtet mich neugierig, >>nein liebe Schwester ich werde nicht heulen.<<
»Was meinst du Angie, gehen wir zusammen einkaufen? Wir könnten heute Abend zusammen kochen.«
Ich schüttel den Kopf.
»Du musst jetzt nicht den Babysitter spielen, ich komm schon klar.«
Sie mimt die Unschuldige und schüttelt energisch den Kopf.
»Das sehe ich, nein ich habe heute auch nichts vor und Cecilia würde sich bestimmt freuen, wenn Sie etwas mehr Zeit mit ihrer Tante verbringen kann.«
Bevor Sie es sich anders überlegt und ich wieder alleine bin, stimme ich zu.
»Du bist wirklich süß. Was wollen wir denn kochen?«
Frage ich betont lässig.
»Das entscheiden wir, wenn wir im Laden stehen.«
»Dann lass uns gehen.«
Wir sammeln Cecilia ein und gehen zum Supermarkt, da wir uns ziemlich schnell einig sind, was wir kochen wollen, Hähnchenbrustfilet mit Gemüse und Reis, brauchen wir nur eine knappe halbe Stunde, bis wir wieder zurück sind.
Bei lauter Musik machen wir uns daran, das Essen zuzubereiten. Wir tanzen, bis alles so weit vorbereitet ist, das wir es nur noch in den Ofen schieben müssen. Das ist eine beachtliche Leistung, nicht jeder kann mit dem Hintern wackeln und gleichzeitig die Filets waschen, trocken tupfen, würzen, und braten. Selbst Cecilia hat großen Spaß. Sie schneidet das Gemüse

und singt die Lieder aus dem Radio laut mit. Soviel gelacht wie heute habe ich lang nicht mehr. Zumindest kommt es mir so vor. Als Steven nach Hause kommt, wird es, so weit das noch möglich ist noch lustiger. Nacheinander wirbelt er uns durch die Küche, nimmt Cecilia auf den Arm, dreht Pirouetten und nascht hie und da vom Essen.
Die Stimmung ist sehr ausgelassen.
Als alles aufgegessen und abgewaschen ist, gehen Julia und Cecilia nach Hause.
Cecilia umarmt mich zum Abschied und flüstert mir ins Ohr:
»Ich habe zuhause noch eine Spieluhr, die bringe ich deinem Baby mit.«
Verwundert sehe ich zu meiner Schwester, sie zuckt die Schultern. Nachdem Cecilia außer Hörweite ist, erklärt sie mir, was meine Nichte gemeint hat.
»Ich habe ihr erzählt, dass Babys besser und schneller im Bauch wachsen, wenn Sie jeden Tag Musik hören."«
Ich nicke zustimmend, dann muss ich das wohl ausprobieren.
»Sie hat noch die Spieluhr, die ich mir damals immer auf den Bauch gestellt habe. Die sollst du jetzt bekommen.«
»Oh ist das süß!«
 Etwas später fallen Steven und ich glücklich aber erschöpft aufs Sofa.
»Das war ein schöner Tag, das können wir ruhig öfter machen.«
»Finde ich auch.«
Steven dreht den Kopf zur Seite und sieht mich an, seine Augen funkeln glücklich. Trotzdem liegt seine Stirn in Falten. Er macht sich Sorgen um mich, geht es mir durch den Kopf.
»Ich wollte vorhin nicht fragen aber woher kommt dein blaues Auge?«

»Das war Nele«, ich erzähle auch ihm, was passiert ist, als Nele hier zu Besuch war. Ungläubig starrt Steven mich an.
»Das tut mir so leid, wirklich. Ich hoffe Nele hat sich bald beruhig.«
Ich gebe Steven einen Kuss und kuschel mich kurz an ihn.
»Wollen wir ins Bett gehen? Ich bin erledigt.«
»Geh schon vor, ich möchte ... Das ist mir etwas peinlich aber, ich schreibe seit ein paar Tagen Tagebuch und der heutige Tag hat es wirklich verdient, aufgeschrieben zu werden.«
Anders als ich erwartet habe macht Steven keine abfällige Bemerkung über mein neues Hobby.
Er steht auf, küsst mich auf die Stirn und lässt mich dann allein.
Ich gehe und hole mein Tagebuch aus der Handtasche und fange an zu schreiben. Zwischendrin wird mir schmerzlich bewusst, wie sehr ich Nele vermisse. Ein Blick auf die Uhr sagt mir, dass es zu spät für einen Besuch bei ihr ist. Anrufen brauch ich auch nicht, bestimmt schläft sie schon.

Liebes Tagebuch
Nele ist immer noch bei meiner Mutter! Sie hat heute bei ihrem Besuch nur noch geweint und um sich geschlagen. Mein blaues Auge war zu viel für mich. Kinder in dem Alter haben eine Kraft das glaubt einem Niemand. Wie gut, dass „Oma", das Angebot wirklich ernst gemeint hat. Mal sehen, wie lange ich Nele bei ihr lasse. Ich vermisse Sie ja jetzt schon schrecklich. Dafür waren meine Schwester und Cecilia zu besuch. Meine Nichte ist total begeistert, dass ich ein Baby bekomme. Sie will Musik mitbringen. Ich war zuerst etwas verwirrt aber Julia hat mich aufgeklärt. Cecilia hat noch eine alte Spieluhr, die soll ich jeden Tag auf den Bauch legen. Hat mein Gummibär denn schon Ohren? Naja selbst wenn nicht, finde ich die Idee einfach nur süß. Außerdem habe ich heute eine urkomische Beobachtung gemacht. Wenn ich auf dem Rücken liege und mich aufrichte, wölbt sich mein Bauch ganz komisch. Ich habe im Internet nachgelesen, ob das normal ist, und war erleichtert, dass es das ist. Beim Kochen hatten wir heute so viel Spaß, ich bin immer noch bester Laune. Kaum zu glauben aber so viel Spaß hatte ich lang nicht mehr. Ach verdammt ich vermisse Nele, leider ist es schon so spät das sie bestimmt schon schläft. Was das Internet nicht verrät, ist der ordentliche Umgang mit Kindern, die ihre Eltern verloren haben. Alle raten dazu, die Kleine zu einem Arzt zu schicken. Ja, ne, ist klar, was kann der schon machen?
Bis Bald

Ein paar Tage später sitze ich mit Ellen in einem kleinen Café in der Innenstadt. Sie stöhnt die ganze Zeit. Abwechselnd hält sie sich den Bauch und den Rücken. Warum Sie nicht still sitzen kann, ist mir ein Rätsel.
»Was ist denn heute bloß mit dir los? Du kannst doch sonst still sitzen.«
»Ich kann auf diesen Stühlen einfach nicht sitzen, Sie sind total unbequem, außerdem habe ich das Gefühl, ich platze gleich."
Mit gerunzelter Stirn versuche ich, über den Tisch zu sehen.
»Bist du sicher das, das normal ist?«
»Ich war deswegen schon des Öfteren bei Frau Dr. Hillebrand, sie sagt, das ist normal. Ich kann mich damit aber nicht anfreunden zumal ich erst Anfang vierter Monat bin und mein Bauch so gut, wie nicht vorhanden ist!«
Ich kann mir ein Schnauben nicht verkneifen. Ein nicht vorhandener Bauch? Sie scheint zu platzen, und wenn ich raten müsste, würde ich sagen sie hat mindestens schon 20 Kilo zugenommen.
»So gut wie nicht vorhanden?« Äffe ich Sie nach.
»Hast du mal in den Spiegel gesehen?«
Sie nestelt am Bund ihrer Jeans und versucht ihrem Bauch so mehr Platz zu verschaffen.
»Natürlich! Das sieht alles viel größer aus, als es ist! Ich passe doch sogar noch in meine Hosen.«
Ungläubig schüttel ich den Kopf. Wie kann sie nur so eitel sein? Umstandsmode ist doch superschön. Kann oder will sie nicht sehen das, Sie definitiv nicht mehr in ihre normalen Klamotten passt?
»Du weißt schon, dass du dir mit deinen normalen Hosen alles abquetschst? Ich habe gelesen, dass man das nicht machen soll. Pass auf, ich habe eine Idee, wir zwei gehen Umstandsmode shoppen. Ich brauche

zwar noch keine, aber lange dauert es bestimmt nicht mehr.«
Nachdenklich sieht sie mir in die Augen und zieht ihre Brauen zusammen.
»Bist du dir ganz sicher das, das der Grund dafür ist, das ich nicht sitzen kann und alles weh tut?«
Ich nicke.
»Trink aus«, fordere ich Sie auf.
»Wir gehen shoppen, dann wissen wir, naja okay du, ob es wirklich stimmt.«
Im ersten Laden finden wir zwar ziemlich schnell die Schwangerschaftsabteilung aber die Klamotten dort sind zum Fürchten. Sie sehen aus, als wenn Sie für die Generation meiner Mutter gemacht sind. Spießig und unförmig kommen Sie daher. Trotzdem probieren wir, nur zum Spaß, einiges davon an.
Als Ellen mit einer schwarzen Hose und einer karierten Bluse mit Pullunder aus der Kabine kommt, biege ich mich vor Lachen.
»Davon sollten wir ein Foto machen, das ist das schlimmste Outfit aller Zeiten.«
»Finde ich auch. Aber soll ich dir mal etwas sagen? Meine Bauch und Rückenschmerzen sind weg. Die Hose ist wirklich sehr bequem.«
Zum Beweis hebt sie die Bluse hoch und zeigt mir den elastischen Bund, den man über den Bauch ziehen kann.
»Sieht so aus, ja«, stimme ich zu.
»Wollen wir in einen anderen Laden gehen? Ich mag zwar, dass die Klamotten bequem sind, aber ich wollte nicht so aussehen wie meine Mutter.«
Wir lachen und ich warte, bis Ellen sich umgezogen hat.
Im nächsten Geschäft fühlen wir uns wie im Schlaraffenland. Es gibt Umstandskleider mit Kordeln unter der Brust und Leggins zum drunter ziehen, wenn es kälter wird und Jeanshosen, die von den normalen

Hosen nicht zu unterscheiden sind, wenn man Sie trägt. Das elastische Bauchbündchen fällt mit dem hübschen, mit Schmetterlingen bedruckten, T-Shirt nicht auf. Als ich Ellen so betrachte, bekomme auch ich Lust mir ein Paar Umstandssachen zu kaufen. Ich greife mir das kaki Farbende Kleid und eine Leggins und verschwinde in der Umkleidekabine. Als ich wieder herauskomme und mich im Spiegel betrachte, fühle ich mich wie eine Prinzessin.
Ellen gefällt mein Outfit so gut das Sie dasselbe anzieht. Überglücklich beschließen wir uns das Partneroutfit zuzulegen und gehen zur Kasse. Wie gut das ich die Kordel sehr eng schnüren kann, so muss ich nicht warten, bis mein Bauch dicker geworden ist, um das Kleid zu tragen.
Wir schleppen sage und schreibe 5 Plastiktüten zu mir nach Hause.
Während wir eine Tasse Tee trinken, unterhalten wir uns über unsere Schwangerschaften.
»Manchmal habe ich das Gefühl, das kleine Luftblasen in mir aufsteigen. Das kitzelt dann ganz komisch.«
Beginne ich zu erzählen.
»Das kenne ich zu gut«, stimmt sie mir zu.
»Ich war deswegen sogar bei Frau Dr. Hillebrand aber die meinte nur, dass sind Hirngespinste. Ich denke allerdings das ich, ein gutes Bauchgefühl habe und das es das Baby war, das sich bewegt hat.«
Ellen stimmt mir zu und nickt anerkennend.
»Das denke ich auch.«
Begeistert, dass ich mir das nicht einbilde, falle ich Ellen um den Hals.
»Dann sind wir uns ja einig«, langsam steht sie auf und streckt sich.
»Ich werde jetzt nach Hause gehen, mal sehen, was mein Mann zu meinem neuen Outfit sagt. Sexy und schwanger, ich finde, das ist eine gute Kombination.«

Verschmitzt grinst sie mich an, ich weiß genau, was Sie meint. Ich will auch wieder Sex haben.
»Richtig, sehen wir uns bald wieder?«
»Natürlich.«
Mit einem Kuss verabschiedet Sie sich von mir und ich rufe mal wieder bei meiner Mutter an. Viel zulange habe ich nicht mehr mit Nele gesprochen, verdammt, wie ich dieses Kind vermisse.
Nele allerdings hat zunächst kein Interesse daran, mit mir zu sprechen.
»Mir ist die letzten Tage eine Veränderung bei Nele aufgefallen, sie scheint die Sache endlich zu verarbeiten. Mittlerweile unterscheidet sie zwischen dir und ihrer Mutter. Wenn Sie dich meint, sagt sie Tante Angie und zu ihrer Mutter eben Mama. Außerdem habe ich mit einer befreundeten Psychologin gesprochen, sie sagt, Nele muss in den Kindergarten!«
Kindergarten wirklich? Wenn Sie mir jetzt noch verrät, wo ich so schnell einen Platz für Sie hernehmen soll, würde ich sofort dafür sorgen, dass Sie in den Kindergarten gehen kann.
»Nele möchtest du mit Tante Angie sprechen?«
Das Wort Tante hallt in meinen Ohren nach. Ich habe das Gefühl, jemand hätte mir ein Messer in die Brust gestochen.
Erst als Nele spricht, ist alles vergessen.
»Hallo Tante Angie.«
»Hey meine Süße, wie geht es dir? Hast du Spaß bei Oma?«
Meine Stimme zittert etwas, ich hoffe, Nele kann nicht heraushören, wie sehr ich Sie vermisse.
»Ja.«
»Das freut mich. Wollen wir beide Morgen zusammen ein Eis essen gehen«
»Ja.«
»Gut dann holt dich Ta …«, ich stocke.

»Dann hole ich dich morgen Mittag ab«, verbessere ich mich schnell.
»Bis bald.«
Nele legt auf und ich kämpfe mit den Tränen. Meine Güte, wann hört diese Heulerei nur wieder auf?
Als Steven nach Hause kommt, zeige ich ihm, was ich gekauft habe und schlage ihm vor, das er mich zum Essen einlädt, damit ich meine neuen Sachen gebührend einweihen kann.
Er lächelt breit, nimmt mich an die Hand und schwingt mich mit einer gekonnten Drehung in seine Arme.
»Ich geh nur schnell duschen und ziehe mich um.«
Als Steven zurecht gemacht die Stufen runter kommt, kann ich nicht anders als durch die Zähne zu pfeifen.
»Du siehst toll aus.«
»Können wir los? Das Kleid steht dir wirklich gut.«
Ich lächel ihn schüchtern an und gebe ihm einen langen Kuss auf den Mund. Wie gut er küssen kann, habe ich fast vergessen. Von dem Gespräch mit Nele habe ich ihm noch nichts erzählt und ich will es auch erst einmal für mich behalten.
Wir entschließen uns, zu dem Griechen am Bahnhof zu gehen. Ich habe noch nirgendwo anders so tolles Gyros gegessen. Der Zaziki wird noch selbst gemacht und die Speisen mit viel Liebe hergerichtet. Kosta, der Besitzer kennt mich schon von früheren Besuchen und setzt sich, nach dem wir gegessen haben zu uns.
»Ouzo? Geht aufs Haus.«
Ich schüttel den Kopf, ich liebe das Getränk, doch in meinem Zustand ist es eine schlechte Wahl.
»Den hast du doch noch nie angelehnt. Was ist denn los?«
Bedeutungsvoll lege ich eine Hand auf meinen Bauch.
»Du bist schwanger? Das ist ja großartig,«
Vor Begeisterung hat er sogar seinen Akzent vergessen und spricht wunderbares Hochdeutsch.

Er ruft einen Kellner heran und bestellt zwei Ouzo und ein großes Eis mit viel Schokolade.
»Das müssen wir feiern, ich freue mich für euch.«
Als alles an den Tisch gebracht wird, stoßen die Männer an und ich löffel mein Eis.
Viel zu schnell ist der Abend zu Ende und wir müssen nach Hause. Steven, der am Morgen schon kaum auf die Beine kam, will ins Bett. Als wir nebeneinander liegen finde ich endlich den Mut mit ihm über Nele zu sprechen. Nicht, dass ich Angst vor seiner Reaktion habe, nein, viel mehr graut es mir davor zugeben zu müssen, dass es mich stört, wie Nele mich jetzt nennt.
»Besser Tante, als wenn Sie dich weiter ignoriert. Nimm es nicht so schwer.«
Als Steven schläft, gehe ich noch einmal in die Küche. Ich will mich auch an diesen Tag ein Leben lang erinnern.

Liebes Tagebuch
Nele ist immer noch bei meiner Mutter, scheinbar geht es ihr besser. Sie hat seit zwei Tagen nicht mehr nach Mama gefragt. Allerdings bin ich jetzt bloß noch die Tante. Damit muss ich mich wohl vorerst zufriedengeben, auch wenn es ganz schön schmerzt. Es war wie ein Stich ins Herz, als meine Mutter ihr sagte, Tante Angie sei am Telefon. Ich bin doch wohl mehr als eine TANTE. Steven sagt, alles ist besser, als von ihr ignoriert zu werden. Damit mag er recht haben, mir gefällt es trotzdem nicht. Meine Mutter kam wieder mit einer neuen Idee, wie es Nele besser gehen könnte, ich soll sie im Kindergarten anmelden. Was denkt sie eigentlich, was ich versucht habe? Es hieß immer:
»Tut mir leid, wir sind voll.«
Ich wünschte wirklich, es wäre so einfach! Es ist für mich nur nicht vorstellbar. Naja egal.
Etwas Neues zur Schwangerschaft:
Neuerdings habe ich das Gefühl, ich habe ein paar Luftblasen verschluckt, die dann aufsteigen, um zu platzen. Ellen hat das auch und war deswegen sogar bei unserer Ärztin, sie hat sie für verrückt erklärt. UNMÖGLICH war die Antwort. Noch wäre das Baby viel zu klein und könnte Karate machen und man würde es nicht merken, weil es noch viel Platz hat. Trotzdem sind Ellen und ich uns einig, wir sagen einfach, es sind die Gummibären, die eine Fete feiern! Wir merken unsere Kinder eben besonders früh, weil wir ein so gutes Körpergefühl haben. Ich mag die Vorstellung, dass in mir eine Party gefeiert wird, auch wenn ich mir nicht vorstellen kann, mit wem der Gummibär da feiert! Mit der Nabelschur? Ellen und ich waren heute Shoppen und haben uns ein Partner - Schwangerschaftsoutfit zugelegt. Ein Kleid mit Leggins. Wir sahen zum Anbeißen aus. Steven hat es sehr gefallen und zur Feier des Tages sind wir

zusammen aus gewesen. Kosta war entzückend. Und wer hätte es gedacht, der Mann spricht besser Deutsch als ich. Er war so verzückt von der Nachricht, dass ich ein Baby bekomme, da hat er glatt seinen Akzent vergessen. Ich habe unter dem Tisch gelegen vor Lachen.

Bis bald

Zufrieden lege ich mein Tagebuch zurück in meine Handtasche und gehe zurück ins Bett. Eigentlich habe ich gehofft, noch etwas mit Steven kuscheln zu können. Doch als ich die Tür öffne, schläft er bereits tief und fest. Außerdem schnarcht er. Ich lege mich neben ihn und kuschel mich eng an ihn.
Morgen ist ein neuer Tag, ein noch besserer, ganz bestimmt. Den Mittag des neuen Tages kann ich kaum erwarten, den ganzen morgen renne ich von A nach B und wieder zurück. Ich bin nicht in der Lage auch nur einen klaren Gedanken zufassen. Immer wieder sehe ich auf die Uhr, und als sie ENDLICH 11.30 Uhr anzeigt, bin ich der glücklichste Mensch auf Erden.
Ich kann zu Nele. Ich habe mir schon einen Plan zurechtgelegt, erst Eis essen, dann auf den Spielplatz und zum Abschluss noch ein wenig shoppen, ich nehme mir sogar ganz fest vor mit ihr in den Burger Laden zu gehen, sollte sie mich nach Pommes fragen. Ich renne durch die Innenstadt zu meiner Mutter und stehe total außer Atem nur zehn Minuten später bei ihr vor der Tür.
Noch bevor ich klingeln kann, öffnete Nele und fällt mir um den Hals, Tränen des Glücks schießen mir in die Augen, ich habe Mühe sie weg zublinzeln. Nele soll nicht sehen, dass ich weine.
»Wollen wir gehen«, frage ich deswegen schnell.
Nele legt ihre Hand in meine und zieht mich mit sich Richtung Innenstadt. Über die Schulter winke ich meiner Mutter noch kurz zum Abschied.
Nele ist zwar nicht sehr gesprächig, aber das macht mir ausnahmsweise nicht aus. Ich bin froh, Zeit mit ihr verbringen zu können ohne das Sie um sich schlägt, bockt und weint.
Verstohlen sehe ich Nele von der Seite an und lächel. Als Sie meinen Blick bemerkt, sieht auch Sie mich an, hebt ihre Hand und versucht mir über die Wange zu

streicheln. Schnell greife ich nach ihrer Hand und halte sie für einen Moment ganz fest.
»Ich habe dich lieb kleine Maus.«
»Ich dich auch Tante Angie.«
Schon wieder dieser Stich ins Herz, aber ich versuche ihn zu ignorieren und gebe ihr einen Kuss auf die Stirn. Die Platzwunde ist schon gut verheilt man sieht außer einem kleinen Fleck, kaum noch etwas.
Als Nele aufgegessen hat, gehen wir in unsere liebste Kinderboutique.

*

Wir schlendern durch die Hamelner Einkaufsmeile und ab und an bleiben wir vor einem der vielen Schaufester stehen. Nele kann sich gar nicht sattsehen an den bunten Farben, die unterschiedlichen Puppen und Handtaschen. Wenn Sie eine Farbe erkennt, ruft sie zum Beispiel,
»Guck mal, blau.«
Als mir jemand von hinten auf die Schulter tippt, drehe ich mich erschrocken um. Meine gute Laune ist wie weggeblasen. Vor mir steht Ronny und grinst mich blöde an.
»Hi lange nicht mehr gesehen, es ist gut das wir uns heute treffen, ich wollte dich mal Fragen, ob es da nicht noch eine Kleinigkeit gibt, die du vergessen hast mir zu erzählen.«
Überrumpelt stoße ich ein »Nein«, hervor. Was wollte Ronny denn? Warum rückt er nicht einfach raus mit der Sprache?
»Ich habe gehört du hast ein Geheimnis, und ich glaube, ich habe ein Recht darauf es zu erfahren.«
Wie Bitte? Was habe ich denn für ein Geheimnis? Ich kann mir beim besten Willen nicht erklären, was er meint. Ich sehe ihn nur verwirrt an und frage mich, ob er drogenabhängig geworden ist. Oder ob er sich vielleicht bei einem Psychologen wegen Paranoia vorstellen soll.
Nele geht hinter mir in Deckung und klammert sich an mein Bein. Ich muss mich bemühen, Ronny nicht anzuschreien. Das er sich tatsächlich noch traut mich anzusprechen, grenzt an Größenwahnsinn.
»Vielleicht klärst du mich ganz kurz über meine Geheimnisse, dich betreffend auf, ich habe Besseres zutun, als hier mit dir zu stehen und mir dein blödes Gerede anzuhören.«
Meine Stimme ist nicht mehr als ein Zischen.

»Ich habe gehört du bist schwanger«, verräterisch beugt er sich zu mir hinunter und flüstert in mein Ohr.
»Wenn du das große Kind hinter dir los wirst, bin ich gerne bereit dir zu verzeihen und dich zurück zunehmen.«
Er zeigt auf Nele, die sich nur noch fester an mich klammert. Meine Hände sind zu Fäusten geballt.
Wenn er weiter so einen Stuss redet, kann ich für nichts garantieren.
»Warum hast du mir nicht erzählt, dass du schwanger bist? Das wäre doch ein wunderbarer Grund es nochmal miteinander zu versuchen. Ich möchte nicht nur der Wochenend - Papa sein!«
Wochenend - Papa? Geht es noch kurioser? Wir sind seit März getrennt, jetzt haben wir August, was meint er denn, wie lange so eine Schwangerschaft dauert? Ich bin doch kein Elefant!
»Bitte denk nur einen Moment darüber nach.«
Er sieht mich mit seinem >>ich bin der liebste Mann der Welt<< Blick an.
Ich verstehe immer noch nicht ganz, was er meint. In meinen Ohren fängt es an zu rauschen, meine Gedanken wirbeln durcheinander, was er sagt, verstehe ich nicht. Ich sehe ihn nur an und frage mich, was in ihn gefahren ist. Warum macht er sich hier so lächerlich?
Warnend hebe ich meinen Zeigefinger und mache einen Schritt auf ihn zu. Sein Gesichtsausdruck wandelt sich, ich sehe, wie er unsicher wird. Gut so, denn ich bin so wütend, am liebsten würde ich ihm rechts und links eine runter hauen.
»Wenn du der Vater wärst, würde ich das Kind nicht bekommen, eher würde ich mich umbringen«, es kostet mich unheimlich viel Kraft, nicht zu schreien. Aber noch einmal so eine Aufmerksamkeit wie beim letzten Mal zu provozieren ist das Letzte, das ich will.

»Ich weiß nicht, wer dir erzählt hat, dass ich schwanger bin, aber du kannst demjenigen einen schönen Gruß ausrichten. Ich bin mit dem Onkel dieses entzückenden Mädchens zusammen, er ist der Vater.«
Ich hole tief Luft und schlucke meine Wut hinunter, mit so viel Würde, wie ich unter diesen Umständen aufbringen kann, spreche ich weiter.
»Wenn du mich jetzt entschuldigst? Ich will den Tag mit meiner Tochter genießen.«
Ronny wäre nicht Ronny, wenn er mich einfach gehen lassen würde. Viel zu gut kann ich mich an den Tag der Auseinandersetzung erinnern als Monia mir gestand, wie Sie unsere Beziehung sabotiert hat. Ich war noch nicht wirklich darüber hinweg. Ab und an frage ich mich sogar, ob wir es ohne Monia nicht doch geschafft hätten unsere Beziehung zu retten. Auch wenn ich jetzt glücklich bin, manchmal vermisst man eben das Gewohnte. Ich versuche, meine Schritte zu beschleunigen. Nehme sogar Nele auf den Arm. Doch Ronny hat mich schnell eingeholt und hält mich wieder mal fest. Ich versuche mich aus seinem Griff zu befreien, aber er ist, wie soll es anders sein, stärker als ich.
Ich stelle Nele wieder auf ihre eigenen Füße, als ich wieder hochkomme, packt Ronny mich an den Schultern und küsst mich. Vergeblich versuche ich ihn, wegzustoßen. Als er sich von mir löst, bin ich kurz davor mich zu vergessen, doch stattdessen drehe ich mich um und renne, Nele wieder auf meinem Arm, so schnell es geht davon.
Was er mir hinterher ruft, hörte ich nicht. Ich steuer auf das nächste Café zu, ich muss mich dringend beruhigen, bevor ich weiter gehen kann. Nele bekommt einen Saft und ich gönne mir einen Cappuccino mit extra viel Schaum. Doch meine Laune bleibt unverändert, Nele bemerkt das natürlich

und will, nachdem Sie ausgetrunken hat, zurück zu Oma. Wütend auf mich und vor allem auf Ronny will ich Sie kurze Zeit später bei meiner Mutter abgeben. Doch sie hat noch nicht mit uns gerechnet. Ihre Haare sind zerwühlt und sie trägt wieder nur ihren Bademantel.
»Ist er noch da?« Frage ich bissig.
»Nein, gerade gegangen, ich wollte eigentlich noch ein Schläfchen machen, kommt rein.«
Nele darf zur Feier des Tages ein paar Kinderfilme ansehen, so habe ich Gelegenheit meiner Mutter alles über unseren heutigen Ausflug zu erzählen.
Sie ist eine tolle Zuhörerin, an den richtigen Stellen wirft sie Satzfetzen ein, wie zum Beispiel „Das ist, ja toll", oder „nein das ist doch nicht wahr."
»Ich glaube, ich gehe jetzt nach Hause, Steven müsste auch bald von der Arbeit kommen.«
Als ich ins Wohnzimmer komme, um mich von Nele zu verabschieden, sehe ich das Sie eingeschlafen ist. Ich nehme die Sofadecke und lege sie ihr über, gebe ihr und meiner Mutter einen Kuss und gehe immer noch ziemlich verwirrt nach Hause.
Dort angekommen höre ich als Erstes den Anrufbeantworter ab. Steven hat angerufen, er weiß nicht, wann er nach Hause kommen kann. Irgendein Tier bekommt ein Baby und er muss helfen. Warum eigentlich immer er? Warum schreit er immer, wenn es um noch mehr Arbeit geht, hier? Bin ich ihm kein bisschen wichtig?
Schnell versuche ich, den Gedanken zu verdrängen. Es ist ungerecht meine Unzufriedenheit an ihm auszulassen, wenn auch nur in Gedanken. Ich weiß, dass ich ihm wichtig bin, das zeigt er mir jeden Tag aufs Neue. Auch wenn es nur kleine Gesten sind, oder Worte wie: »Ich komme so gerne nach Hause«, oder »Ich liebe es, wie du mich ansiehst.«

Stattdessen ziehe ich mein Tagebuch heraus und fange an, zu schreiben:

Liebes Tagebuch
Ich fasse es nicht! Wie kann er nur denken wir kommen nochmal zusammen? Was bildet dieser Kerl sich eigentlich ein?
Aber von vorne:
Ich bin mit Nele heute in der Innenstadt gewesen, besser gesagt im großen Einkaufcenter, sie braucht dringend neue Hosen. Ich schlender so mit ihr durch die Gegend, als mir jemand von hinten auf die Schulter tippt. Ich dreh mich um und da steht mein EX ... RONNY!
Ich wollte einfach weiter gehen, aber er hat mich nicht gelassen.
Er hat sich total gefreut, von Nele hat er zuerst gar keine Notiz genommen. Erst als Sie mich an der Hand gezogen hat, weil Sie weiter gehen wollte.
„Wenn du das große Kind los wirst, könnte ich mir vorstellen, dass wir beide es noch einmal versuchen könnten."
Das hat er mich allen Ernstes gesagt!
Ich habe ihm nicht geantwortet. Er ließ mich aber auch nicht in Ruhe, als ich mich von ihm losgemacht und weiter gegangen bin.
„Ich will kein Wochenend - Papa sein."
Dieser Satz klingt noch in meinen Ohren nach.
Ich habe wirklich nur verächtlich mit der Zunge geschnalzt und bin weiter gegangen. Allerdings hat ihn auch das nicht interessiert. Er hat mich gepackt und vor aller Augen geküsst. Einfach so! Ich wusste erst nicht, wie ich reagieren sollte, aber dann, dann habe ich ihn weggestoßen. Eingekauft habe ich dann natürlich nicht mehr. Ich habe Nele auf den Arm genommen und bin zu meiner Mutter nach Hause gerannt. Zum Glück ist er mir nicht nachgekommen.
Ich dachte wirklich, dass ich bei unserem letzten Zusammentreffen deutlich gemacht hätte, dass ich ihn nie wieder sehen will.

Noch habe ich Steven nichts davon erzählt, ich bin mir auch nicht sicher, ob ich das tun sollte!? Ach, darum kann ich mir später Gedanken machen jetzt brauche ich dringend etwas Schlaf, oder Alkohol! Aber der ist ja momentan Tabu für mich.
Schade eigentlich ...

Im Bett drehe ich mich nur hin und her. Ich finde keine Position, um einzuschlafen. Ob es daran liegt, dass ich alleine in dem großen Bett liege oder weil mein Kopf einfach keine Ruhe gibt, weiß ich nicht. Als Steven endlich nach Hause kommt, ist es 23 Uhr und ich immer noch hellwach. Als er sich mit einem Seufzer ins Bett fallen lässt, kuschel ich mich gleich an ihn und halte ihn ganz fest.
»Ist alles gut gegangen?«
Steven nickt.
»Wie war denn dein Tag mit Nele?«
Ich setze mich auf, ich habe mal wieder das Gefühl ein dicker Kloß will mich daran hintern ihm zu antworten. Ich versuche ihn hinunter zuschlucken und fange an von der guten Seite des Tages zu erzählen. Steven ist begeistert das Nele und ich uns heute so gut verstanden haben.
»Ich muss dir noch etwas anderes erzählen, es ist mir ein bisschen peinlich.«
»Was denn?« Steven setzt sich ebenfalls auf, knipst das Licht an und sieht mir in die Augen.
»Naja, ich bin heute auf meinen Ex getroffen, Ronny hat mir im Einkaufscenter eine Szene gemacht, meint er wäre der Vater unseres Babys und ich soll zu ihm zurückkommen und er hat mich geküsst. Ich habe mich natürlich gleich von ihm losgemacht und bin weggegangen. Du musst mir glauben ich wollte das nicht und das habe ich ihm auch zu verstehen gegeben.«
Prüfend sehe ich Steven an, ich habe erwartet, dass er ausrastet und schimpft. Doch nichts passiert. Er steht einfach auf und geht.
Was habe ich denn jetzt wieder angestellt. Reagiert er immer so wenn er nicht weiter weiß? Das ist dann aber eine von den Angewohnheiten, die er ablegen muss. Die Tür lässt er offen stehn, vielleicht hätte ich

nichts sagen sollen? Ich gehe ihm hinterher, er steht in der Küche und sieht aus dem Fenster.
»Steven?«
»Es ist alles in Ordnung, du kannst wieder ins Bett gehen.«
»Sieh mich bitte an«, ich lege ihm meine Hand auf die Schulter, doch er schüttelt sie ab wie eine lästige Fliege.
»Bitte geh!«
»Ich will nicht gehen, ich will mit dir darüber reden.«
»Du willst nicht hören, was ich zusagen habe.«
In seiner Stimme schwingt etwas mit, das ich so von ihm nicht kenne.
»So? Was hast du mir denn zusagen? Ich will alles wissen.«
»Wenn ich dir sage, was ich denke, bist du sauer und verletzt. Das will ich nicht. Ich komme schon klar.«
Ich denke ich weiß genau, was er hat. Normal ist es ja nicht, dass man gleich beim ersten Mal schwanger wird. Dann auch noch seine Tage bekommt und trotz all dieser Umstände dann einen positiven Schwangerschaftstest unter die Nase gehalten bekommt.
Natürlich ist die Angst nicht berechtigt, aber woher soll er wissen, wann ich das letzte Mal etwas mit Ronny hatte, oder mit einem anderen Typen. Wir haben nie darüber gesprochen. Von meinem Ex ist das Baby jedenfalls nicht, soviel steht fest und zwischen ihm und Steven gab es niemanden.
»Ich weiß, was du denkst, und jetzt raus mit der Sprache, was denkst du? Ich werde nicht sauer, versprochen.«
»Bin ich wirklich der Vater des Kindes?«
Endlich dreht Steven sich zu mir um, er sieht traurig aus. Ich gehe noch ein Stück auf ihn zu und sehe ihm tief in die Augen.
»Ja das bist du.«

»Wie kannst du dir da so sicher sein?«
Ein Lächeln umspielt meine Lippen, DAS kann ich ihm, wie erwähnt, ganz genau erklären.
»Ich habe mich von Ronny getrennt, du und Nele ihr seid doch viel später in mein Leben getreten. Das Baby müsste, wenn es von Ronny wäre, bald geboren werden du bist der Vater, daran gibt es nicht den geringsten Zweifel.
Sofort hellt sich seine Miene auf.
»Wirklich?«
»Ja wirklich, es gibt keinen Grund an der Vaterschaft zu zweifeln, Dummerchen. Warum hast du mich nicht schon vorher gefragt? Wie lange hast du diese Gedanken denn schon?«
»Seit du mir gesagt hast, dass du schwanger bist.«
Vor Erstaunen reiße ich die Augen weit auf.
»Das ist nicht dein Ernst.«
»Doch und ich schäme mich auch dafür, aber ich konnte nichts dagegen tun, es tut mir leid.«
Ich boxe ihn leicht auf den Arm.
»Schwamm drüber! Ich tue alles, damit du dir sicher bist, wenn du willst, machen wir nach der Geburt einen Vaterschaftstest«, verschwörerisch zwinker ich ihm zu.
»Nein das brauchen wir nicht du hast gerade alle Zweifel beiseite gewischt. Ich liebe dich, lass uns ins Bett gehen und wenn dieser Ronny mir über den Weg läuft, kann er sein blaues Wunder erleben.«
Wieder im Bett, schlafen wir ziemlich schnell ein.
Am Nächsten morgen genießen Steven und ich die paradiesische Ruhe bei einem ausgiebigen Frühstück. Er hat sich freigenommen. Wir haben lange geschlafen und so sind wir, als es an der Tür klingelt, noch im Schlafanzug. Meine Mutter und Nele kommen zu Besuch.
»Sie wollte nach Hause, ich hoffe, wir stören nicht.«

»Absolut nicht«, erwidere ich lachend. Als Nele Steven entdeckt, lässt sie ihren Rucksack fallen und rennt ihm in die Arme. Überschwänglich küsst sie sein ganzes Gesicht.
Steven drückt Nele an sich und küsst Sie ebenfalls.
Meine Mutter nimmt mich mit ins Wohnzimmer.
»Ich muss kurz mit dir reden, ich habe nochmal mit der Psychiaterin gesprochen, Sie sagt, dass Nele erst aufhört, nach ihrer Mutter zu fragen, wenn Sie verstanden hat, wo Sie ist. Mit der Anmeldung für den Kindergarten solltest du dich beeilen. Sie ist in einem Alter, wo es wichtig ist, mit gleichaltrigen Kindern zusammen zu sein.«
»Ach Mama, alle Kindergärten sind voll. Wir müssen bis zum nächsten Jahr warten.«
»Das glaube ich nicht! Du lässt dich doch sonst nicht so leicht unter kriegen, sprich nochmal mit der Leitung, oder ruf bei der Stadt an.«
Natürlich hat sie recht, da merkt man wieder, wie unsicher ich mich im Moment fühle.
»Ich gehe gleich morgen in den Kindergarten um die Ecke und spreche nochmal mit der Leiterin. Vielleicht hilft es ja, wenn ich die ganze Situation erkläre.«
»Mach das«, beruhigend streicht Sie mir über den Rücken. In der Küche ist Nele immer noch dabei, Steven abzuküssen.
Ich gehe zu den beiden und mache einfach mit. Als wir wieder alleine sind, berichte ich Steven, was meine Mutter von der Psychologin erfahren hat.
»Darauf hätte ich auch kommen sollen. Versuch es morgen einfach nochmal, klappt es nicht lassen wir uns etwas anderes einfallen.«
»Wir werden sehen.«
Den Rest des freien Tages kosteten wir richtig aus. Wir bestellen uns etwas zu essen und schauen uns alle drei Teile von „Stirb langsam" an.

Am nächsten Morgen mache ich mich bereits um 8 Uhr auf den Weg in den Kindergarten.
Die Leiterin, Frau Mehring nimmt mich mit in ihr Büro.
»Sie sind ein bisschen spät dran, um ihre Tochter im Kindergarten anzumelden. Aber das hatte ich ihnen ja beim letzten Mal schon gesagt. Normalerweise kommen die Eltern zu uns, wenn die Kinder acht Monate alt sind.«
»So früh schon?«
Erstaunt sehe ich Sie über ihren Schreibtisch hinweg an. Ich erkläre ihr die Situation in der Hoffnung, dass Sie dann besser versteht.
»Nele ist nicht meine Tochter, ihre Eltern sind bei einem Verkehrsunfall gestorben, sie lebt jetzt bei ihrem Onkel und mir. Sie verhält sich alles andere als normal. Sie ist ständig wütend«, ich zeige auf mein, noch nicht ganz verheiltes blaues Auge.
»Sie schlägt um sich, ist bockig und schwer zu handhaben.«
»Oh das tut mir natürlich leid. Ich kann sie aber beruhigen, wir haben noch einen Platz frei. Ein Kind wurde letzte Woche abgemeldet. Und da Nele scheinbar ein Sonderfall ist, ziehen wir Sie einfach vor. Wie lange soll sie denn bleiben?«
»Ich dachte an 4 Stunden. Also von acht Uhr bis um zwölf Uhr. Länger ist nicht nötig."
»Gut, ein Ganztagsplatz wäre auch nicht frei gewesen.«
>>Warum fragt sie dann erst, wie lange ich Sie in den Kindergarten schicken will? << denke ich, sage aber nichts. Ich will nichts tun, um mich unbeliebt zu machen.
»Wann können wir Nele denn das erste Mal bringen?«
»Wenn Sie wollen, können wir morgen schon mit der Eingewöhnung beginnen.«
»Eingewöhnung, was meinen Sie damit?«

Das Wort hatte ich im Zusammenhang mit einem Kindergarten noch nie gehört.
»Sie kommen morgen mit Nele hierher, sehen sich den Kindergarten an, danach gehen wir zusammen in ihre Gruppe, wo Sie ihre Bezugsperson kennenlernt und ein wenig spielen kann. Nach etwa eineinhalb Stunden gehen Sie wieder mit ihr nach Hause. Nächste Woche versuchen wir dann mal ob Nele ein, zwei Stunden alleine hier bleiben möchte. Die Eingewöhnung geht zwei Wochen. Danach bleibt Nele von acht bis zwölf Uhr alleine hier.«
»Das klingt wirklich gut, da bekommt sie bestimmt nicht das Gefühl, das ich Sie abschiebe.«
Die Leiterin schüttele den Kopf.
»Die Wut ist normal, machen Sie sich keine Sorgen, das wird schon wieder.«
Nach dem Gespräch verlasse ich zuversichtlich den Kindergarten. Das Gespräch tat gut.
Ich gehe Nele von meiner Mutter abholen.
»Irgendwie bin ich ja froh, dass du die kleine Maus wieder mitnimmst, ich habe vergessen, wie anstrengend Kinder sein können.«
An Cecilia will ich Sie jetzt nicht erinnern, immerhin war sie vor nicht allzu langer Zeit mal genauso alt wie Nele jetzt.
Etwas später steht Nele mit gepacktem Rucksack bei uns und kann es gar nicht erwarten, dass wir nach Hause gehen.
Zu Hause angekommen ist Nele wieder ganz die alte. Ich werde ignoriert, und wenn ich versuche, mit ihr zu sprechen wird sie wütend. Erst als Steven von der Arbeit kommt, bessert sich ihre Laune. Ich lasse die beiden im Wohnzimmer toben und fange an zu kochen. Es gibt Lasagne und zum Nachtisch Schokoeis mit Vanillesoße. Vielleicht kann ich so den einen oder anderen Pluspunkt bei ihr sammeln. Nach

dem Essen bringt Steven Nele ins Bett, während ich die Küche wieder in Ordnung bringe.
Nach ungefähr einer Stunde steht er sichtlich erschöpft neben mir. Der Tee, den ich mit gegen die Übelkeit gekocht habe, dampft in der Tasse und verbreitet einen wunderbaren Duft nach Kamille, Minze und anderen Kräutern.
»Oh was ist denn mit dir passiert?«
Frage ich, ein lachen unterdrückend.
»Ich habe ihr vorgelesen, mit ihr gekuschelt, für Sie gesungen und ihr den Rücken gekrault aber Nele wollte und wollte nicht einschlafen. Immer, wenn Sie kurz davor war, wollte sie mir noch etwas erzählen. So anstrengend war das zu Bett bringen noch nie."
Ich nehme ihn in den Arm und kraule seinen Nacken.
»Sie ist aufgeregt, schließlich geht man nicht jeden Tag zum ersten Mal in den Kindergarten.«
Triumphierend sehe ich ihn an, es hat also auch Vorteile, das Nele nur ihren Onkel sehen will. Die ins Bett bring Orgie, geht an mir vorbei. Allerdings hört es da schon wieder auf mit den Vorteilen. Lieber wäre es mir, ich könnte wieder die Angie aus dem Krankenhaus sein, die Nele von vorn bis hinten, betüddelt hat.
»Lass uns zu Bett gehen ...«
Müde reibt er sich übers Gesicht, nach einem herzhaften Gähnen nehme ich meinen Tee einfach mit nach oben. Ich komme aber gar nicht mehr dazu, ihn zu trinken. Kaum habe ich mich an Steven gekuschelt, schlafe ich ein.
Unsanft werde ich etwas später aus dem Schlaf gerissen.
»Tante Angie du musst aufwachen. Ich muss in den Kindergarten.«
Ich richte mich ein wenig auf und blinzel auf dem Wecker, der auf meinem Nachttisch steht, ist es gerade erst 5 Uhr morgens.

»Oh süße, es ist noch viel zu früh, wir können noch zwei Stunden schlafen, gehst du wieder ins Bett?«
»Nein«, da Nele auf dem Flur das Licht angeschaltet hat, sehe ich ihr Gesicht. Den Blick kenne ich, Sie wird nicht locker lassen. Ich muss wohl aufstehen und ihr Frühstück machen und gucken, wie ich ihr die nächsten 4 Stunden vertreibe. Bevor ich das aber tue, will ich noch etwas versuchen.
»Du könntest dich aber auch zwischen mich und Steven legen, dann kuscheln wir noch eine Weile.«
Nachdenklich wiegt sie den Kopf hin und her. Von unserer Unterhaltung ist Steven aufgewacht.
Verschlafen reibt er sich die Augen.
»Was ist denn hier los?«
»Ich will in den Kindergarten«, antwortet Nele.
»Aber dazu ist es doch noch viel zu früh, komm leg dich zwischen uns, wir kuscheln noch eine Stunde, bis mein Wecker klingelt."
Danke so weit war ich auch schon, denke ich verdrossen. Warum zählt eigentlich nicht mehr das, was ich sage?
Nele fackelt nicht lange, sie klettert über mich rüber und kuschelt sich in Stevens Arm. Ich setze ein grinsen auf und lege meinen Kopf ganz dicht zu den beiden. Nele lässt es zu und ich freue mich, schließe die Augen und schlafe fast sofort wieder ein.
Als ich einen Fuß in die Rippen bekomme, setze ich mich keuchend auf. Was ist denn los? Nele neben uns strampelt und schlägt um sich. Sie wimmert wie ein verletzter Hund und wirft sich von einer auf die andere Seite.
Als wenn in meinem Gehirn etwas einrastet, bin ich auf einen Schlag hellwach. Nele hat einen Albtraum. Ich beuge mich über Sie und versuche Sie zu beruhigen, sanft streiche ich ihr über den Rücken.

»Nele? Nele süße wach auf, es ist alles gut. Ich bin hier, ich beschütze dich. Beruhige dich, du hast schlecht geträumt."«
Als Nele die Augen öffnet, stürzt sie sich in meine Arme und weint herzzerreißend. Steven, der schon aufgestanden ist, kommt die Treppe hochgepoltert und stürzt ins Zimmer. Völlig außer Atem fragt er:
»Was ist passiert? Was ist los?«
»Nele hatte einen Albtraum.«
Wie ein kleines Baby wiege ich Sie in meinen Armen hin und her. Steven setzt sich zu uns und streichelt ihr über den Kopf.
Nach einer Weile hat sie sich beruhigt und löst sich aus meiner Umarmung. Mit dem Daumen wische ich die Tränen unter ihren Augenwinkeln weg und schenke ihr ein kleines, aufmunterndes Lächeln.
An Schlaf ist nicht mehr zu denken, deswegen nimmt Steven, Nele auf den Arm und trägt sie hinunter in die Küche. Ich folge den beiden, es wird Zeit, das etwas passiert. Wieder einmal kann ich für Nele nur Mitleid empfinden. Die Kleine hat schon so viel mitgemacht, irgendwann muss es doch genug sein.
Steven macht ihr eine Scheibe Toast mit Nutella und stellt ein Glas Milch vor Sie hin. Nele greift sofort zu und isst alles, bis auf den letzten Krümel auf.
Wenn Sie solche Träume schon öfter hatte, ist es kein Wunder, das Sie unausstehlich ist und auch nicht das, dass zu Bett bringen, Ewigkeiten dauert. Sie hat Angst einzuschlafen. Ich mag mir gar nicht vorstellen, was Sie in der Vergangenheit, für Ängste ausgestanden haben muss.
Zu gern würde ich Nele fragen, was genau Sie denn geträumt hat, aber ich lasse es aber lieber. Nicht, dass die Erinnerung daran, Sie wieder zum Weinen bringt. So soll ein besonderer Tag wirklich nicht beginnen.

Nachdem wir uns angezogen und Zähne geputzt haben, versuche ich mit guter Laune und ein paar Witzen die Stimmung aufzulockern.
Steven verabschiedet sich bei uns mit einem Luftküsschen.
»Machst du mir bitte einen Zopf? Ich will gut aussehen, wenn ich in den Kindergarten gehe.«
Ich schmunzel,
»Natürlich sollen wir deine Lieblingsspangen benutzen?«
Nele nickt, strahlt mich an und läuft ins Badezimmer. Zurück kommt sie mit zwei Zopfgummis und Spangen mit Schmetterlingen drauf. Ich flechte ihre Haare zu zwei Zöpfen und nehme, um den Pony aus dem Gesicht zu halten, die Klammern.
Endlich ist es kurz vor halb neun und wir können uns auf den Weg zum Kindergarten machen. Unterwegs hält Nele die ganze Zeit meine Hand. Nichts erinnert mehr an den Albtraum und die Spanungen der letzten Wochen.
Frau Mehring erwartet uns schon an der Eingangstür, Sie beugt sich zu Nele herunter und gibt ihr die Hand. Wie eine kleine Dame begrüßt Nele die Leiterin des Kindergartens.
»Guten Morgen, ich bin Nele, ich will in den Kindergarten gehen.«
»Was für ein höfliches kleines Mädchen du doch bist, bist du sicher das du zu uns kommen möchtest?«
Etwas verunsichert sieht Nele zu mir hoch, ich nicke ihr zu.
»Ja das bin ich«, sagt sie mit fester Stimme.
»Dann komm mal mit, ich zeige dir deinen Haken, da kannst du später dann deine Kindergartentasche anhängen und deine Jacke."
»Ich habe aber gar keine Jacke an«, jammert Nele.
»Aber es wird ja bald wieder kälter, dann hast du eine Jacke. Hast du schon gesehen, welches Fruchtzeichen

für dich ist? Deine Zahnbürste und der Zahnputzbecher haben auch einen Erdbeersticker, damit du immer alles wieder findest. Und du bekommst ein Fach in deiner Gruppe, wo du gemalte Bilder hineinlegen kannst. Gefällt es dir?«
Nele nickt, stolz blickt Sie die Erdbeere an, klettert auf die Sitzbank und fährt mit dem Finger die Konturen nach.
»Dann lass uns doch zu deiner Erzieherin gehen, Marlies wartet schon auf dich.«
Frau Mehring streckt die Hand nach Nele aus, zusammen gehen Sie in die Marienkäfergruppe. Nachdem die Leiterin uns miteinander bekannt gemacht hat, verabschiedet sie sich von uns und geht wieder in ihr Büro. Ich halte mich im Hintergrund, was nicht schwer ist, Nele beachtet mich gar nicht. Sie ist so fasziniert von den vielen Speilsachen und den anderen Kindern. Sofort setzt sie sich an den Maltisch zu den anderen. Marlies nutzt die Gelegenheit und setzt sich mit mir etwas abseits an einen der runden, kleinen Tische.
»Ich habe gehört Nele hat ihre Eltern verloren«, ich nicke.
»Wir haben hier eine tolle Sonderpädagogin, die sich in solchen Fällen mit den Kindern beschäftigt. Was halten Sie davon, wenn Nele einmal die Woche bis 15 Uhr hier bleibt, mit der Leiterin ist das schon angesprochen. Sie könnte hier dann mit den anderen Kindern Mittag essen, schlafen und ab 14 Uhr würde sie dann in die Spieltherapie gehen?«
»Wird ihr das helfen mit dem Verlust besser umzugehen und ihr gestatten«, ich schluckt schwer, „Mich auch wieder zu lieben?«
Ich höre selbst, wie jämmerlich ich klinge.
Marlies legt mir ihre Hand auf die Schulter und sieht mich an.

»Ich denke, Nele hat sie lieb, der Verlust ist nur noch viel zu präsent.«
»Wir tun alles, damit es ihr wieder besser geht. Natürlich kann sie einmal die Woche länger bleiben.«
Gerade als ich ausgesprochen habe, kommt Nele mit ihrem ersten gemalten Kindergartenbild zu mir.
Sie hat ein Strichmännchen gemalt, das im Gras vor einem Haus steht. Es ist ein schönes Bild. Ich bedanke mich und lege es zur Seite.
Nach gut einer Stunde kommt Frau Mehring wieder in die Gruppe. Nele sitzt mittlerweile mit einem Jungen bei den Puppen.
»Nele? Kommst du mal bitte zu mir?«
»Ja?«
Als Nele vor ihr steht, geht Frau Mehring erneut in die Hocke.
»Ich wollte dir nur Bescheid sagen, dass du den ersten Kindergartentag geschafft hast. Du darfst jetzt wieder nach Hause gehen.«
Traurig lässt Nele den Kopf hängen und bringt die Puppe, die Sie die ganze Zeit mit sich herumschleppt, zurück.
»Du darfst aber morgen wieder kommen, und wenn du dich traust, versuchen wir das morgen mal ohne Tante Angie.«
Ürgs, jetzt sagt sie auch schon Tante zu mir. Lächeln, ich muss lächeln. Ich hoffe inständig, es sieht auch aus wie ein fröhliches Grinsen.
Brav verabschiedet Nele sich von Marlies und von Frau Mehring.
Zu meiner großen Verwunderung läuft der Tag, bis Steven von der Arbeit kommt, sehr entspannt. Nele und ich spielen Memory, gehen einkaufen und bereiten das Abendessen vor. Als Steven kommt, blieb Nele sogar in der Küche bei mir sitzen und wartet, bis er bei uns ist. Entgegen der Gewohnheiten, der letzten Wochen bekomme erst ich einen Kuss und dann Nele.

Auch klammert sie sich nicht wie eine Ertrinkende an ihn. Verwundert steht Steven in der Küche und sieht seine Nichte an.
»Was denn? Das war es heute?«
»Frag Sie nach dem Kindergarten«, flüster ich Steven ins Ohr.
»Das habe ich nicht vergessen! Nele wie war es denn im Kindergarten?"
Wie ein Wasserfall sprudelt alles aus ihr heraus.
»Und dann hat der Yannik gesagt, ich soll die Mama sein, er war Papa und Stella, so heißt die Puppe, das ist unsere Tochter. Das war so schön im Kindergarten. Ich darf morgen wieder hin.«
»Freut mich das es dir gefallen hat.«
»Nach dem Essen bringe ich Nele ins Bett, allerdings lasse ich die Tür einen Spaltbreit auf. Wenn Sie wieder einen Albtraum hat, will ich das mitbekommen. Vielleicht ist das ja einer der Gründe für ihre schlechte Laune.«
Ich erzähle ihr von der letzten Nacht und den Albträumen.
»Hier hatte sie auch Albträume, jede Nacht sogar. Ich dachte, ihr wisst davon.«
»Nein, wir haben es letzte Nacht das erste Mal mitbekommen.«
Schon wieder bekomme ich ein schlechtes Gewissen. Heißt es, weil ich nichts von den schlechten Träumen mitbekommen habe, das ich eine schlechte Mutter abgebe?
Für einen Moment verstummten wir, jede hängt ihren Gedanken nach.
Ich wage gar nicht, meine Gedanken laut auszusprechen. Irgendwann wird mir die Mutterrolle schon leicht von der Hand gehen, ich brauche einfach Ein bisschen mehr Erfahrung.
»Ich Liebe dich. Bis bald.«
»Ich dich auch.«

Zum ersten Mal, seit ich von der Schwangerschaft weiß und ich mit Steven und Nele zusammengezogen bin, kann ich sagen, dass es ein schöner Tag war. Gut gelaunt lasse ich mich neben Steven auf das Sofa fallen. Sofort legt er seinen Arm um mich und zieht mich näher an sich heran. Als ich später mein Tagebuch aus der Handtasche hole, bemerke ich die vielen Eselsohren. Es macht mir nichts aus. Ein Buch soll gelesen aussehen. Auch wenn es nur ein Tagebuch ist.

Liebes Tagebuch
Nele hatte heute ihren ersten Kindergartentag. Ihr hat es sehr gut gefallen, morgen will Sie es tatsächlich schon alleine versuchen. Ich bin gespannt, wie das klappt. Nach der Stunde im Kindergarten war Sie wie ausgewechselt. Sie hat gelacht, mit mir gespielt und sich nicht an Steven geklammert, als dieser von der Arbeit nach Hause kam.
Ich durfte Nele sogar ins Bett bringen. Meine Güte ich habe heute ein ganz anderes Kind erlebt. So kann es bitte bleiben. Mal sehen, wie Sie die Eingewöhnung so übersteht. Außerdem freue ich mich darauf, die Pädagogin im Kindergarten kennenzulernen. Ich hoffe, sie kann Nele helfen. Es wäre so schön, ihr würde es besser gehen.
Ich glaube nicht an Wunder, gebrauchen können wir trotzdem eins.
Nele scheint sich jede Nacht mit Albträumen zu plagen. Wir haben nichts davon mitbekommen, sie kam nicht zu uns, sie hat nicht geweint und mit mir geredet hat sie ja sowieso nicht.
Meinst du, es macht mich zu einer schlechten Mutter, weil ich nicht genau hingesehen habe?
Weil ich einmal zu wenig nach ihr gesehen habe? Ich mache mir schreckliche Vorwürfe.
Bis Bald

Die nächsten Tage vergehen wie im Flug. Seit sie in den Kindergarten und mittwochs in die Spieltherapie geht, ist Nele ausgeglichen. Ich kann nicht sagen, dass sie wieder so ist wie vorher, aber es kommt dem schon sehr nahe. Zumindest werde ich jetzt zweimal am Tag ordentlich geknuddelt, ab und zu bekomme ich auch ein Küsschen. Außerdem strahlt Nele mich an, wenn ich sie aus dem Kindergarten abhole. Ihr Mund steht, bis wir zuhause sind, nicht mehr still. Ich versuche ihr aufmerksam zuzuhören, doch es gelingt mir nicht immer. Sie redet ohne Punkt und Komma.
Nach zwei Wochen ist die Eingewöhnungszeit zu Ende und Nele darf die vollen vier Stunden im Kindergarten verbringen. Ich hingegen weiß gar nicht, was ich mit der ganzen Zeit anfangen soll.
Ich halte die Wohnung in Ordnung und sitze dann vor dem Fernseher. Ab und an telefoniere ich mit meiner Mutter, die aber immer seltener für mich zu sprechen ist. Mein Vater ist wieder bei ihr eingezogen. Er will mich unbedingt sehen, ich ihn aber nicht.
In den letzten zwei Wochen hat meine Mutter mich vier Mal angebettelt, ihm eine Chance zu geben und mich mit ihm zu treffen. Das wird aber erst passieren, wenn die Hölle zufriert! Es ändert auch nichts dran, dass die beiden glücklich zusammen sind. Die Frage, die ich mir stelle, ist, wie lange geht es dieses Mal gut? Wann verschwindet er wieder so sang- und klanglos und lässt meine Mutter wie ein Häufchen Elend zurück?
Tief in Gedanken versunken zucke ich zusammen, als mein Handy klingelt. Ich sehe auf dem Bildschirm eine kleine Notiz aufflackern.
>>Termin beim Frauenarzt 10 Uhr<<.
Mit erschrecken stelle ich fest, dass ich nicht mal mehr Zeit habe zu duschen. Warum habe ich das nur vergessen? Ich soll doch heute meinen Mutterpass bekommen. Schnell ziehe ich mir meine Schuhe an

und renne aus dem Haus. Völlig außer Atem komme ich im Krankenhaus an. Dr. Hillebrand wartet schon auf mich, obwohl ich es rechtzeitig zum Termin geschafft habe.
»Geh doch bitte erst zu den Schwestern, die werden dir Blut abnehmen und dann den Mutterpass ausstellen. Danach kommst du zu mir und wir machen noch einen Ultraschall. Wie weit bist du jetzt?«
»Ich glaube in der dreizehnten Woche.«
»Schade dann können wir bestimmt noch nicht das Geschlecht des Babys sehen.«
Leicht enttäuscht gehe ich ins Schwesternzimmer. Kaum stehe ich in der Tür begrüßt mich eine alte Bekannte.
»Was machst du denn hier? Wenn ich gewusst hätte, dass du einen Termin hast, dann hätte ich die Schicht getauscht!«
Bissig wie eh und je werde ich von Ines begrüßt.
»Naja das Schwangere ab und an zur Vorsorge müssen, ist doch wohl normal«, gebe ich genauso genervt zurück.
»Ach Ines, meinst du nicht wir beide können uns vertragen?«
Verächtlich sieht sie mich an. Eigentlich verstehe ich gar nicht, warum Sie so sauer auf mich ist. Ich hab Sie nicht gezwungen ein Verhältnis mit Elias anzufangen, um damit ihre Ehe aufs Spiel zu setzen und schwanger zu werden.
»Du meinst ... du meinst, dass wir beide Freundinnen werden sollten?«
Wie ein wütender Stier schnauft sie durch die Nase.
»Ja warum denn nicht?«
Ich trete ganz in den Raum und setzte mich auf einen der Stühle.
»Überleg doch mal, wie weit, bist du jetzt, vierzehnte Woche?"
»In der sechzehnten.«

»Wäre es nicht schön, wenn du jemanden hättest, mit dem du dich unterhalten kannst? Mit dem dein Kind später spielen kann? Jemanden der die schlaflosen Nächte genauso durchmacht wie du? Arbeitest du jetzt nur noch hier?«
Abrupt wechsel ich das Thema, damit sie Zeit hat nachzudenken.
»Nein, ich muss ja zugeben die Frauen, in den unterschiedlichsten Stadien der Schwangerschaft zu betreuen, macht mehr Spaß als Nacht für Nacht bloß da zu sitzen und zu warten, dass etwas passiert.«
Ines atmet tief ein und mit einem seufzen wieder aus.
»Wusstest du, dass Elias wollte, dass ich das Baby abtreibe? Er hat mir sogar gedroht mich wegen Verleumdung zu verklagen, wenn ich jemandem erzähle, dass er der Vater ist.«
Während wir uns so unterhalten, fängt Ines an meinen Blutdruck zu messen und Blut abzunehmen.
»Gewusst? Klar, du hast es mir doch erzählt, als Nele die Gehirnerschütterung hatte, erinnerst du dich nicht mehr? Mensch Ines, jetzt mal im Ernst wie hat das passieren können? Ich meine, damit jetzt nicht wie du auf ihn hast reinfallen können, das wäre ich ja beinahe selbst. Ich meine, wie konntest du schwanger werden? Hast du denn nicht verhütet?"
»Genau das ist der Punkt, die Pille nehme ich seit Ewigkeiten nicht mehr, zwischen mir und meinem Mann. Ach du weißt schon. Muss ich das wirklich aussprechen?«
Sie will mir gerade die pikanten Details ihrer Ehe erörtern als Frau Dr. Hillebrand den Kopf zur Tür rein steckt.
»Ach du bist noch hier, ich habe auf dich gewartet, bist du so weit fertig? Frau Geis schreiben Sie alle Werte bitte in den Mutterpass und bringen ihn dann ins Untersuchungszimmer ja?«
»Natürlich.«

Hastig stehe ich auf und gehe mit meiner Ärztin zum Ultraschall.
»So dann wollen wir mal gucken, ob alles in Ordnung ist.«
Wie hat Sie das gemeint? Kann es sein das etwas nicht in Ordnung ist? Ich werde leicht panisch, als Frau Doktor das sieht, versucht Sie sofort wieder mich zu beruhigen.
»Nein so meinte ich das nicht, natürlich kann es immer Probleme geben. Bevor ich mich jetzt aber um Kopf und Kragen rede, schaun wir doch einfach nach.«
Dieses Mal macht sie einen Ultraschall durch die Bauchdecke. Ich frage mich, ob sie damit genauso gut sehen kann wie von >>innen<<.
»Da sieh mal«, fast panisch drehe ich den Kopf zur Seite und starre auf den Bildschirm.
»Was ist denn«, frage ich ängstlich.
»Dein Baby winkt.«
»Wo denn?«
Sei zoomt etwas weiter rein, tatsächlich sieht es aus, als ob das kleine Wesen in mir, seinen Arm in die Höhe reckt.
Vor Rührung kommen mir die Tränen, heiß rinnen sie meine Wange hinunter. Ich fange die salzigen Perlen mit meinem Finger ab.
»Alles in Ordnung?«
Besorgt hält Frau Doktor inne und sieht mich fragend an.
»Ja ist es. Wissen Sie es, ist das erste Mal, das ich wirklich realisiere, dass da in mir, ein kleiner lebendiger Mensch heranwächst. Mir wird es scheinbar gerade erst richtig bewusst.«
»Aber du hast doch beim letzten Mal das Herz schlagen sehen, oder nicht?«
»Ja habe ich, aber ich … naja das sah nicht aus wie ein Baby, das war ein Gummibär. Jetzt ist es anders,

es hat sich ganz schön verändert. Ich erkenne den Kopf, den Bauch, die Beine und Arme. Jetzt sieht es aus wie ein Mensch.«
Ich glaube Dr. Hillebrand weiß genau, was ich meine, lächelnd wischt Sie mir das Gel vom Bauch.
»Dann geh doch jetzt nochmal zu Ines und lass dir den Mutterpass geben. Wir sehen und nächsten Monat zu einer normalen Kontrolle wieder.«
»Dankeschön.«
Peinlich berührt über mein Geständnis verlasse ich schnellen Schrittes, das Untersuchungszimmer und lasse mich im Schwesternzimmer neben Ines auf einen Stuhl fallen.
»Alles ok?«
»Ja, mein Baby hat gewunken, naja ich habe die Hand gesehen aber keine Bewegung, Frau Doktor meinte, es würde das tun, also naja …«
»Ach so.«
Abfällig schnauft Ines erneut durch die Nase. Ist Sie erkältet oder ein Pferd im Menschenkörper? Ich finde ihr Verhalten lächerlich.
»Hier dein Mutterpass.«
Sie drückt mir ein kleines blaues Heft in einem durchsichtigen Umschlag in die Hand.
»Danke, sag mal hast du nicht Lust heute Nachmittag bei mir vorbeizukommen? Wir können einen Cappuccino trinken und reden.«
»Ich versteh gar nicht, warum du dich so um mich bemühst! Was versprichst du dir davon?«
Verwirrt sehe ich sie an.
»Ich mir, etwas davon versprechen? Ich dachte, du könntest eine Freundin gebrauchen, wir haben uns auf Station, bevor das mit Elias war, doch auch gut miteinander unterhalten können. Überleg doch mal, wie oft ich etwas länger geblieben bin, damit wir quatschen konnten.«

»Stimmt schon«, mutlos sacken ihre Schultern nach vorne und sie lässt den Kopf hängen. Ich lege ihr eine Hand auf den Rücken und streichel sacht auf und ab.
»Es ist doch bestimmt nicht leicht, so ganz allein.«
»Wie kommst du drauf, dass ich allein bin?«
»Jetzt hör aber auf, dein Mann ist weg, Elias will von dem Baby nichts wissen, also sag mir, wer steht dir jetzt zur Seite?«
Lautlos kullern ein paar Tränen ihre Wange hinunter und tropfen vom Kinn auf ihren Kasack.
Ich nehme sie in meine Arme und drücke sie an mich.
»Ich ... kann ... nicht ...«,
»Klar kannst du«, als Ines sich wieder beruhigt hat lasse ich Sie alleine, an der Tür drehe ich mich nochmal um.
»Meine Adresse hast du ja, ich bin den ganzen Nachmittag zuhause.«
»Danke«, Sie sitzt immer noch mit dem Rücken zur Tür, ihre Schultern zucken lautlos.
Vom Krankenhaus aus gehe ich gleich zum Supermarkt, kaufe etwas fürs Abendbrot und hole danach Nele vom Kindergarten ab.
Als sie mich sieht, kommt sie zu mir, umarmt mich und nimmt mich an die Hand.
»Ich habe heute den ganzen Tag mit Yannik gespielt. Wenn ich groß bin, will ich ihn heiraten.«
Nur schwer kann ich das alberne Kichern unterdrücken.
»Was sagt Yannik denn dazu? Will er dich auch heiraten?«
»Ne, er hat gesagt, Mädchen sind doof, weil sie den ganzen Tag mit Puppen spielen wollen. Angie?«
»Ja?«
»Können wir Jungsspielzeug kaufen? Ich meine vielleicht will Yannik mich ja dann heiraten? Also natürlich muss er mich vorher erst besuchen, damit er sieht, ich spiele nicht nur mit Puppen.«

»Wir können Steven ja mal fragen, ob er noch ein Paar Autos aus der Zeit hat, wo er noch klein war.«
»Ja bitte! Gleich, wenn er nach Hause kommt, okay?«
»Natürlich.«
Völlig unvermittelt bleibt sie stehen.
»Angie?«
»Was denn Nele?«
Meine Konzentration auf Nele und dem, was sie mit erzählt nimmt Zusehens ab. Ich musste mich zusammenreißen, damit ich ihr weiter zuhöre. Der Tag heute ist, obwohl nicht viel passiert ist, sehr anstrengend.
Ich gehe in die Hocke und sehe sie an. Ihre Augen schwimmen in Tränen. Es wird eindeutig zu viel geweint in meiner Umgebung. Ich wünsche mir so sehr, dass wir alle einfach damit aufhören können.
»Was ist denn los?«
»Kannst du mich zu meiner Mama bringen?«
Vor Erstaunen bleibt mir der Mund offen stehen. Hilfe suchend sehe ich mich um, wo ist denn diese Pädagogin, wenn man sie mal braucht?
»Zu deiner Mutter?«
Ich schlucke.
»Ja sie ist doch auf dem Reishof.«
»Du meinst den Friedhof?«
Nele nickt und fängt zu weinen an.
»Frau Markward hat gesagt, dass Mama und Papa im Himmel sind und von da zu mir runter gucken. Sie hatte ein Buch in dem Zimmer liegen, ich habe es mir angesehen. Da war ein großer komischer Kasten, darin lag ein Mann."
Weiter kam sie nicht, dicke Tränen laufen ihre Wangen hinab. Ich gehe auf sie zu und nehme sie bei den Händen.
»Soll ich dich den Rest des Weges nach Hause tragen? Da kannst du mir dann mehr von dem Buch erzählen. Was meinst du?«

Nele nickt und stürzt in meine Arme. Wenigstens habe ich jetzt noch zehn Minuten Zeit, um mir zu überlegen, wie ich mich jetzt verhalten muss. Vom Friedhof war keine Rede mehr. Kurz bevor wir zu Hause ankommen, merke ich das Nele eingeschlafen ist. Vorsichtig schließe ich die Tür auf, trage sie nach oben in ihr Bett. Wieder unten in der Küche koche ich mir erstmal einen Tee, von welchem Buch hat Nele gesprochen? Und warum war sie heute bei Frau Markward, warum hat mir Marlies davon nichts erzählt? Ich nehme das Telefon und rufe im Kindergarten an.
»Kindergarten kleine Knirpse, Mehring am Apparat?«
»Hallo Frau Mehring, hier ist ...«
»Hallo, ich habe schon auf ihren Anruf gewartet!«
»Wieso?«
»Ich habe von Marlies gehört das Nele nochmal zu Frau Markward gegangen ist, freiwillig, und das sie mit ihr ein Buch übers Sterben angesehen hat. In der Mittagspause erzählte Frau Markward mir dann das das Buch ihre Tochter wohl ziemlich aufgewühlt hat. Sie wollte auch mit ihnen sprechen, aber sie haben sich wohl verpasst.«
»Genau. Ich wollte fragen, was das denn für ein Buch war und wie ich mich Nele gegenüber jetzt verhalten soll. Sie hat so geweint auf dem Weg nach Hause.«
»Ich reiche Sie mal weiter, einen Moment bitte.«
Ich höre nur gedämpft, wie sie nach der Pädagogin ruft, scheinbar hat sie die Sprechmuschel mit der Hand verdeckt.
»Markward, hallo.«
Ohne Umschweife und gespielte Höflichkeitsfloskeln komme ich gleich auf den Punkt.
»Was soll ich denn jetzt machen, wenn Nele von dem Buch erzählt? Sie hat eben so geweint! Sie wollte auf den Friedhof zu ihrer Mutter, allerdings war sie

meiner Meinung nach zu aufgewühlt, wir sind nach Hause gegangen, jetzt schläft sie.«
Meine Stimme überschlägt sich fast und die Worte sprudeln nur so aus mir heraus.
»Wenn Sie in Neles Rucksack gucken, werden Sie das Buch entdecken, behalten Sie es so lange, wie Nele es haben möchte, lesen Sie ihr vor, sprechen Sie über die Bilder, und wenn sie auf den Friedhof gehen möchte, dann gehen Sie. Zeigen Sie ihr das Sie für sie da sind. Zusätzlich werde ich, da ich ja nun zu ihr durchgedrungen bin, täglich mit ihr arbeiten. Ich hoffe, das ist für sie in Ordnung?«
Ich nicke bis mir einfällt, dass man das nicht hören kann.
»Ja ist es, Dankeschön.«
Ich lege auf und starre auf den Rucksack, der neben dem Telefon steht. Ein bisschen fürchte ich mich davor den Rucksack zu öffnen und das Buch heraus zuholen. Aber es muss sein, ich will wissen was Nele sich angesehen und was Sie so verstört hat.
Ich schlage das Buch auf und sehe einen älteren Mann, der mit seinem Enkel spielt, ein paar Seiten weiter komme ich zu der Stelle, wo er im Sarg liegt und die Verwandten sich von ihm verabschieden. Dann das Grab mit den vielen Blumen, Kränzen und dem Grabstein. Die letzte Seite zeigt den Opa auf einer Wolke, wie er seinem Enkel zusieht, wie er auf der Straße spielt. Ich bin mir nicht sicher, ob das die richtige Lektüre für ein dreijähriges Kind ist. Aber ich bin keine Expertin auf dem Gebiet. Ich lege das Buch auf die Theke in der Küche und muss mich erstmal setzen. Mir ist übel und schwindlig. Natürlich werde ich mit Nele darüber sprechen, ihr vorlesen und den Friedhof mit ihr besuchen. Ich wünsche mir sehr, dass es ihr helfen wird. Nele schläft noch, als es um halb drei an der Tür klingelt. Ich öffne und etwas verschüchtert und verkrampft steht Ines davor.

»Hi, ich dachte … ich wollte …«
»Komm rein, schön das du da bist, Nele schläft und Steven kommt erst um 16 Uhr nach Hause, wir sind also noch eine Weile ungestört.«
Ich trete beiseite und lasse sie reinkommen. Ohne ein Wort zusagen, folgt sie mir in die Küche und setzt sich an den Tresen.
»Cappuccino?«
Ines nickt und stellt ihre Handtasche neben sich auf den Tisch.
»Ich freue mich wirklich, dass du gekommen bist, ich habe ehrlich gesagt nicht damit gerechnet.«
»Ich war mir bis zuletzt auch nicht sicher, nur«, Wieder sacken ihre Schultern nach vorne und sie lässt den Kopf hängen.
»Du hattest recht, ich bin allein, ich habe niemanden der sich mit mir freut oder mich ein wenig unterstützt. Selbst meine Eltern nicht, es wird ihr erstes Enkelkind. Aber sie sind katholisch und können nicht verstehen, dass ich mich von meinem Mann scheiden lasse, oder er sich von mir. Der Ehebruch verstärkt die Abscheu gegen mich noch.«
»Ach Mensch, mach dir keine Gedanken, wenn das Baby erstmal da ist, werden sie sich schon wieder beruhigen.«
Ines schüttelt traurig den Kopf.
»Nein werden sie nicht!«
„Oh."
Als der Cappuccino fertig ist, stelle ich die Tasse vor sie hin und setze mich ihr gegenüber. Ein paar Minuten sitzen wir wortlos da und starren in unsere Tassen.
»Bevor ich es vergesse, ich habe dir noch etwas mitgebracht, Frau Dr. Hillebrand hat vergessen, es dir zu geben.«
Ines kramt eine Weile in ihrer Tasche herum, zieht ihren Mutterpass heraus, klappt ihn auf und übergibt

mir ein Ultraschallbild. Darauf zu sehen ist mein Baby und die Hand, die angeblich gewunken hat.
Ich betrachte es noch eine Weile, plötzlich höre ich von oben ein poltern, Ines und ich springen auf und rennen die Treppe hoch. Ich hoffe inständig, dass nicht schon wieder etwas passiert ist. Ich stoße die Tür auf und sehe Nele vor ihrem Regal stehen. Sie hat die gerahmten Fotos ihrer Eltern auf den Boden geworfen.
»Was machst du denn da?« Frage ich vorsichtig.
Ines ist in der Tür stehen geblieben, ich knie mich neben Nele und sehe Sie an.
Vorsichtig strecke ich die Hand nach ihr aus, doch Sie geht einen Schritt zurück.
»Alle sind weg«, jammert sie.
»Du bist nicht allein, Steven und ich kümmern uns um dich, wir lieben dich.«
»Ich will meine Mama wieder haben!«
Dicke Tränen rollen aus ihren Augen, wütend wischt sie, sie weg. Nele zieht die Nase hoch und stürzt sich in meine Arme.
»Ich weiß! Ich liebe dich Maus.«
Sie klammert sich an mich, ich streiche ihr über den Kopf und den Rücken und fange automatisch an zu summen, so wie ich es im Krankenhaus auch gemacht habe.
»Soll ich gehen?« Fragt Ines flüsternd, ich schüttel den Kopf.
Als Nele sich wieder beruhigt hat, nehme ich Sie mit runter. Sie trinkt einen Schluck Wasser und geht ins Wohnzimmer, ich höre, wie sie den Fernseher anschaltet. Obwohl ich es nicht so gerne habe, wenn Nele so viel fern sieht, lasse ich sie ausnahmsweise.
Eine Stunde später geht Ines nach Hause. Wir haben fast die ganze Zeit über unsere Schwangerschaften gesprochen. Erstaunlicherweise verlaufen sie total unterschiedlich. Ihr war noch nie Übel, Sie hat sich nie übergeben müssen. Dafür hat sie ständig

Unterleibs- und Rückenschmerzen. Ich setze mich zu Nele auf die Couch und zusammen warten wir, dass Steven von der Arbeit kommt. Nachdem wir zusammen gekocht, gegessen und abgewaschen haben, Nele hat geholfen, bringen wir sie ins Bett. Ich erzähle Steven, als wir wieder unten sind, von Neles Ausbruch und was die Pädagogin gesagt hat.
»Wie kann sie so etwas tun? Nele ist doch noch viel zu klein um das zu verstehen«, brauste er auf, er redet sich in Rage und wird immer wütender. Es hält ihn nichts mehr auf dem Sofa. Er springt auf und rennt umher.
»Bitte beruhig dich wieder, es scheint ihr zu helfen! Sie ist wie ausgewechselt. Wenn auch wütend auf ihre Eltern aber das kommt, auch wieder in Ordnung. Zumindest hat das Frau Markward gesagt."
»Ich glaube ich muss, selbst nochmal mit ihr sprechen, das geht mir irgendwie zu weit.«
Um vom Thema abzulenken, frage ich ihn,
»Wollen wir morgen mit Nele nach Hannover in deinen Zoo fahren? Ich glaube, es würde uns mal gut tun hier raus zukommen.«
»Kannst du Gedanken lesen?«
Mit zwei großen Schritten ist er wieder bei mir, legt die Arme um meine Hüfte und wirbelt mich herum.
»Wie war es heute eigentlich bei der Ärztin? Alles in Ordnung?«
»Wenn du mich runterlässt, zeige ich es dir!«
Vorsichtig setzt er mich wieder auf meine Füße.
Aus meiner Handtasche hole ich den Mutterpass und das neue Ultraschallbild. Mit vor Stolz geschwellter Brust überreiche ich Steven das Bild und den Mutterpass.
»Was ist das?«
»Das ist unser Baby, wie es winkt, oder den Arm nach oben streck.«

»Man erkennt ja schon ganz wage, die Fingerknochen. Wirklich faszinierend! Langsam sieht es aus wie ein richtiges Baby. Jetzt kannst du aber nicht mehr Gummibar sagen, du brauchst einen neuen Kosenamen!«
Steven schiebt mein Shirt nach oben, drückt seinen Mund auf meinen Bauchnabel und redet mit unserem Bauchzwerg.
»Hey du da drin, ich hoffe, du entwickelst dich weiter so gut. Du musst groß und stark werden, damit du Mama ordentlich treten kannst.«
»Sag doch so was nicht. Ich habe gelesen das die Tritte ganz schön wehtun können. Außerdem braucht es nicht so groß werden, immerhin muss es aus mir auch wieder raus.«
Er lacht mich aus und nimmt mich wieder in den Arm.
»Lass uns doch ins Bett gehen, ich wüsste da etwas, das wir tun können.«
Schelmisch grinse ich ihn an, ich weiß ganz genau, was er vorhat.

*

Am nächsten Morgen bereite ich alles für unseren Ausflug vor. Boxen stapeln sich vor mir zu Türmen auf. Ich glaube zwar nicht, das wir so viel Essen, aber sicher ist sicher. Als Nele aufwacht und bei mir in der Küche steht, sieht sie sich verwundert um.
»Was machst du da?«
»Steven und ich dachten, wir machen heute mit dir einen Ausflug.«
»Aber das geht nicht«, entsetzt sieht sie mich an und klettert auf einen Hocker.
»Warum denn nicht?«
»Ich will in den Kindergarten!«
»Heute ist Samstag, da ist der Kindergarten zu.«
»Oh …«
Ich gehe zu ihr und gebe ihr einen Kuss auf die Wange. Müde reibt Sie sich den Schlaf aus den Augen.
»Möchtest du etwas trinken?«
»Kakao bitte, wo ist Steven?«
»Er ist Duschen.«
Nele trinkt einen Schluck und klettert dann wieder hinunter. Ich höre, wie sie die Treppe hochgeht und an die Badezimmertür klopft. Als die beiden zusammen wieder nach unten kommen, habe ich bereits unseren Proviant, eine Decke und leichte Jacken in einen Rucksack gepackt.
»Können wir los? Können wir los? Können wir los?«
Aufgeregt hüpft Nele vor uns auf und ab.
»Du musst dich erst anziehen.«
Nele sieht an sich hinunter.
»Oh.«
Sofort rennt Sie nach oben, es dauert keine fünf Minuten und Sie steht wieder bei uns.
»Können wir los? Können wir …«
Ich unterbreche sie, »und was ist mit Frühstück?«

Unwirsch schüttelt sie den Kopf.
»Ich habe keinen Hunger, ich möchte in den ZOOOOOOOOO.«
Steven und ich sehen uns an und lachen. Steven nimmt Nele auf den Arm und gibt ihr einen Kuss.
»Dann wollen wir mal. Ich zeige dir, wo ich arbeite und vielleicht kannst du den Pinguinen etwas zu fressen geben. Würde dir das gefallen?«
Nele reckt die Arme in die Höhe und klatscht in die Hände.
»Juhuuuu«, ruft sie begeistert.
Ich schiebe die beiden aus der Küche.
»Ich glaube, das ist die beste Idee des Jahres.«
Auf der Fahrt nach Hannover ist Nele verdächtig still. Wo sie sonst die ganze Zeit plappert, sitzt sie jetzt in ihrem Sitz und sieht sich die Gegend an. Erst als wir nach Hannover reinfahren und die ersten Hochhäuser zu sehen sind, wird sie wieder munter.
»Die Häuser sind ja groß! Warum sind die so groß? Ich habe Hunger. Wann sind wir da?«
Ich habe das Gefühl, das die Kleine sich die Worte, während der Fahrt, genau für diesen Moment aufgehoben hat. Sie sprudeln nur so aus ihr heraus.
»Mir tut der Popo weh, ich will aussteigen. Steven wann sind wir endlich da? Kannst du nicht schneller fahren?«
Vor lauter Langeweile tritt Nele von hinten gegen den Beifahrersitz und mir in den Rücken, kurz überlege ich mich zu beschweren, verwerfe den Gedanken aber wieder. Es ist ja nicht mehr weit.
Steven grinst und sieht kurz in den Rückspiegel, »Wir brauchen nur noch fünf Minuten, versprochen.«
Ein leises Stöhnen entfährt Nele und Sie sinkt zurück in ihren Kindersitz. Traurig blickt Nele aus dem Fenster.

Langsam fahren wir auf den Parkplatz neben dem Zoo. Nele ist nicht mehr zu halten, sie lacht, zappelt und klatscht in die Hände.
Es dauert eine Ewigkeit, bis wir einen Parkplatz gefunden haben, das Wetter ist aber auch zu schön. Da bietet es sich an, einen Spaziergang zu machen. Aus ganz Deutschland sind die Menschen mit ihren Autos hier nach Hannover gekommen. Sogar aus Bayern. Steven befreit Nele von den Gurten, nimmt sie an die Hand und zusammen schlendern wir zum Eingang. Man darf es keinem Erzählen, aber wir kommen durch, ohne zu bezahlen. Steven zeigt seinen Mitarbeiterausweis vor, und als er in seinem Portemonnaie kramt, um für uns zu bezahlen, winkt der Kassierer uns durch.
Unschlüssig, wohin wir zuerst gehen sollen, stehen wir vor einem großen Wegweiser, Pinguine, Streichelzoo, Tiger, Bären, Affengehege und Reptilienhaus sind ausgeschildert.
»Wohin wollen wir denn gehen«, frage ich Nele.
»Zu den Pinguinen.«
Sie nimmt uns beide an die Hände und zieht uns vorwärts.
»Halt, wenn du zu den Pinguinen möchtest, müssen wir hier lang.«
Skeptisch blickte sie zu Steven hoch,
»Das Schild zeigt da lang.«
Sie deutet auf den Wegweiser mit dem Bild des Tieres.
»Ich weiß, ich kenne aber eine Abkürzung, da dürfen nur wir lang gehen und wir kommen ganz nah an den Elefanten vorbei.«
Wie ein kleiner Flummi hüpft Nele zwischen uns auf und ab.
»Los, los, los.« feuert sie uns an.
Steven führt uns einen abgesperrten Weg entlang, das Schild >>nur für Mitarbeiter<< ignorieren wir.

Wir biegen um eine Ecke, hinter einer dicken, hohen Glasscheibe und stehen urplötzlich vor einem Tiger. Erschrocken weiche ich zurück und reiße Nele mit mir. Sie erschreckt sich so sehr, dass Sie zu schreien anfängt. Der Tiger hinter der Scheibe springt auf, macht einen Buckel und brüllt uns aus vollen Leibeskräften an. Nele und ich sitzen auf unserem Hintern im Schotter. Steven, der sich geistesgegenwärtig aus Neles Griff befreit hat, steht da und lacht.
»Entschuldigt, ich hätte euch warnen sollen. Das ist Willi, der älteste Tiger unseres Zoos. Kommt ich helfe euch hoch.«
Er reicht uns die Hände, wir greifen danach und lassen uns mit Schwung hochziehen.
Als ich wieder auf meinen Füßen stehe, merke ich sofort das etwas nicht in Ordnung ist. Ein Ruck fährt durch meinen Unterleib und alles zieht sich schmerzhaft zusammen. Ich verziehe das Gesicht, versuche aber mir nichts anmerken zulassen. Ich greife mir an den Bauch und drücke meine Hand hinein.
»Alles in Ordnung?« Steven hat sich an Nele vorbei geschoben und steht jetzt neben mir, greift mir unter die Arme und hält mich fest.
»Ja«, meine Stimme ist kaum mehr als ein Flüstern.
»Mir tut nur der Hintern weh«, lüge ich und ringe mir ein lächeln ab. Nach dem der Schmerz ein wenig verebbt ist, richtete ich mich wieder auf und sehe zu Willi.
»Meine Güte hast du mich erschreckt!«
Schimpfe ich den Tiger aus.
Erst jetzt sehe ich die grauen Haare um seine Schnauze herum.
»Lass uns weiter gehen, wir wollen doch die Pinguine füttern.«

Der erste Schritt ist am schlimmsten, sofort ist der Schmerz wieder da. Ich habe das Gefühl, meine Lungen werden zusammengepresst. Ich bekomme keine Luft. Steven und Nele bekommen es nicht mit, sie sind schon weiter gegangen.
»Reiß dich zusammen«, schimpfe ich mit mir selbst. Vorsichtig setze ich einen Fuß vor den anderen und habe das Gefühl, das es mit jedem Schritt besser wird. Die Elefanten, an denen wir auch noch vorbeikommen, nehme ich gar nicht richtig wahr. Ein Schleier hat sich über meine Augen gelegt, alles ist verschwommen. Ich atmete tief ein und versuche den Schleier weg zu blinzeln.
Als wir kurze Zeit später bei den Pinguinen ankommen, geht es mir fast wieder gut. Ich versuche an etwas anderes zu denken und konzentriere mich ganz auf die Fische die Steven in einem Eimer, vor mir und Nele hinstellt.
»So, Nele du siehst da den Pinguin oder?«
Nele nickt und strahlt übers ganze Gesicht.
»Dann nimm dir einen Fisch und wirf ihn zu ihm.«
Sie greift in den Eimer und versucht einen Fisch heraus zu angeln, doch sie sind so glitschig und nass, das Sie keinen richtig zu fassen bekommt. Es macht ihr aber nichts aus. Sie gluckst und lacht. Wenn Nele es geschafft hat einen Fisch bis zum Rand hinauf zu holen, er aber wieder in den Eimer rutscht, hopst sie wie ein Gummiball auf und ab. Zehn Minuten später hat sie es endlich geschafft, triumphierend hält sie das Futter, über ihren Kopf, holt aus und wirft den Fisch dem Pinguin vor die Füße. Dieser watschelt sofort zu seiner Beute und verschlingt ihn mit einem Happs.
»Langsam«, ermahnt Nele das Tier.
»Die können nicht langsam, die schlucken die Fische immer im Ganzen herunter.«
Die Stimmen der beiden werden immer leiser, ihre Gesichter verschwimmen vor meinen Augen. Ich

versuche, mich am Gehege festzuklammern doch meine Hand greift ins leere. Meine Beine sind zu Wackelpudding mutiert, und ich kann mich nicht länger aufrecht halten. Ich sinke auf die Knie und keuche. Der Schmerz in meinem Bauch wird unerträglich. Ich bekomme kaum Luft. Mir wird schlecht und ich muss mich übergeben. Dass Steven neben mir hockt und mich hält und Nele weint, bekomme ich nicht mit. Erst als Steven mich auf seine Arme nimmt, werde ich wieder ein wenig klarer im Kopf. Er bringt mich in einen steril wirkenden, gefliesten Raum mit einer Liege, auf die er mich bettet.
Nele steht neben meinem Kopf und streicht mir die Haare aus dem Gesicht.
Steven greift in seine Hosentasche und ruft einen Krankenwagen. Keine zehn Minuten später stehen zwei Rettungssanitäter neben mir und fragen mich, was passiert ist. Ich erzähle von dem Schreck und dem Sturz und den Schmerzen danach. Steven versteht die Welt nicht mehr. Vorwurfsvoll sieht er mich an, unter seinem Blick wird mir schlagartig bewusst, wie sorglos ich bin, und fange an zu weinen.
»Es tut mir leid, ich wollte euch nicht den Tag verderben. Was ist denn jetzt mit dem Baby.«
Meine Stimme entgleitet mir immer wieder, ich bin unfähig die Worte richtig auszusprechen, es ist so, als wenn jemand aus meinem Kopf die Buchstaben geklaut hat.
»Das können wir so nicht sagen, sie müssen mit ins Krankenhaus kommen. Haben Sie ihren Mutterpass dabei?«
»Natürlich«, ich will aufstehen um ihn aus dem Rucksack zu holen doch ich werde unsanft zurück auf die Liege gedrückt.
»Bleib liegen, wo ist er denn?«

»Vorne in dem kleinen Fach«, Steven muss nicht lange suchen, als er ihn gefunden hat, reicht er ihn weiter an den Sanitäter.
»Dreizehnte Woche«, murmelt er vor sich hin und nickt.
»Wir werden Sie jetzt ins Krankenhaus bringen, Ihr Mann und Ihre Tochter können nachkommen.«
Ich kläre das Missverständnis nicht auf, immerhin sind wir genau das, eine kleine Familie.
Vorsichtig heben mich die beiden Männer auf die Trage vom Krankenwagen und schnallen mich fest. Das alles ist mir sehr peinlich, doch ich sage nichts und lasse mich einmal quer durch den Zoo schieben, vorbei an zahlreichen Besuchern, die mich neugierig beäugen und murmelnd die Köpfe zusammenstecken. Mit Blaulicht fahren wir zur Medizinischen Hochschule. Dort angekommen werde ich sofort untersucht. Es wird hier gedrückt und dort und immer wieder werde ich gefragt, ob es mir wehtut. Das Adrenalin, das jetzt durch meine Adern pumpt, lassen jedes Schmerzgefühl ersticken. Ich fühle mich gut, so als könnte ich Bäume ausreißen. Ich habe keine Schmerzen mehr, weiß gar nicht mehr, warum ich überhaupt hier bin. Ich kann doch jetzt, da alles wieder in Ordnung ist, nach Hause fahren oder? Die Ernüchterung kommt in Form eines vorlauten, nicht sehr netten Arztes in der Notaufnahme. Er ist nicht auf den Kopf gefallen und lässt sich von meinen Beteuerungen, dass jetzt alles in Ordnung ist, nicht aus dem Konzept bringen. Er holt ein Ultraschallgerät und sieht nach meinem Baby. Ohne ein Wort zu sagen, starrt er auf den kleinen Bildschirm, drückt hier eine Taste und dort noch eine. Vergrößert eine Stelle und druckt das Standbild aus.
»Haben Sie Blutungen?«, fragt er mich. Ich schüttel den Kopf.
»Nicht dass ich wüsste«

Er schüttelt den Kopf und an seinem Blick erkenne ich, dass er mir nicht glaubt. Am liebsten würde ich ihn anschreien und sagen das ich mir nicht unmittelbar, nach einem Sturz, die Hose runter reiße und nachsehe, ob ich blute. Doch ich schlucke es hinunter, der Mann macht auch nur seinen Job.
»Es tut mir Leid, aber auch das muss ich überprüfen«, ich öffne den Knopf meiner Jeans und der Arzt hilft mir, alles bis zu den Knöcheln hinunter zu ziehen. Peinlich berührt stelle ich die Beine auf und lasse den Arzt seine Arbeit tun. Ich schließe die Augen und stelle mir vor, ganz weit weg zu sein, am Meer, wo die Wellen rauschend auf den Sandstrand laufen und es schön warm ist.
»Es tut mir leid, wir werden Sie ein paar Tage hierbehalten müssen.«
Ich sehe auf seine Hände, er zieht die Handschuhe aus, sie sind blutig. Ich habe Blutungen, für mich bricht eine Welt zusammen. Ich bekomme Panik, heißt das jetzt, das ich mein Baby verliere?
Ich fange wieder zu weinen an, beruhigend legt der Arzt eine Hand auf meine Schulter. Etwas umständlich ziehe ich mich wieder an.
»Machen Sie sich keine Gedanken, es kann alles aber auch nichts bedeuten. Sie müssen jetzt unbedingt liegen und das geht am besten, wenn Sie nicht zuhause sind. Wir werden Sie engmaschig überwachen und Ihnen intravenös Vitamine verabreichen. Wir tun unser Möglichstes, damit die Schwangerschaft intakt bleibt. Ihrem Baby geht es gut, Sie haben keinen Blasensprung und die Plazenta scheint sich nicht abgelöst zu haben. Machen Sie sich nicht so viele Gedanken es, wird schon gut gehen.«
Mit Tränen verhangenem Blick sehe ich zu ihm auf und nicke. Ich hoffe, dass er recht hat. Ich muss meine Straßenklamotten ausziehen und in ein Krankenhauskleidchen schlüpfen, das wie alle

anderen, hinten offen ist. Ich stehe auf und setze mich in einen Rollstuhl. Eine mürrisch dreinblickende Krankenschwester schiebt mich aus dem Untersuchungszimmer, zwischen den wartenden der Notaufnahme hindurch, Richtung Fahrstühle. Steven erblickt mich und rennt, mit Nele auf dem Arm, hinter uns her. Sofort bombardiert er mich mit Fragen.

»Was hat der Arzt gesagt, was ist denn passiert, geht es dir gut? Geht es dem Baby gut?«

Ich kann ihm nicht antworten, die Schwester beschleunigt ihre Schritte. Ungehalten meckerte sie Steven an.

»Das können Sie gleich oben klären, ich bitte Sie mir nicht so dicht auf die Pelle zu rücken.«

»Ich möchte in mein Krankenhaus, dort sind alle wesentlich freundlicher.« Abfällig schnaubt die Schwester durch die Nase.

»Es zwingt Sie keiner hierzubleiben, fahren Sie doch in ihr Krankenhaus."

So eine Zicke, ungläubig schüttelt Steven den Kopf, sagt aber nichts. Erst als wir auf Station, in einem der Zimmer allein sind, redet er wieder.

»Weißt du am liebsten, würde ich genau das tun, dich nach Hause bringen.«

Traurig nicke ich.

»Ich weiß nicht, ob das so gut wäre, der Arzt sagte, ich brauche Ruhe und muss liegen. Aber ich möchte auch zu Frau Dr. Hillebrand.«

Plötzlich kommt mir eine Idee.

»Ruf Sie doch an und frag, ob Sie nicht veranlassen kann, dass man mich mit dem Krankenwagen nach Hameln bringt. Immerhin ist sie MEINE Ärztin.«

»Eine gute Idee. Ich lasse Nele eben bei dir.«

Er setzt die Kleine zu mir aufs Bett. Verängstigt kauert Sie sich am Fußende zusammen. Sie traut sich nicht mal, mich anzusehen.

»Nele du kannst ruhig näher kommen, es ist alles in Ordnung.«
Trotzig schüttelt sie den Kopf.
»Gar nicht!«
»Du hast recht, ich habe Schmerzen aber die sind wirklich nicht so schlimm. Dem Baby geht es auch gut, ich muss mich jetzt nur ein wenig ausruhen. Danach ist alles wieder gut.«
Die Kleine tut mir wirklich leid. Immer und immer wieder landen wir früher oder später im Krankenhaus. Nele rutscht etwas näher an mich heran und legt sich neben mich. Dicht an mich gekuschelt schläft sie ein. Eine Schwester kommt herein und hängt mich an den Tropf. Sie ist gerade fertig, als Steven wieder zur Tür herein kommt.
»Was hat sie gesagt?« Frage ich neugierig.
»Sie lässt sich deine Unterlagen faxen und ruft mich dann noch mal an.«
Ich nicke. Steven zieht sich einen Stuhl zu mir ans Bett, ich streiche ihm über die Haare.
»Es tut mir leid, das ich den Ausflug verdorben habe.«
Erstaunt reißt er den Mund auf.
»Das war nicht deine Schuld, sondern meine, ich hätte euch vor Willi warnen müssen, dann hättest du dich nicht erschreckt und wärst nicht gefallen.«
Ich winke ab.
»Wir sollten aufhören, uns gegenseitig die Schuld in die Schuhe schieben zu wollen, es ist passiert und man kann es nicht ändern.«
»Da hast du recht.«
»Ich will nach Hause«, jammere ich.
Steven kommt noch ein Stück näher und nimmt mich in den Arm.
»Vielleicht haben wir ja Glück und du kannst verlegt werden.«
»Ich hoffe es.«

Wie auf Kommando klingelt Stevens Handy, er springt auf und wandert durchs Zimmer.
»Ja … okay … nein … ich sage es ihr. Auf Wiedersehen.«
»Was hat sie gesagt?«
»Du sollst dich lieber ausruhen und hier bleiben. So wie Sie das sieht, darfst du Montag wieder nach Hause. Sie hält es für unnötig, jetzt so einen … entschuldige es waren Ihre Worte … Affenzirkus zu veranstalten.«
Fassungslos schnappe ich nach Luft.
Bockig lasse ich mich zurück in die Kissen fallen.
»Dann kann ich wohl auch nicht auf Besuch hoffen.«
»Doch, zumindest morgen, Montag muss ich ja wieder arbeiten. Aber wenn du entlassen werden kannst, nehme ich dich auf dem Rückweg natürlich mit.«
Er lächelt mich an und ich merke einmal mehr, wie sehr ich diesen Mann liebe.
»Sehr nett! Wirklich sehr nett.«
Meine Stimme trieft vor Sarkasmus.
»Ach komm schon, es werden schon nicht alle Schwestern so bissig sein wie die Letzte.«
»Das kann ich nur hoffen«, meine Laune ist auf dem Tiefpunkt,
»Du solltest Nele wecken und mit Ihr nach Hause fahren, oder zurück in den Zoo. Habt doch ruhig ohne mich Spaß.«
Ich versuche es mit einem breiten Grinsen, doch es wird nur ein müdes lächeln. Den Tag habe ich mir anders vorgestellt.
»Jetzt ist aber Schluss. Reiß dich zusammen, du kannst ja gerne mitkommen und das Leben in dir ignorieren.«
Erschrocken reiße ich die Augen auf.
»Wie kannst du nur«, doch Steven schneidet mir das Wort ab.

»Nein, wie kannst du nur? Hast du dir eben mal zugehört? Schon klar das es nicht toll ist, dass du hier liegen musst, aber jetzt ist es nun mal so. Finde dich damit ab, entspann dich, um so schneller kannst du nach Hause.«
Steven geht zu Nele, streicht ihr über die Haare und gibt Ihr einen Kuss.
»Hey Kleine, lass uns fahren.«
Nele schlägt die Augen auf, reibt sich den Schlaf weg und blinzelt mich an.
Ich nicke ihr zu.
»Ihr fahrt zurück in den Zoo, ich hoffe, ihr habt viel Spaß.«
Ohne sich von mir zu verabschieden, nimmt Steven Nele auf den Arm und geht. Ich bleibe mit meinen Gedanken allein zurück. Als ich mich ein wenig beruhigt habe, krame ich mein Handy aus der Handtasche. Ich schreibe Steven eine SMS.
>>Es tut mir leid, ich bleibe brav im Bett und hoffe, dass dem Bauchzwerg nichts passiert. Gib Nele einen Kuss. Ich liebe euch!<<
Ungeduldig starre ich auf mein Handy, doch auch nach dreißig Minuten tut sich nichts.
Unglücklich drehe ich mich auf die Seite, so dass ich zum Fenster hinaus sehen kann.
Als das Abendessen gebracht wird, über fünf Stunden, nach dem ich die SMS abgesendet habe, hat Steven mich immer noch nicht zurückgerufen.
Mein Abendbrot besteht aus irgendeiner gelblichen Flüssigkeit in einer Schale, einer labberigen Scheibe Brot, einer Scheibe Käse und Salami.
Ich nehme den Löffel und rühre in der Flüssigkeit, mir wird speiübel. Das ist keine Suppe, das ist eine komische, klumpige, ekel Erregendes etwas. Das mag ich wirklich nicht essen. Ich lege den Löffel zurück aufs Tablet und schmiere mir wenigstens das Brot mit Butter und esse ohne Genuss. Müde lehne ich mich

zurück in die Kissen und nehme noch einmal das Handy in die Hand. Anrufen oder nicht? Ich kann mich nicht entscheiden. Wie auf Kommando fängt es an zu klingeln, vor Schreck lasse ich es auf die Decke fallen. Als ich es wieder gefunden habe, wird der Anruf schon auf meine Mailbox weitergeleitet. Ungeduldig warte ich darauf, dass ich die Nachricht abhören kann. Doch die blöde weibliche Stimme sagt mir nur, dass ich einen Anruf verpasst habe. Ich wähle schnell Stevens Nummer.
»Hi ...«,
»Hi, geht es dir gut?«
Fast schüchtern sprechen wir miteinander.
»Ja alles in Ordnung, ich liege im Bett und warte darauf, dass ich verhungere.«
Am anderen Ende der Leitung fängt Steven zu lachen an.
»Komm so schlimm kann es doch nicht sein!«
»Soll ich dir ein Foto schicken? Die wollen mich vergiften ... mit so einer komischen, klumpigen Suppe! Und vertrockneter Wurst.«
»Naja wie gut das du mich und Nele hast.«
Verwundert halte ich das Handy von meinem Ohr weg und sehe mich um.
»Was meinst du denn damit?«
»Leg auf und warte ungefähr fünf Minuten okay? Ich melde mich gleich wieder.«
Ohne meine Antwort abzuwarten, legt er auf. Was hat er damit nur gemeint? Ungeduldig starre ich auf das Handy. Doch ein Anruf bleibt aus.
Als es an der Tür klopft, denke ich das die Schwester kommt, um den Tropf zu wechseln, ich sehe nicht mal auf, starre nur weiter auf mein Handy.
Die Schwester bringt herrlichen Knoblauchgeruch mit ins Zimmer, außerdem riecht es nach frischen Tomaten, Nudeln und gebackenem Käse.
Unüberhörbar knurrt mein Magen.

»Da hat aber jemand hunger.«
Die Stimme lässt meinen Kopf hochschnellen. In der Tür steht keine Krankenschwester, es sind Steven und Nele, die mir lecker aussehende, heiß dampfende Lasagne bringen. Sind die beiden nicht einfach göttlich? Vor Rührung könnte ich glatt wieder heulen.
»Nicht weinen.«
Sofort kommt Steven zu mir und stellt die Lasagne auf den Nachttisch. Nele krabbelt ans Fußende meines Bettes.
»Hast du hunger?« Fragt Sie mich.
Ich nicke, »ja Großen, habt ihr denn schon gegessen?«
»Nein, wir wollten mit dir essen.«
Ich beuge mich vor und gebe Nele einen Kuss auf die Wange.
»Wo bekommen wir denn Teller her?«
»Wir brauchen keine, wir essen aus der Auflaufform, ich habe sogar an ein riesiges Lätzchen für dein Bett gedacht.«
Auch Steven bekommt einen Kuss, nur viel länger und intimer. Ich wünsche mir, dass ich die beiden unter meinem Kopfkissen verstecken kann, dann wäre ich hier nicht so alleine. Womit habe ich das nur verdient.
Nach dem Essen, wir haben viel Spaß gehabt beim Kleckern, fahren die beiden nach Hause. Erleichtert das Steven mir nicht mehr böse ist schlafe ich ziemlich schnell ein. Nur einmal in der Nacht wache ich auf, weil der Vitamincocktail gewechselt wird.
Die Visite am nächsten Morgen macht mir keine großen Hoffnungen nach Hause zu kommen. Wobei sowieso selten sonntags entlassen wird.
Ich werde zum Ultraschall gebracht. Der Arzt von gestern, der aus der Notaufnahme, untersucht mich erneut, macht ein paar Standbilder und das alles, ohne mir irgendetwas zu erklären, oder mir auch nur ein Foto anzubieten.
Langsam werde ich Sauer.

»Was ist denn jetzt mit meinem Baby? Löst sich das komische Plazenta Dingens oder kann ich nach Hause? Schlägt das Herz noch?«
Verärgert und ängstlich blicke ich den Arzt an. Er grinst leicht und legt mir eine Hand auf die Schulter.
»Soweit ich das sagen kann, ist alles so, wie es sein soll. Ich denke, morgen können sie nach Hause.«
»Warum denn erst morgen? Können Sie mich nicht schon heute entlassen? Ich verspreche auch das Sofa oder das Bett nicht zu verlassen, es sei denn, ich muss auf Toilette, ich verspreche es.«
»Das glaube ich Ihnen sofort, trotzdem werde ich Sie noch eine Nacht hierbehalten.«
»Ich kann mich doch aber morgen zu meiner Ärztin bringen lassen. Ich bin nicht so wie die anderen, die sagen, dass Sie etwas nicht tun und es dann trotzdem machen. Ich bin Krankenschwester.«
Durch mein betteln, scheint er langsam weich zu werden. Er wiegt den Kopf leicht hin und her.
»Dann schau ich mir aber wenigstens nochmal in aller Ruhe alles an, vaginal, dann werden wir weiter sehen. Einverstanden?«
Wenn das der Preis dafür ist, dass ich nach Hause darf, nehme ich auch eine vaginale Untersuchung in kauf.
Nach dreißig Minuten zieht der Arzt die Gummihandschuhe aus, schmeißt sie in die Mülltonne und dreht sich wieder zu mir.
»Einverstanden, Sie können ihren Mann anrufen und sich abholen lassen. Aber wehe Sie bewegen sich auch nur einen Schritt mehr als von ihrem Bett zum Auto, vom Auto ins Bett und von dort nur noch auf Toilette.«
»Ja natürlich, großes Indianerehrenwort.«
Skeptisch zieht er die Augenbrauen zusammen.
»Morgen Vormittag fahren Sie dann zu Ihrer Ärztin!«

Ich nicke heftig und unterdrücke den Drang ihm um den Hals zu fallen. Eine Krankenschwester schiebt mich im Rollstuhl zurück in mein Zimmer. Schnell zücke ich mein Handy und rufe Steven an.
»Hi Schatz, Überraschung, ich darf nach Hause. Ihr könnt mich abholen.«
»Oh, das ging aber schnell, du wirst nur leider noch etwas warten müssen, Nele frühstückt noch, sobald wir uns frisch gemacht und angezogen haben kommen wir zu dir.«
»Das heißt also in ungefähr zwei Stunden?«
»Ja.«
»Wunderbar! Bringst du mir mein Umstandskleid, die Leggins und meine flachen Stiefel mit? Die Klamotten von gestern haben überall Flecken.«
»Mach ich, wir lieben dich bis bald.«
»Ich liebe euch auch.«
Glücklich kletter ich in mein Bett, die zwei Stunden vergehen wie im Flug. Schnell ziehe ich mich um, Steven geht und holt einen Rollstuhl Nele grinst mich fröhlich an.
»Freust du dich das ich nach Hause komme?«
Sie nickt heftig.
»Ja, ich will doch morgen in den Kindergarten.«
»Oh, ich darf dich aber nicht bringen, da müssen wir Oma fragen.«
»Oder Opa.«
»Opa? Welchen Opa?«
»Den Mann von Oma, er wohnt jetzt da und hat uns gestern Abend noch besucht.«
Ich weiß gerade nicht genau, wie ich mich fühlen soll, alles stürmt auf mich ein, Wut, Angst, Sorge um meine Mutter und ein ganz kleines bisschen auch Freude.
Steven betritt das Zimmer und sieht sofort, dass mit mir nicht alles in Ordnung ist. Er eilt zu mir und tätschelt mir über den Arm.

»Was ist los?« Fragt er besorgt.
»Mein Vater war gestern da?«
»Ja war er, mit deiner Mutter zusammen, die beiden wollten mit dir reden. Sie wussten ja nicht, dass du im Krankenhaus bist. Ich wollte erst anrufen, wenn wir zuhause sind. Aber die beiden kamen mir zuvor. Ich habe ihnen auch gesagt, dass ich nicht glaube, das es das Richtige ist einfach so bei uns aufzutauchen. Sie sollen vorher anrufen und dich fragen, ob du deinen Vater sehen willst. Wobei ich das momentan für absolut falsch halte. Also bitte mach dir keine Gedanken, du wirst nicht vor vollendete Tatsachen gestellt.«
»Okay, lass uns nach Hause fahren.«
Der Schock sitzt tief in meinen Knochen. Als ich aufstehen will, zittern mir die Beine. Steven nimmt mich auf den Arm und setzt mich behutsam in den Rolli.
Wie versprochen halte ich mich an die Bettruhe. Ich stehe nur auf, wenn ich zur Toilette muss oder Steven mich ins Krankenhaus zur Untersuchung bringt. Als ich dann endlich wieder herumlaufen darf, mache ich als Erstes einen langen Spaziergang. Nele in den Kindergarten bringen und dann spaziere ich durch den Bürgergarten. Langsam merkt man, dass es Herbst wird. Die Luft ist kühl und an manchen Tagen hört es gar nicht mehr auf, zu regnen. Heute jedoch ist es trocken und die Sonne scheint. Sie schickt warme Strahlen zur Erde. Nach einer Weile setze ich mich ins Gras und strecke mein Gesicht in die Luft. Ich fühle die warme Sonne auf meiner Haut. Und der leichte Wind streichelt über mein Gesicht. Erst als mein Handy anfängt zu klingeln, öffne ich die Augen, auf dem Display erscheint eine Erinnerung. >>Termin Gyn<<, wie gut das es nicht weit ist. Ich stehe auf und schlender den Weg zurück, biege um die nächste Kurve und stehe vor dem Krankenhaus. Vielleicht ist

heute der Tag, der Tag, an dem ich erfahre, ob wir einen Jungen oder ein Mädchen erwarten.
Aufgeregt sitze ich in der Wartezone. Als ich endlich im Untersuchungszimmer bin, nach Blutabnahme, wiegen, Blutdruckmessen und Zuckertest, starre ich gebannt auf den Bildschirm.
»Schau mal das, ist ja witzig, hier sehen wir ganz genau, was es wird. Stell dir vor dein Baby, sitzt gerade auf dem Klo, und du schwimmst im Wasser. Schau jetzt mal genau hin. Dann weißt du, was es wird.«
Mir geht das Herz auf, ich sehe die kleinen Beinchen, die das Baby von sich weg streckt und die Andeutung des Popos.. Und da zwischen den Beinen sehe ich ... ja was genau sehe ich denn da? Etwas verwirrt sehe ich zu meiner Ärztin, die über das ganze Gesicht strahlt und darauf wartet, dass ich erkenne, was Sie erkennt.
»Ich glaube, Sie werden mir erklären müssen, was ich da sehe. Ich bin mir nicht so sicher.«
»Wirklich nicht? Warte, ich vergrößere es nochmal ein bisschen.«
Sie zoomt heran, doch auch jetzt erkenne ich nichts.
»Nein, es tut mir leid, ich kann es nicht erkennen.«
»Na gut, es ist ja auch das erste Mal für dich, ich sehe so etwas ständig. Also siehst du hier, das Rundliche, und da das schmale Längliche?"
Jetzt dämmert es mir, ein Junge, wir bekommen einen kleinen Jungen.
»Ein Junge?«, frage ich mit Tränen in den Augen.
»Ja ich würde sagen, wir können uns zu 80 % sicher sein, dass du einen Jungen bekommst.«
»Wow.«
»Ich drucke dir ein Foto aus und markiere alles.«
Ich nicke, ich bin nicht in der Lage zu sprechen. Wie in Trance wische ich mir den Bauch ab und ziehe mich wieder an. Meine Jeans kann ich mittlerweile

nur noch tragen, wenn ich sie offen lasse. Ich brauche dringend noch mehr Umstandskleidung.
»Wir sehen und dann in genau vier Wochen wieder. Ach und Angie?«
»Ja?«
»Du solltest langsam zu Umstandsmode wechseln, ein Gummiband, das die Hose zusammenhält, ist unvorteilhaft.«
Sie zwinkert mir zu, gibt mir die Hand und führt mich auf den Flur. Bevor ich gehe, drehe ich mich nochmal zu ihr um.
»Danke für den Tipp«, grinsend verlasse ich das Krankenhaus und gehe shoppen. Zwei neue Hosen für mich, ein wunderschönes langärmliges, geblümtes Kleid für Nele und für den Bauchzwerg den ersten Strampler. Hellblau, mit passender Mütze, Pullover und Socken.
Zuhause lege ich die Klamotten für Nele und das Baby auf den Küchentresen. Steven wird ausrasten vor Freude.
Oma holt heute Nele vom Kindergarten ab. Ich will für meinen morgigen Geburtstag eine Torte Backen. Auch wenn keiner außer Nele und Steven dabei sein wird. Mir ist das egal, ich werde auch so Spaß haben.
Aus dem Kühlschrank nehme ich acht Becher Sahne, diese verrühre ich mit Hilfe des Handrührgerätes mit dem Kakao und warte, bis die Sahne steif geschlagen ist. Auf den ersten Tortenboden streiche ich etwas Nutella und lege klein geschnittene Bananenscheiben oben drauf. Danach etwas von der Sahne. So geht es weiter, bis eine dreistöckige Torte entstanden ist. Den letzten Rest der Sahne verteile ich einmal rundherum, bis die Böden nicht mehr zu sehen sind. Danach decke ich die gesamte Torte mit einer Marzipandecke ab und schreibe mit Zuckerschrift >>Alles Gute zum Geburtstag<< darauf.

Zufrieden mit mir Stelle ich die Torte in die Vorratskammer. Hier verläuft mir garantiert nichts.
Dafür, dass ich mich das erste Mal selbst an einer Torte versucht habe, sieht sie doch sehr gut aus. Auch wenn die Schrift ein wenig verwackelt ist.
Damit mir keiner nachsagen, kann ich hätte ihn vergessen einzuladen, rufe ich nochmal alle an.
Ines - sie hat morgen einen Termin beim Gynäkologen und kann nicht kommen.
Ellen - sie muss zu ihrer Schwiegermutter.
Meine Schwester geht nicht ans Telefon.
Enttäuscht gehe ich ins Wohnzimmer und warte auf meine Mutter, die mir am späten Nachmittag Nele zurückbringen will.
Sie werde ich nochmal persönlich fragen.
Um 17 Uhr klingelt es an der Tür. Ich stehe auf und öffne. Nele fällt mir um den Hals und gibt mir ein Küsschen. Sofort rennt sie nach oben in ihr Zimmer.
»Ist alles in Ordnung mit ihr?«
»Ja natürlich, wir waren auf dem Spielplatz, darf ich reinkommen?«
»Ja klar trinkst du mit mir noch einen Cappuccino?«
»Gerne.«
Ich trete beiseite, lasse meine Mutter herein und folge ihr in die Küche. Ausnahmsweise lässt sie sich nicht bedienen, sie nimmt zwei Tassen, setzt Wasser auf und bereitet den Cappuccino zu.
»Mama? Kannst du morgen nicht doch zum Kaffee kommen?«
»Warum soll ich denn? Ich bin verabredet! Das weißt du doch.«
»Aber du kannst es doch nicht … Hast du denn vergessen?«
»Was soll ich vergessen haben? Kaffee trinken können wir jeden anderen Tag aber nicht morgen.

Sie reicht mir meine Tasse und setzt sich mir gegenüber. Enttäuscht und traurig lasse ich das Thema fallen.
Ich muss mich ganz schön zusammennehmen, die Welt ist so ungerecht! Meine Mutter hat den Geburtstag ihrer Tochter vergessen, gibt es noch etwas Traurigeres?
Nach dem Sie gegangen ist, gehe ich zu Nele um ein bisschen mit ihr zu spielen. Als ich ins Zimmer komme, springt Sie abrupt von ihrem Tisch auf, kommt zu mir und schiebt mich aus dem Zimmer.
»Ja aber, ich wollte doch mit dir spielen«, versuche ich zu protestieren.
»Nein ich will nicht, geh!«
Dann eben nicht, gekränkt gehe ich wieder in die Küche und bereite das Abendessen vor. Es gibt nur eine frische Gemüsesuppe. Rechtzeitig kommt Steven von der Arbeit, doch auch er verhält sich komisch. Er gibt mir einen Kuss und geht dann zu Nele. Ich höre die beiden lachen und flüstern. Was hecken die beiden bloß aus?
Beim Abendessen sagt keiner ein Wort, mittlerweile bin ich bockig.
»Nele und ich müssen morgen Mittag nochmal weg, es wird nicht lange dauern, versprochen. Ich hoffe, wir sind rechtzeitig zum Kaffee wieder da.«
»Macht doch, was ihr wollt.«
Aus Frustration habe ich nicht mal erklärt, was der blaue Strampler zu bedeuten hat. Er liegt jetzt zusammengeknüllt neben der Kaffeemaschine. Mal sehen, wann Steven mich darauf anspricht.
Ich lasse den Löffel fallen und gehe ins Schlafzimmer, ziehe mich um, lege mich ins Bett und ziehe mir die Decke über den Kopf. Das kann doch alles nicht wahr sein. Nicht mal die beiden wollen mit mir Geburtstag feiern. Nach einer halben Stunde schmollen nehme ich

mein Tagebuch und schreibe meine Unzufriedenheit nieder.

Liebes Tagebuch
Morgen habe ich Geburtstag und es sieht nicht danach aus, als wenn es keine Feier geben wird. Meine Mutter hat, als ich sie nochmal gefragt und zum Kaffee eingeladen habe, gesagt Sie hat eine wichtige Verabredung, die Sie nicht verschieben kann. Ich wette, Sie trifft sich mit meinem Vater, momentan ist er ihr wichtiger als alles andere. Ellen muss sich mit ihrer Schwiegermutter treffen, leider weiß ich das diese ein ganz schöner Drachen ist. Und Sie sich nicht erlauben kann Sie zu versetzen.
Ines, mit der ich ja nun auch etwas besser auskomme, hat einen Termin beim Gynäkologen, den wollte Sie nicht absagen, weil gezielt geschaut wird, ob Sie nun einen Jungen oder ein Mädchen bekommt. Meine Schwester und Cecilia sind gar nicht erst ans Telefon gegangen. Ich wette, Julia hat wieder einen neuen Lover! So ist das immer bei Ihr. Sie lernt jemanden kennen und alle anderen sind vergessen. Selbst Steven und Nele machen nicht den Eindruck als wären Sie morgen gerne bei mir oder wären der Meinung Sie müssten irgendetwas vorbereiten. Meine Torte musste ich mir selber machen.
»Angie du weißt doch, ich kann das nicht.«
Ich doch auch nicht. Aber das interessiert niemanden. Ich wollte eine Torte, da habe ich mir eben selbst eine gemacht. Wenn keiner da ist, esse ich sie eben alleine auf! Das schaffe ich schon, ich esse momentan sowieso so viel wie eine 3-köpfige Familie. Die Portionen können nicht groß genug sein. Noch hat Frau Dr. Hillebrand nicht gesagt, dass ich zuschnell, zunehme.
So jetzt gehe ich ins Bett und verkrieche mich unter der Decke. Geburtstage sind gar nicht so wichtig oder? Sie werden total überbewertet.
Bis Bald

Als ich am nächsten Morgen aufwache und nach unten in die Küche gehe, bemerke ich als Erstes den riesigen Blumenstrauß. Eine Karte ist daran befestigt. Ich nehme sie heraus und klappe sie auf.
>>Guten Morgen mein Schatz, ich hoffe, du hast gut geschlafen? Leider mussten wir schon los, wir lieben dich. ALLES GUTE ZUM GEBURTSTAG<<

Wütend schmeiße ich die Karte weg. Als sie auf dem Boden liegt, trete ich drauf. Das kann doch nicht sein Ernst sein.
Ich schnappe mir meine Handtasche und verlasse fluchtartig das Haus. Unsicher, wohin ich gehen soll, wander ich mal wieder an der Weser entlang. Plötzlich stoße ich mit jemandem zusammen, ich habe nicht darauf geachtet, wohin ich laufe, ich murmel schnell eine Entschuldigung und will weiter gehen.
»Warte mal!«
Die Stimme kommt mir bekannt vor, ich sehe hoch und stolper erschrocken zurück.
»Du?«
»Alles Gute zum Geburtstag Angie.«
Warum muss ich ausgerechnet heute auf Ronny treffen?
»Spar es dir.«
Ich funkel ihn wütend an, doch statt mich in Ruhe zu lassen kommt er näher und legt seine Hand auf meine Wange. Ich schlage sie weg.
»Lass das, was fällt dir ein?«
»Warum bist du denn so sauer?«
»Das fragst du mich allen Ernstes? Geh einfach, ich bin glücklich, versteh endlich das wir nicht mehr zusammenkommen.«
Belustigt fährt er sich mit der Hand durch die Haare.
»Also wie jemand der glücklich ist, siehst du aber nicht aus.«

Erwischt, ich lasse mich auf die halbhohe Mauer fallen.
»Das geht dich nichts an.«
Ich versuche ihn wütend anzufunkeln, doch stattdessen kämpfe ich den Kloß in meinem Hals hinunter und versuche nicht zu heulen.
»Doch tut es, wenn du springst, springe ich auch, weißt du noch?«
Bei dem Gedanken an unsere Titanic Abende muss ich grinsen.
»Siehst du, es geht doch. Also was ist los? Lass uns einen Kaffee trinken gehen dann kannst du mir alles erzählen.«
Energisch schüttel ich den Kopf und rücke ein Stück von ihm weg.
»So sehe ich aus? Damit du dir dann wieder Hoffnungen machen kannst? Dass du mir wieder unterstellen kannst, dass ich meinem Freund dein Kind unterjubeln will?«
Beschwichtigend greift er nach meiner Hand, ich ziehe mich noch ein Stück mehr vor ihm zurück.
»Nein, werde ich nicht versprochen, ich habe jetzt auch wieder eine Freundin. Du kennst Sie gut.«
In meinem Kopf rattert es, wen könnte er meinen? Die Erkenntnis trifft mich wie ein Schlag mitten ins Gesicht.
»Das ist nicht dein Ernst oder? Wie kannst du mit ihr zusammen sein nach allem, was Sie uns angetan hat?«
Am liebsten würde ich ihm ins Gesicht spucken.
»Das ist eine lange Geschichte, jetzt komm doch endlich mit mir Kaffee trinken. Ich erzähl dir alles.«
»Ich will das gar nicht hören! Werd du glücklich mit deiner Monia. Sie hat ja jetzt bekommen, was sie die ganze Zeit wollte! Wirklich, ich versteh dich nicht.«
»Ich sehe schon, du brauchst noch etwas Zeit, ich hoffe, du hörst mich irgendwann an, es ist alles ganz

anders. Und sie hat sich verändert. Wirklich, es tut ihr alles Leid.«
Verächtlich schnalze ich mit der Zunge, springe auf und gehe zurück nach Hause. Ronny lasse ich ohne ein weiteres Wort stehen.
Kann dieser Tag noch schlimmer werden? Wieder zuhause sehe ich, dass Steven viermal versucht hat, mich anzurufen. Ich ignoriere das und gehe in die Küche, ich habe hunger. Die Cornflakes sind gerade in der Schüssel, als das Telefon erneut klingelt. Genervt nehme ich ab.
»Was?«, schreie ich ins Telefon.
»Guten Morgen Engelchen«, flötet Steven ins Telefon. Meine Wut überhört er einfach.
»In einer Stunde wird es an der Tür klingeln, ich bitte dich den Boten nicht zu erwürgen, nimm das Paket, lass dir ein Bad ein und entspann dich ein wenig. Das Paket ist für dich! Du darfst aber erst hineinsehen, wenn du in der Wanne warst, versprochen?«
Verwirrt starre ich den Hörer an, hat Steven den Verstand verloren?
»Angie? Bist du noch dran?«
»Ja bin ich!«
»Versprichst du es mir? Vertrau mir, es wird dir gefallen.«
»Okay«, skeptisch willige ich ein. Was soll denn der Mist?
»Gut, ich melde mich dann wieder.«
Ohne sich zu verabschieden, legt er auf. Ich bleibe verwirrt zurück. Was hat er vor?
Ich werde mich wohl überraschen lassen müssen. Ich sehe auf die Uhr. Es ist elf Uhr. Um 12 soll ein Bote kommen. Hunger habe ich immer noch, also gieße ich Milch über die Flakes und setze mich im Wohnzimmer vor den Fernseher. Um kurz vor zwölf werde ich unruhig. Ich stehe hinter der Tür, uns sehe durch das eingelassene Glas hinaus. Als endlich ein

Auto in unsere Einfahrt einbiegt, reiße ich die Tür auf. Gespannt warte ich darauf, dass der Bote aus dem Auto steigt. Langsam, wie in Zeitlupe, öffnet sich die Fahrertür. Vor Nervosität kaue ich an meinen Fingernägeln. Als der Mann endlich aus dem Auto ausgestiegen ist und sich zu mir umdreht, stolper ich vor Schreck ein paar Schritte zurück. Er sieht so anders aus, älter und sein Haar wird langsam grau, aber er ist es, mein Vater. Im ersten Moment möchte ich zurück ins Haus gehen und die Tür zuschlagen, doch ich erinnere mich an das Versprechen, das ich Steven gegeben habe. Ich straffe die Schultern und stelle mich gerade hin. Als mein Vater direkt vor mir steht, sieht er mich nervös an, verlegen kratzt er sich am Kopf. Er überreicht mir das Paket und hebt beschwichtigend die Hände.
»Bevor du etwas sagst, möchte ich dir etwas erklären. Das ist das einzige Mal, das du mich ungefragt sehen musst. Ich werde nicht nochmal einfach so bei dir auftauchen, das verspreche ich dir. Aber ich konnte es mir nicht nehmen lassen, dir zum Geburtstag zu gratulieren. Also alles Gute zum Geburtstag.«
Ohne auf eine Antwort zu warten, geht er zurück zum Auto, steigt ein und fährt davon.
Ich schließe die Tür und gehe nach oben, lasse mir ein Bad ein und lege die Schachtel aufs Bett. Das DinA4 große Paket ist rot und sehr leicht. Was da wohl drin ist?
Nach dem Bad gehe ich nur im Handtuch bekleidet zurück ins Schlafzimmer, öffne die goldene Schleife und hebe den Deckel an. Zum Vorschein kommt ein rotes bodenlanges Umstandskleid. Ich hebe es hoch und gehe zum Spiegel. Es ist wunderschön. Aus meiner Komode nehme ich mir einen BH und ein dazu passendes Höschen. Das Handtuch lasse ich zu Boden gleiten und schiebe es mit dem Fuß unter das Bett. Als ich die Unterwäsche und das Kleid angezogen habe,

drehe ich mich vor dem Spiegel hin und her.
Glücklich lächelt mich mein Spiegelbild an. Vielleicht
will Steven doch mit mir feiern und geht heute Abend
mit mir essen? Ich ziehe das Kleid wieder aus und lege es vorsichtig
zurück in die Schachtel. Im Bad föhne ich meine
Haare und stecke sie hoch. Als ich mich gerade
schminken will, klingelt das Telefon erneut. Ich renne
die Treppe hinunter und nehme ab.
»Gefällt es dir?«
Fragt Steven ohne mich zu begrüßen.
»Es ist wunderschön!«
Ich kann hören, dass er lächelt.
»Das freut mich, lebt der Paketbote noch?«
Es entsteht eine kurze Pause, soll ich ihm gleich sagen
was ich von der Idee, meinen Vater zu schicken halte
oder nicht? Ich höre kurz in mich hinein, wie war es
denn meinem Vater gegenüber zustehen? Ich bin mir
nicht sicher, deswegen sage ich einfach:
»Ja, ich war ziemlich perplex und konnte gar nichts
sagen.«
»Das macht nichts, ich bin froh, dass du deswegen
nicht sauer bist.«
»Nicht sauer, nur geschockt!«
»Mir ist so weit alles recht ... nur sauer wäre schlecht!
So aber weiter im Text. Ich möchte, dass du dich
hübsch machst, ich weiß du hast im Schrank die
passenden Schuhe zum Kleid. Ziehe sie an und mach
dich hübsch in etwas mehr als einer Stunde wird
erneut ein Auto vor dem Haus halten, steig ein und
lass dich überraschen.«
Das wird ja immer verrückter.
»Was wird das denn, wenn es fertig ist? Kannst du mir
nicht einen klitzekleinen Tipp geben?«
»Nein, kann ich nicht, lass dich einfach überraschen.«
»Ich war heute Morgen noch so sauer auf dich! Ich
glaube mittlerweile zu unrecht.«

»Das wird sich später zeigen, ich liebe dich Angie.«
»Ich dich auch.«
Steven legt auf und ich gehe wieder hoch, um mich zu schminken. Nur zu gerne möchte ich wissen, was er geplant hat. Geschniegelt und gestriegelt wandere ich zwanzig Minuten später durch die Wohnung. Vom Kleid bin ich total begeistert, es umspielt meinen kleinen Bauch und betont ihn genauso, wie ich es gerne habe. Als ich versuche Steven anzurufen, um ihn zu fragen ob der Fahrer nicht jetzt schon kommen kann, geht nur die Mailbox ran. Es bleibt mir nichts anderes über als weiter zu warten. Eine gefühlte Ewigkeit später klingelt es endlich an der Tür. Als ich durch das Fenster sehe, nur um mich zu vergewissern, dass nicht schon wieder mein Vater an der Tür steht, sehe ich niemanden. Trotzdem öffne ich.
»Angie guck mal«, Nele zeigt auf eine schwarze Limousine, die in unserer Einfahrt steht. Davor steht ein Mann, den ich nicht kenne mit einer schwarzen Kappe auf dem Kopf. Geduldig wartet er vor der geöffneten, hinteren Tür. Neles Kindersitz ist auf der anderen Seite befestigt. Meine Kleine sieht einfach bezaubernd aus. Ihre Locken sind in zwei Pippi-Langstrumpf-Zöpfen gebändigt und das lila Kleid sieht aus, als wenn ein Hulahupreifen eingenäht wurde. Wunderschön.
»Warte noch kurz, ich hole meine Handtasche.«
Nele wartet geduldig, bis ich wieder an der Tür stehe, dann nimmt sie meine Hand und führt mich zum Auto.
Als ich am Fahrer vorbei gehe, tippt er sich kurz an den Hut. Er wartet bis Nele und ich eingestiegen sind und schließt dann die Tür. Ich schnalle zuerst Nele und dann mich an.
»Wohin fahren wir denn?«
»Das darf ich dir nicht sagen«, kichert Nele.

Ich beuge mich zu ihr und gebe ihr einen Kuss. Die Limousine fährt an der Wohnung meiner Mutter vorbei und biegt dann in die schmale Straße Richtung Klüt ein. Ich habe ein wenig Angst, dass wir den Hang hinab stürzen, wenn uns ein Auto entgegen kommt. Doch wir haben Glück niemand scheint von oben hinunter zu wollen. Geschmeidig schiebt sich das Auto immer weiter den Berg hinauf. Ich bin so aufgeregt, dass meine Hände zittern. Ich lege sie ineinander, um sie daran zu hindern. Als wir am Klütrestaurant angekommen sind, kommt der Fahrer um das Auto herum und öffnet mir. Helfend reicht er mir seine Hand. Ich ergreife sie dankend und steige aus. Nele hat sich selbst abgeschnallt und folgt mir.
»Und jetzt«, frage ich Sie.
»Komm mit!«
Sie rennt in das Restaurant hinein und ich folge ihr. Drinnen trifft mich fast der Schlag, alle stehen zusammen in dem weiten Raum. Meine Mutter, meine Schwester, Cecilia, Ellen mit ihrem Mann, Ines, Steven und jetzt auch Nele. Sie haben sich alle in Schale geworfen. Die Tische stehen in U-Form mitten im Raum, von der Decke hängen lange weiße Stoffbahnen, die von bunten Lichtern angestrahlt werden. Als ich näher komme, bringen sie mir ein Ständchen. Ich stehe reglos da und lausche, vor Rührung kommen mir die Tränen. Als sie geendet haben, kommt einer nach dem anderen zu mir, nimmt mich in den Arm und gratuliert mir. Im Hintergrund spielt ein DJ leise Musik. Neben einer kleinen improvisierten Bühne steht ein Tisch mit Geschenken. Mit allem hätte ich gerechnet aber nicht mit einer Überraschungsparty. Steven führt mich an meinen Platz am Kopf des Tisches. Ich komme mir vor wie Cinderella auf „ihrem" Ball. Tuschelnd und grinsend nehmen auch die anderen Platz. Als ein Kellner neben

mir auftaucht, und fragt, ob er den ersten Gang servieren kann, verstärkt sich der Eindruck noch. Das Essen schmeckt wirklich lecker. Steven hat sich bei der Auswahl der Speisen wirklich große Mühe gegeben. Wir lachen viel, tanzen und quatschen. Erst weit nach Mitternacht fahren wir nach Hause. Selbst Nele hat so lange durchgehalten, im Auto dauert es dann aber keine zwei Minuten und Sie schläft ein. Vor unserer Haustür bleibe ich noch einen Moment stehen, ich atme tief durch, so als könnte ich die Luft um mich herum, meine Geburtstagsluft, in meinen Lungen speichern. Der Himmel ist sternenklar. Ich drehe mich um und setze mich auf die Steinstufen. Vielleicht sehe ich ja eine Sternschnuppe, dann würde ich mir wünschen, dass es so bleibt. Dass wir für immer so bleiben, fröhlich, ausgelassen und einfach glücklich. Steven drängt sich an mir vorbei, einige meiner Geschenke sind riesig, ich werde sie morgen in aller Ruhe auspacken. Erst als Steven mit Nele auf dem Arm an mir vorbei läuft, stehe ich ein bisschen wehmütig auf, der schöne Tag ist vorbei. Als ich später an Steven gekuschelt im Bett liege habe ich auf einmal das Gefühl mein Herz rutscht in die Hose.
»Was war denn das?«
Frage ich niemand bestimmten, als ich mich langsam aufsetze.
»Was war was?«
Verwirrt sieht Steven mich an.
»Ich hatte gerade so ein komisches Gefühl im Bauch, es war, als ob mir das Herz in die Hose rutscht. Da jetzt schon wieder.«
Ich lege eine Hand auf meine kleine Kugel.
»Warst du das?« Frage ich meinen Bauchzwerg.
Wie zur Bestätigung kribbelt es wieder.
Beruhigt lehne ich mich wieder zurück und kuschel mich erneut an Steven.
»Ich habe den Strampler gefunden«,

Liebevoll streicht er über meinen Bauch.
»Heißt es das, was ich denke? Bekommen wir einen Jungen? Ich hätte gestern schon gefragt aber, als ich hochkam, hast du schon geschlafen. Heute Morgen war dafür auch keine Zeit.«
Ich nicke,
»Zu 80 %.«
Steven küsst mich, kuschelt sich ganz dich an mich, selig lächelnd schlafe ich ein.
Am nächsten Morgen öffne ich meine Geschenke und schreibe dann in mein Tagebuch.
Liebes Tagebuch
Das glaubt mir keiner! Das glaubt wirklich, wirklich niemand! Ich bekam eine riesen Überraschungsfeier.
Alle waren da, meine Mutter, meine Schwester, meine Nichte, Ellen, Ines, Steven und Nele.
Alles war so toll, sie haben das Restaurant oben am Klüt gemietet. DAS GANZE RESTAURANT.
Außerdem haben sie den Raum so toll geschmückt, von der Decke hing ein weißer fließender Stoff (keine Ahnung, welches Material), der mit Bunten, sich abwechselnden Lichtern angestrahlt wurde. Auf den Tischen standen kleine Blumengestecke und das Essen war der WAHNSINN!
Ich habe noch nie so lecker gegessen. Steven hat sogar einen DJ angagiert, der den ganzen Abend Musik gespielt hat. Irgendwann hat uns nichts mehr auf den Stühlen gehalten und wir haben getanzt. Das muss witzig ausgesehen haben, drei Kugelbäuche, die versuchen, damit ordentlich zu tanzen.
Ich habe auch echt schöne Geschenke bekommen, nicht dass es mich stört, dass sie eigentlich nicht für mich sind. Einen Kinderwagen, ein Kinderbett und einen Wickeltisch, außerdem zahlreiche Strampler und Bodys.
>>Mamas Liebling<<,

gefällt mir besonders gut. Nur das Geschenk von Nele ist ganz allein für mich bestimmt. Ein großes, rotes Herz und darin steht (Steven hat garantiert geholfen), >>ich hab dich lieb Angie<<.
Das beste Geschenk machte mir aber mein Krümel. Mein Baby scheint gestern Abend einen Purzelbaum geschlagen zu haben. Ich habe das erste Mal gespürt, wie es sich bewegt! Nicht doll oder schmerzhaft. Es war, als wenn ein großer Schmetterling in meinem Bauch angefangen hat zu flattern. Allerdings wenn ich zum letzten Tagebucheintrag zurückblätter, ist es ja auch schon eine Weile her, seit ich das letzte Mal geschrieben habe. Fünf Wochen, um genau zu sein. Aber es ist ja auch nicht wirklich was passiert! Nur das Nele, seit Sie in den Kindergarten geht, wie ausgewechselt ist. Sie zeigt mir wieder, wie lieb Sie mich hat! Außerdem möchte ich heute zum ersten Mal meine „Befürchtung" offenbaren. Ich glaube, ich bekomme doch ein Mädchen. Frau Dr. Hillebrand hat sich bestimmt geirrt. Ich weiß, nicht warum, aber ich träume in letzter Zeit ständig von einem dunkel, gelockten, Mädchen. Naja egal, Hauptsache gesund würde ich sagen.
Bis Bald

*

2 Wochen später sitze ich mit meinen Freundinnen zusammen in einem neu eröffneten Café, ausnahmsweise haben die beiden am selben Tag frei. Seit meinem Geburtstag verstehen sich Ines und Ellen auch besser. Manchmal sollte man sich wirklich bewusst machen, dass man einem Menschen nur vor und nicht in den Kopf gucken kann.
Ines ist jedenfalls nicht so stark und verbissen, wie wir zu Anfang dachten. Je öfter ich Sie sehe, um so öfter entdecke ich, eine verletzliche, einsame, ängstliche Frau. Es kommt nicht selten vor, dass Sie mich abends anruft und bitterlich weint, weil ihr alles über den Kopf wächst.
Irgendwo, ganz tief in mir drin, hoffe ich ja, dass Elias zur Vernunft kommt und sich doch auf Ines und das Baby einlässt, so richtig meine ich. Kein Vater, Mutter, Kind Geplänkel. Eine Beziehung, in der jeder Ernst genommen wird, sich geborgen fühlt und sich fallen lassen kann. So wie Ellen und ich das eben auch haben.
»Hast du eigentlich nochmal mit Elias gesprochen?«
Fragt Ellen.
Traurig schüttelt Ines den Kopf.
»Ich versuche es ständig, aber er lässt mich immer stehen, ohne ein Wort zu sagen. Wenn er sich dann doch mal dazu hinreißen lässt, etwas zu sagen, dann schreit er eigentlich nur. Er sagt, er kann und will nicht der Vater sein. Ich soll ihn in Ruhe lassen!«
»Warum kann es denn nicht sein Kind sein? Ich meine, ich habe euch doch erwischt! Miteinander geschlafen habt ihr auf jeden Fall.«
Der Mann regt mich wirklich auf, wie gut das ich nicht auf ihn hereingefallen bin.
»Du weißt doch, wie das ist, er will keine Verantwortung übernehmen. Er schnappt sich eine

Krankenschwester nach der anderen. Bald hat er sich einmal durchs Krankenhaus gevögelt!"
Traurig starrt Ines auf Ihre Hände, die schützend auf Ihrem Bauch liegen.
„Noch hat er ja etwas Zeit", Ellen legt Ihre Hand in Ines,
»Wir wollen die Hoffnung einfach noch nicht aufgeben.«
Doch Ines weiß es besser.
»Ich mach mir da keine Illusionen mehr, außerdem weiß ich gar nicht, ob ich richtig mit ihm zusammen sein will. Ich meine, dann muss ich doch ständig befürchten, dass er fremdgeht, oder?«
»Nicht unbedingt«, winke ich ab, »Menschen können sich ändern.«
Verächtlich schnaubt Ines durch die Nase.
»Das glaubst du doch wohl selber nicht oder?«
»Doch warum denn nicht.«
Irgendwie muss ich Ihr doch ein bisschen Hoffnung machen oder? Auch wenn wir hier von dem Casanova Elias reden.
»Lass uns das Thema wechseln! Ich mag mich jetzt nicht weiter mit Elias befassen. Ellen weißt du denn schon, was es wird?«
Geschickt wechselt Sie das Thema. Ich wusste gar nicht, dass Ellen wieder einen >>such Termin<< hatte. Ihr Baby mag sich einfach nicht richtig zeigen.
»Jein.«
»Ja und nein? Wie geht denn das?«
Ines und ich sehen uns verständnislos an.
»Ach wisst Ihr, zu 80 % ein Mädchen. Aber es könnte auch ein Hodensack sein ... ein ziemlich großer mit einem so kleinen Schniepel, dass man ihn eben nicht sieht.« Ich glaub ich weiß erst in 14 Wochen, bei der Geburt, ob es ein Junge oder ein Mädchen wird.«
»Habt ihr euch denn schon für Namen entschieden?«
Jetzt fangen Ellens Augen an, zu leuchten.

»Ja die stehen schon fest.«
Verstohlen blickt sie uns an.
»Aber nicht das Ihr mir die Namen moppst.«
Ines und ich fangen an zu lachen.
»Wie sollten wir denn? Du bist doch vor uns dran«, werfe ich ein.
»Okay, aber bitte auch niemandem weiter sagen. Es soll eigentlich ein Geheimnis bleiben.«
Streng blickt Sie von mir zu Ines und wieder zurück. Wir nicken eifrig, Sie macht es aber auch spannend.
»Also gut«, Ellen lehnt sich in ihrem Stuhl zurück und legt die Hände auf ihren Bauch.
»Einen Jungen würden wir Moritz nennen und ein Mädchen Rike.«
»Das sind sehr schönen Namen, die passen zu euch.«
»Finde ich auch«, bestätigt Ines.
Insgeheim stelle ich mir die Frage, ob Sie Ihren Sohn bestrafen will. Die Geschichten von Max und Moritz fand ich als Kind schon schrecklich. Doch mir muss der Name ja nicht gefallen.
»Und Ihr zwei? Habt Ihr euch schon Namen überlegt?"
Ellen reißt mich aus meinen Gedanken, ich blicke auf und überlege Ihr von meiner Befürchtung zu berichten. Kurz denke ich über das Für und wieder nach.
»Ich glaube, Frau Dr. Hillebrand hat sich bei mir geirrt. Sie sagt zwar, ich bekomme einen Jungen aber mein Gefühl und meine Träume, sagen Mädchen.«
»Dann überlegt euch doch auch einfach zwei Namen dann seid ihr auf der sicheren Seite.«
»Und genau hier wird es schwierig, ich kann mich einfach nicht entscheiden.«
»Jetzt rück schon mit der Sprache raus", drängt Ines.
»Für ein Mädchen Stella oder Johanna und für einen Jungen, tja hier wird es schwierig mir gefallen die ganzen normalen Namen nicht.«

Bevor ich noch etwas sagen kann, plappert Ines dazwischen.
»Bei mir ist das jetzt schon klar wie Kloßbrühe. Einen Jungen nenne ich Magnus und ein Mädchen Lisa. Das Beste ist, dass ich niemanden fragen muss, ob er einverstanden ist, ich kann das Selbst entscheiden." Ich glaube meine Freundinnen sind verrückt. Wo haben Sie denn die komischen Namen her? Na gut die Namen sollen Ihnen und später Ihren Kindern gefallen. Plötzlich wird mir klar, wie schwer das mit der Namensgebung ist. Was ist, wenn meiner Tochter der Name Stella oder Johanna nicht gefällt? Was wenn Sie damit tot unglücklich ist und mir später deswegen Vorwürfe macht?
Alle Farbe weicht aus meinem Gesicht. Ellen und Ines beugen sich besorgt über den Tisch.
»Alles in Ordnung? Du bist kalkweiß.«
»Was ist eigentlich, wenn den Kindern der Name nicht gefällt, den wir für Sie aussuchen? Was machen wir dann?«
»Ich würde sagen, dann haben sie Pech! Ich meine, Sie werden damit schon leben können, ich pass nur auf, dass er nicht zu ausgefallen ist und die Kinder ihn recht früh aussprechen können. Außerdem achte ich darauf, dass er nicht zu kompliziert zu schreiben ist, nicht dass mein Kind später jedes Mal den Namen buchstabieren muss.«
»Das sind sehr gute Tipps Ellen, die werde ich beherzigen.«
»Dann verrate uns doch bitte den Namen für einen Jungen.«
»Finn oder Lennox.«
»Das sind doch auch schönen Namen, ich weiß gar nicht, warum du dir Gedanken machst.«
Erleichtert atme ich aus, ohne es zu merken habe ich die Luft angehalten. Jetzt fällt mir ein Stein vom Herzen. Meine Namen sind gar nicht so doof.

Ich sehe auf die Uhr und werde panisch, ich muss Nele abholen. Ich springe auf und verabschiede mich hastig von den beiden.
»Heute ist Mittwoch!«
Erinnert mich Ines.
»Du hast noch ein bisschen Zeit.«
Erleichtert lasse ich mich wieder auf meinen Stuhl plumpsen.
»Du bist heute aber auch zerstreut. Was ist denn los?«
»Ich weiß es nicht. Ich fühle mich heute so gehetzt.«
»Dazu gibt es gar keinen Grund! Jetzt entspann dich mal ein bisschen.«
»Das würde ich nur zu gerne.«
»Hallo die Damen, darf ich Ihnen noch etwas bringen?«
Ich werde stocksteif. Diese Stimme, ich fange langsam an, sie zu hassen. Warum ist er überall dort, wo ich auch bin?"
Ich drehe mich um und sehe Ronny, er grinst fröhlich in die Runde. Als er mich erkennt, wird sein lächeln noch etwas breiter.
»Angie, was machst du denn hier? Ich habe dich in diesem Café noch nie gesehen.«
»Was ich hier mache? Was machst du denn hier? Seit wann kellnerst du? Was ist mit deinem Job in der Werkstatt?«
Ines und Ellen stecken die Köpfe zusammen, ich habe zwar schon viel von ihm erzählt aber Sie sind ihm noch nie begegnet, bis jetzt!
»Ich glaube nicht, dass dich das etwas angeht, also wollen die Damen noch etwas trinken?«
»Nein«
»Ja!«
»Ja!«
»Mädels bitte nicht lasst uns gehen.«

Die beiden ignorieren mich und bestellen sich einen Tee, ich brauche etwas Stärkeres und bestelle, etwas kleinlaut, einen Milchkaffee.
Als Ronny gegangen ist, sehe ich die beiden böse an.
»Was sollte das denn? Ihr wisst doch ganz genau, was er die ganze Zeit veranstaltet hat, dass er mich hintergangen hat.«
Schuldbewusst sieht Ines zu Boden.
»Ja das weiß ich, du musst aber zugeben, dass er wirklich süß ist.«
»Das weiß ich, ich war über ein Jahr mit ihm zusammen! Glaub mir doch wenn ich dir sagen er ist nichts für dich, außerdem ist er mit Monia zusammen.«
»Nicht dein Ernst.«
Entgeistert schaut Ellen mich an.
»Woher weißt du das?«
»Ihr erinnert euch an meinen Geburtstag?«
Bei der Erinnerung werden die Augen meiner Freundinnen glasig, ihre Blicke werden leer. Ich warte geduldig, bis Sie mit ihren Gedanken wieder im Hier und Jetzt sind. Dann erzähle ich von unserem Zusammenstoß und unserer Unterhaltung.
»Wie kann er nur?«
»So ein Arsch«, stimmt Ines zu.
»Süß ist er trotzdem«, fährt sie fort, »er passt genau in mein Beuteschema. Oh wie gerne ich mal wieder«, sie räuspert sich und lässt den Satz unvollendet.
Ich weiß ganz genau was Sie sagen will. Seit ich schwanger bin, habe ich so wenig Sex wie noch nie. Es ist wie eine Barriere die Steven sich nicht traut zu durchbrechen. Beim nächsten Besuch beim Arzt muss ich das unbedingt ansprechen. Ich will wieder Sex haben und nicht nur langweiliges Gefummel.
Ronny kommt mit unseren Getränken zurück, »Darf ich dann schon abkassieren?«
Wir nicken.

»Zusammen oder getrennt?«
»Getrennt«, sagen wir wie aus der Pistole geschossen. Es dauert ein bisschen, bis wir auseinanderklamüsert haben, wer was getrunken hat. Ronny bleibt konzentriert und rechnet uns zum Schluss genau ab.
»Ich wünsche euch noch einen schönen Tag, wenn ich noch etwas für euch tun kann, ruft mich.«
Während er sich umdreht, zwinkert er Ines zu. Sie wird so rot wie eine Tomate und kichert wie ein kleines Schulmädchen. Ich kann genau nachvollziehen, wie Sie sich gerade fühlt. Ich kenne die weichen Knie, die man bekommt, wenn er einen anlächelt. Das hysterische Kichern, wenn er etwas Nettes sagt. Doch das ist lange vorbei. Er hat unsere Beziehung zerstört. Vielleicht wären wir sogar noch zusammen. Er hätte mir nur nicht verschweigen dürfen das Monia, meine damalige beste Freundin, sich hinter meinem Rücken an ihn heran gemacht hat.
»Wenn ich ehrlich sein soll, kann ich dich voll und ganz verstehen Ines. Wenn er wegen Monia damals nicht gelogen hätte, wären wir wohl heute noch zusammen.«
Gebe ich offen zu.
»Ich habe die Geschichte ja nicht wirklich mitbekommen. Aber eins kann ich dir sagen, wenn es auch nur die geringste Chance geben würde, wäre ich versucht, mein Glück bei ihm zu versuchen.«
Ich weiß nicht was ich davon halten soll, auf der einen Seite hat Sie einen so lieben Freund wie ihn verdient. Auf der anderen tut allein der Gedanke, dass die beiden das bekommen, wozu wir keine Chance hatten, sehr weh.
Ich beschließe erwachsen zu sein und mir ins Gedächtnis zu rufen, was ich jetzt habe. Einen Freund, eine Tochter, die ich über alles liebe und ich erwarte ein Baby. Das ist mehr als ich mir jemals erhofft habe.

»Dann versuch dein Glück, vielleicht will er Monia ja los werden, es wäre ihm nicht zu verübeln. Sie ist eine hinterhältige Schlange. Ich muss jetzt aber los. Bevor ich Nele abhole, will ich noch schnell einkaufen. Wenn ich Glück habe, erwische ich ja vielleicht noch die Pädagogin, ich wollte heute mal mit ihr sprechen. Nele hat sich ja sehr zum positiven entwickelt.«
Ich küsse die beiden auf die Wange, winke zum Abschied und gehe in den nächsten Supermarkt.
Als ich dann im Kindergarten ankomme, ich war über zwei Stunden unterwegs, sitz Nele schon auf der Bank und wartet auf mich.
Ich stelle meine Einkäufe neben Sie und gehe in die Hocke um sie zu begrüßen. Doch sie stößt mich von sich.
Ich stehe wieder auf und direkt neben mir steht die Pädagogin.
»Gut, das ich Sie noch sehe, kann ich kurz mit ihnen sprechen?«
»Natürlich!«
Ich folge ihr in ein kleines Büro am Ende des Ganges. Während Sie um den Schreibtisch herum geht, weißt sie mich an auf dem Stuhl davor Platz zu nehmen.
»Es geht um Nele«, als wenn ich mir das nicht hätte denken können,
»Ihre Stimmung scheint besser zu werden. Doch sie erzählt mir immer öfter das Sie unglücklich ist. Können Sie sich das erklären?«
»Nein«, rufe ich erstaunt," Nele ist unglücklich?«
»Sie sagt, Sie würden sich kaum mit ihr beschäftigen, immer wären Sie unterwegs oder säßen den ganzen Tag in der Küche.«
Verärgert schnappe ich nach Luft.
»Wissen sie, es ist nicht so, das ich mit Nele nicht spielen möchte, ich darf nicht. Wenn wir nach Hause kommen und gegessen haben, geht sie in ihr Zimmer. Wenn ich ihr dann folge, wirft sie mich hinaus.«

»Das habe ich mir schon fast gedacht, haben Sie schon mal versucht sich nicht abwimmeln zu lassen?«
Ich schüttel den Kopf.
»Dann ist, dass die Hausaufgabe die ich ihnen aufgebe. Versuchen Sie mit ihr zu spielen, unternehmen Sie etwas zusammen, gehen Sie auf den Spielplatz, bauen Sie Sandburgen oder etwas anderes, was ihr Spaß macht. Auch ein gemeinsamer Fernsehabend kann dazugehören.«
»Okay, ich werde es versuchen. Ich danke ihnen.«
Ich schüttel ihre Hand und versuche mir meine Verwunderung nicht anmerken zu lassen. Ich habe gedacht, in dem ich Nele etwas mehr Freiheit gebe und tue, was Sie möchte, mache ich genau das richtige. Scheinbar nicht, also die Richtung wechseln und nochmal von vorne anfangen.
Als ich wieder bei Nele bin, sieht sie mich fragend an, ich streichel ihr über die Haare und gebe ihr einen Kuss. Sofort springt sie auf und nimmt mich in den Arm. Ob Sie gedacht hat, ich bin böse, wenn Sie erzählt, sie möchte mehr mit mir unternehmen? Wie könnte ich das? Dazu liebe ich Sie doch viel zu sehr.
Zuhause setze ich meine Hausaufgabe sofort um, ich hole ein Memoryspiel aus dem Schrank und setze mich mit Nele auf den Wohnzimmerboden. Wir spielen knapp eine halbe Stunde als Steven von der Arbeit kommt. Aufgeregt rennt Nele zu ihm und erzählt ihm von ihrem Tag. Ich räume das Spiel wieder zusammen. Nele hat sowieso gewonnen, ich habe erst drei Pärchen und Sie neun. Das ist der eindeutige Sieg für die Kleine.
Nach dem Abendessen, Steven hat gekocht, und es ist alles dort geblieben, wo es hin soll, bringen wir Nele gemeinsam ins Bett.
Als wir aneinander gekuschelt im Bett liegen, unternehme ich mal wieder einen Versuch Steven zu verführen. Doch all meine Bemühungen laufen ins

Leere. Er weißt mich ab. Sauer drehe ich mich auf die Seite, von ihm weg, und versuche zu schlafen. Das muss wirklich aufhören, ich sehne mich wirklich nach ein bisschen mehr Zärtlichkeit. Zum Glück habe ich in zwei Wochen wieder einen Termin bei der Ärztin und Steven wird dieses Mal dabei sein. Als er eingeschlafen ist, stehe ich wieder auf, deprimiert weil wieder nichts passiert ist schreibe ich mal wieder einen Eintrag in mein Tagebuch.

Liebes Tagebuch
Wann hört das endlich auf? Ich will das so nicht mehr.
Zur Liebe gehören nicht nur kuscheln, Geborgenheit und all der andere Quatsch! Ich will Sex. Wann wir das letzte Mal miteinander intim waren, weiß ich gar nicht mehr.
Ich erinnere mich nicht. Weiß nicht, ob es gut war. Wenn ich versuche, ihn zu verführen blockt er ab. Er guckt dann wie ein Dackel und meint ich würde es verstehen. Nein, ich verstehe es nicht. Was soll denn schon passieren?
Bis bald eine wirklich sehr frustrierte Angie

Wütend klappe ich das Buch zu und stecke es zurück in meine Handtasche. Auch in den zwei Wochen bis zum Termin ist zwischen mir und Steven nichts passiert. Er kapselt sich immer mehr von mir ab. Langsam mache ich mir Gedanken, ob er mich noch attraktiv findet. Warum wir darüber nicht reden können, weiß ich nicht. Steven und ich sitzen, nachdem wir Nele zusammen in den Kindergarten gebracht haben, im Café und trinken einen Kaffee. Als Ronny um die Ecke biegt, wird mir heiß und kalt. Das habe ich total vergessen. Steven erkennt ihn nicht sofort, erst als Ronny vor unserem Tisch steht und mich freudestrahlend begrüßt.
»Angie, schön dich mal wieder zu sehen, kann ich euch noch etwas bringen?«
Ich schüttel den Kopf und möchte im Erdboden versinken, Erde tue dich auf!
Verdattert sitzt Steven neben mir, er ist stocksteif. Ich befürchte fast, dass er ausrastet, doch er bleibt ruhig.
»Wollen wir gehen?« Frage ich ihn beunruhigt.
Steven nickt, legt zehn Euro auf den Tisch und nimmt demonstrativ meine Hand. Als er los hechtet habe ich Probleme ihm zu folgen. Nach ein paar Metern mache ich mich von ihm los und bleibe stehen.
»Was ist denn?«, fragt er gereizt.
»Ich kann nicht mehr, du bist mir zu schnell!«
»Oh entschuldige, das habe ich nicht gemerkt, wusstest du das er da arbeitet?«
»Ja, aber ich habe es wieder vergessen, weil es mich nicht interessiert! Er ist ein Idiot, ich will mit ihm nichts mehr zu tun haben. Auch wenn Ines sich brennend für ihn interessiert. Ständig ruft sie an und schwärmt mir von ihm vor, jeden Tag geht sie zu ihm ins Café.«
»Hmpf«, Steven schnauft wie ein wütender Stier. Doch nach einer Weile wird sein Blick wieder milder.
»Dann lass uns jetzt unseren Schatz angucken ja?«

»Die beste Idee des Tages.«
Stolz zeigt Frau Dr. Hillebrand, Steven auf dem Ultraschallmonitor, die Konturen unseres Kindes. Als Sie ihm das Geschlecht zeigt, werden seine Augen ganz feucht.
»Ein Junge, ich freu mich«, überschwänglich gibt er mir einen Kuss.
»Sind Sie sich absolut sicher? Ich träume immer von einem Mädchen und auch mein Gefühl sagt mir, es wird eins.«
»Ich bin mir zu 100 % sicher. Es gibt keinen Zweifel. Schau mal hier, das ist die Nabelschnur, und hier«, sie fährt etwas zurück, »hier siehst du den Penis.«
Jetzt hat sie auch den letzten Zweifel beiseite gewischt. Ich bekomme einen Jungen, einen kleinen süßen Jungen. Ich bin überglücklich!
Nachdem wir aus dem Krankenhaus raus sind, falle ich Steven überglücklich um den Hals. Meine Fragen bezüglich unseres Sexuallebens waren ihm zwar etwas peinlich, aber ich hoffe alle seine Bedenken, mir oder dem Baby zu schaden, sind ausgeräumt.
Zuhause angekommen fällt er über mich her, seine lange aufgestaute Begierde entlädt sich in einem wunderbar, leidenschaftlichem Quickie.
Nackt und glücklich liegen wir nur wenig später auf dem Sofa. Steven streichelt über meinen Bauch und seufzt wohlig.
Der heutige Tag steht nur unter einem Thema. Bis wir Nele abholen müssen, schlafen wir noch zweimal miteinander und auch am Abend wird es nochmal romantisch. Zufrieden sinke ich gegen Mitternacht, angekuschelt an meinen liebsten in einen traumlosen Schlaf.

*

»Nein Ines ich kann dir nicht helfen! Es tut mir leid, aber das musst du allein tun. Nicht nur das ich maßlos von ihm enttäuscht bin, nein er war mit meiner ärgsten Feindin zusammen. Nach allem, was Sie mir angetan hat.«
»Bitte«, bettelt sie.
Seit dem letzten Termin beim Frauenarzt sind 3 Tage vergangen. Ines ruft mich mittlerweile fast stündlich an. Ich komme zu gar nichts mehr. Immer wieder geht es darum, dass Sie gerne mit meinem Ex ausgehen möchte. Doch ich weigere mich, ihr zu helfen. Irgendwas muss sie doch alleine bewerkstelligen. Ich bin ja schon froh das Sie jetzt endlich weiß, dass Sie ein Mädchen bekommt.
Seit dem ruft sie wegen jeder Kleinigkeit an, >>Kannst du mir helfen Farbe zu besorgen, hilfst du mir das Zimmer einzurichten, gehst du mit mir Klamotten fürs Baby kaufen, wer soll das bloß alles bezahlen?<<
Ich bin wirklich genervt.
Auch Nele merkt, das etwas nicht stimmt, und verbringt die meiste Zeit in ihrem Zimmer. Trotzdem versuche ich mir so viel Zeit, wie möglich, für Sie zu nehmen. Wir spielen, kuscheln und schauen zusammen fern. Wenn Steven von der Arbeit kommt, findet er uns meistens auf dem Sofa vor, wo wir herumalbern.
Auch die nächsten Tage sind fast immer gleich, ich bringe Nele in den Kindergarten, Ines ruft an, ich treffe mich mit ihr auf einen Kaffee und sie will mich überreden ihr bei Ronny zu helfen. Ich hole Nele ab und telefoniere mit Ines. Langsam bereue ich es, ihr meine Handynummer gegeben zu haben.
Dafür läuft es zwischen mir, Steven und Nele einfach super. Zusammen waren wir unterwegs und haben

noch ein paar Kleinigkeiten fürs Baby gekauft. Eine Wickelunterlage zum Beispiel, Handtücher, eine Badewanne und noch ein bisschen Speilzeug. Alles, was wir für das Baby schon besorgt haben lagert, oben im ehemaligen Gästezimmer. Wir brauchen nur noch Tapete und dann können wir renovieren und alles aufbauen. Okay ein Kleiderschrank fehlt auch noch, aber wir haben ja noch einundzwanzig Wochen Zeit!
Am Nachmittag, Nele ist bei Oma und OPA, sitze ich mit Ines wieder mal im Café. Ich mache mir langsam wirklich Gedanken, wie ich die beiden zusammenbringen kann. Und wenn es nur dafür gut ist, dass ich endlich mal wieder meine Ruhe habe. Allerdings bezweifel ich ganz stark, das Ronny sich eine schwangere Freundin zulegen will.
Aber all das mag ich Ines nicht unter die Nase reiben. Verliebt sitzt sie auf dem Stuhl neben mir und beobachtet Ronny, wie er Getränke und Kuchen zu den Gästen anderen bringt. Ich stupse Sie an.
»Ines, langsam ist es mir peinlich! Das fällt total auf, du sitzt hier wie ein verliebter Gockel und nippst schon zum vierten Mal an deinem leeren Kaffee.«
Ihr Blick klärt sich und sie sieht sich ihre Tasse genau an.
»Verdammt, mich hat es wirklich schwer erwischt! Und ich weiß nicht mal, wie ich ihn ansprechen soll. Wie macht man den ersten Schritt? Ich war so lange mit meinem Mann zusammen, ich habe alles vergessen.«
»Aber irgendwie musst du dir doch auch Elias geangelt haben«, werfe ich nachdenklich ein.
Verächtlich schnaubt sie durch die Nase.
»Den brauchte man sich nicht angeln! Der hat dich geangelt, dir Komplimente gemacht, dich umgarnt und dir das Gefühl gegeben du bist die schönste Frau

auf der ganzen Welt. Tja und dann ... du weißt, was dann passiert ist.«
Traurig streicht sie über Ihren Bauch.
»Wenn es drauf ankommt, ist er weg, ich habe ewig gebraucht, bis ich begriffen habe, dass er nur das eine will. Als ich es endlich geschnallt habe, war es zu spät, du warst sauer, mein Mann weg und Elias ebenfalls! Klar würden Lisa und ich das auch alleine schaffen aber ...«
Sie grinst von einem zum anderen Ohr zum anderen.
»Nicht mehr lange und ich halte meine Prinzessin im Arm.«
»So jetzt aber mal im Ernst, sprich ihn an, frag ihn nach einer Verabredung. Ich kann das alles nicht mehr mit ansehen! Und ich muss gestehen, es geht mir auf den Keks. Ich möchte wieder in mein Café und nicht ständig bei meinem Exfreund in der Nähe sein. Weißt du eigentlich, dass Steven total eifersüchtig ist? Ständig macht er mir Vorwürfe und hat ja auch recht. Du musst also langsam selbst in die Pötte kommen.«
»Ich weiß, okay, pass auf, wenn er das nächste Mal hier vorbei kommt, frage ich ihn, ob wir zusammen essen gehen wollen.«
Zufrieden lehne ich mich in meinem Stuhl zurück, aus dem Blickfeld von Ines heraus, wollen wir doch mal sehen, ob Sie sich wirklich traut. Ich suche den Blick von Ronny und winke ihm dann unmerklich zu.
Sofort kommt er an unseren Tisch, gespannt warte ich darauf, dass Ines etwas sagt, doch sie starrt ihn nur mit weit aufgerissenen Augen an. Ihr Mund schnappt auf und zu, sie bekommt kein Wort heraus.
»Kann ich euch noch etwas bringen?«
Fragt Ronny ungeduldig.
Ines schüttelt den Kopf, nur um gleich darauf zu nicken. Ronny fängt an zu lachen und sieht mich fragend an. Ich hebe abwehrend die Hände und deute auf meine Freundin.

»Angie ist das ein Spiel? Wollt ihr mich veralbern? Ich bekomme Schwierigkeiten, wenn ich hier nur rumstehe.«
Das kann doch nicht wahr sein, muss ich jetzt wirklich für Ines einspringen und die beiden verkuppeln? Ich seufze, wenigstens kann ich mir jetzt sicher sein, dass ich nichts mehr für Ronny fühle, naja zumindest habe ich keine romantischen Gefühle mehr für ihn.
»Also gut, pass auf, nimm deinen Block in die Hand und tue so, als wenn du schreibst. Das hier ist Ines eine Arbeitskollegin. Sie würde gerne mit dir essen gehen! Sie traut sich nur nicht selbst zu fragen, wie du siehst, raubst du ihr den Atem.«
Zu meiner Bestätigung nickt Ines heftig mit dem Kopf. Albern, das ist das Wort, mit dem man die Situation am besten beschreiben kann.
»Außerdem hätte ich gerne noch einen Früchtetee, bis du uns den bringst, kannst du dir ja überlegen, ob du mit ihr ausgehen magst, ich hoffe, Ines hat ihre Stimme bis dahin wiedergefunden.«
Etwas verwirrt dreht er sich um und geht.
»Danke«, flüstert Ines heiser.
»Das war das erste und letzte Mal, das ich dir mit ihm helfe! Den Rest musst du selber machen! Hast du mich verstanden? Kneif den Hintern zusammen und rede mit ihm.«
Ines nickt.
»Den Tee habe ich für dich bestellt, die Rechnung übernimmst du, ich gehe jetzt.«
Wieder nur ein nicken.
Genervt verdrehe ich die Augen, schnappe meine Handtasche und gehe nach Hause. Steven müsste schon von der Arbeit zurück sein und Nele, bei meiner Mutter abgeholt haben.
Was ich nicht ahnen kann, ist, dass mich zuhause das nächste Problem erwartet. Ich schließe die Haustür auf und Steven kommt sofort zu mir gerannt. Ich versuche

an ihm vorbei, in die Küche zu gucken. Unterhält sich da jemand?
»Angie, ich muss dir etwas sagen«,
»Darf ich mich erst einmal ausziehen?«
»Nein, ich hatte gehofft, du würdest gleich wieder los wollen, wenn du gehört hast, was ich zusagen habe.«
Was soll das denn jetzt schon wieder werden? In meinem Bauch macht sich ein ungutes Gefühl breit.
»Was ist passiert?«
»Dein Vater.«
»Was ist mit ihm?«
»Er liegt im Krankenhaus, ich wollte Nele abholen, als deine Mutter total verzweifelt die Tür geöffnet hat. Er war gerade erst umgekippt. Was er hat, weiß ich nicht, deine Mutter ist bei ihm. Julia und Cecilia sind hier, Julia wollte mit dir zusammen ins Krankenhaus gehen.«
Unsicher was ich tun soll ziehe ich mir erstmal die Jacke aus.
»Warum ziehst du dich denn jetzt aus?«
Verständnislos sieht er mich an und will mir die Jacke wieder über die Schultern ziehen.
»Lass das«, schreie ich ihn an.
Ich muss kurz darüber nachdenken. Was ist, wenn er nicht wieder gesund wird? Dann habe ich die letzte Chance verpasst ihm zu sagen was ich von ihm halte und davon was er uns angetan hat.
Von meinem Geschrei angelockt kommt Julia aus der Küche.
»Alles in Ordnung, was ist denn los?«
Angst und Verzweiflung liegen in ihrer Stimme, doch darauf kann ich gerade keine Rücksicht nehmen. Ich brauche einen Moment zum Nachdenken. Schwer atmend schiebe ich mich an Steven vorbei, gehe ins Gästebad und schließe mich ein. Ich höre die beiden vor der Tür tuscheln.

»Sie muss zu Ihrem Vater, sie wird sich das nie verzeihen«,
»Lass Sie nur einen Moment, sie wird schon das Richtige tun! Komm lass uns den Kaffee austrinken, geben wir ihr die Zeit, die Sie braucht.«
Ich spritze mir etwas Wasser ins Gesicht und überlege fieberhaft was ich tun soll. Hat er eine zweite Chance verdient? Was ist, wenn er wirklich stirbt? Würde ich mir nicht ewig Vorwürfe machen? Die Übelkeit trifft mich wie ein Schlag ins Gesicht. Ich stürze zum Klo und übergebe mich.
Danach bleibe ich noch ein paar Minuten vor dem Spiegel stehen und betrachte mein Gesicht.
Unvermittelt stürze ich zur Tür, schließe auf, und gehe in die Küche.
»Lass uns gehen!«
Freudestrahlend kommt Julia auf mich zu und will mich in den Arm nehmen. Ich wehre Sie ab.
»Das heißt gar nichts, ich möchte nur nicht, dass er stirbt, ohne zu wissen, was er mir angetan hat, als er einfach gegangen ist und«,
ich zögere einen Moment.
»Dass ich ihn im Grunde meines Herzens die ganze Zeit über schrecklich vermisst habe.«
Ich lasse die Schultern sinken und fange an zu weinen. Julia nimmt mich jetzt doch in den Arm, ich wehre mich nicht.
»Ich meine es Ernst, lass uns gehen.«
»Was ist mit Cecilia«, fragt Julia.
»Ich passe auf die beiden auf, geht ihr nur.«
Julia nickt, nimmt meine Hand und zusammen gehen wir zum Krankenhaus. Je näher wir kommen umso fester drückt meine kleine Schwester meine Hand.
»Du tust mir weh«, sage ich als sich ihre Fingernägel im meine Handflächen bohren, sofort lockert sie den Griff.

Wir wollen gerade das Krankenhaus betreten, als uns eine kleine verängstigt aussehende Frau neben der Tür auffällt, sie steht mit dem Rücken zu uns und raucht.
»Das ist doch Mama!«
»Nein das kann nicht sein, Mama raucht doch nicht«, Julia zieht mich in Richtung der Frau.
Als wir sie umrundet haben erschreckt sie und schmeißt die Zigarette von sich, doch zu spät wir haben es ja schon gesehen.
»Seit wann rauchst du denn?« Frage ich entgeistert.
»Ich rauche nicht, nicht wirklich jedenfalls. Nur wenn ich mich schrecklich aufrege!«
Dass es ihr gerade nicht gut geht, sieht man ihr an, unter ihren Augen haben sich dicke Ringe gebildet. Ihr Gesicht ist fahl und eingefallen. Wir nehmen Sie in die Mitte und lassen uns zeigen, wo Papa ist. Im Warteraum der Notaufnahme ist Schluss, weiter kommen wir nicht. Wir lassen uns auf die unbequemen Stühle fallen und warten. Drei Stunden später kommt ein Arzt zu uns und nimmt uns mit in ein kleines Büro.
»Ihr Mann hatte zum Glück keinen Herzinfarkt! Es ist nur eine Herzmuskelentzündung, wir haben eine Katheteruntersuchung gemacht. Es geht ihm so weit gut, er braucht nur Ruhe.«
Erleichtert atmen wir auf.
»Mit der Entzündung ist trotzdem nicht zu spaßen, es ist die Vorstufe zum Herzinfarkt, eine Warnung sozusagen. Wenn Sie wollen, können Sie jetzt kurz zu ihm, aber regen Sie ihn nicht auf und bleiben Sie nicht zulange.«
Wir nicken. Eine Krankenschwester bringt uns zu meinem Vater, der kalkweiß und an lauter Monitore angeschlossen ist. Matt aber glücklich reicht er uns die Hand und lässt sich von Julia und meiner Mutter einen Kuss geben. Abwartend sieht er mich an, als auch ich

näher trete und ihm einen Kuss auf die Stirn geben will.
»Es freut mich, das du auch da bist, es tut mir alles so leid, wirklich alles.«
Seine Stimme ist kaum mehr als ein Flüstern.
»Pst, nicht jetzt, das klären wir, wenn du wieder gesund bist. Erhol dich gut und wage es ja nicht zu sterben.«
Warnend hebe ich meinen Zeigefinger. Er lacht und zieht mich zu sich runter, damit er mich umarmen kann. Ich lasse es über mich ergehen. Mein Herz schlägt wie wild in meiner Brust. Ich habe das Gefühl, etwas verpasst zu haben. Was weiß ich nicht genau. Ich nehme mir vor, die Sache mit meinem Vater in Angriff zu nehmen. Ganz langsam, wer weiß, vielleicht finden wir ja doch wieder zusammen, wenn es ihm erstmal besser geht.
Bis in die Nacht hinein sitze ich an seinem Bett und sehe ihm beim Schlafen zu. Mama und Julia sind schon vor Stunden gegangen. Aber irgendwie kann ich mich nicht überwinden zu gehen, ich habe Angst das, wenn ich das nächste Mal vorbei schaue, er nicht mehr da ist. Als die Nachtschwester zur Tür herein kommt, um die Monitore zu überprüfen und einen neuen Infusionsbeutel anzuhängen, schmeißt sie mich raus. Meine Überredungsversuche doch bleiben zu dürfen laufen ins Leere. Widerwillig gehe ich nach Hause. Ich schließe die Haustür auf, sofort kommt Steven aus dem Wohnzimmer.
»Und wie geht es ihm? Gibt es etwas Neues? Komm setz dich doch erstmal, du siehst müde aus, willst du was trinken?«
Abwehrend hebe ich die Hände.
»Lass mich bitte erst reinkommen, bestürm mich doch nicht so«, müde lasse ich die Hände sinken. Steven greift mir unter die Arme und führt mich in die Küche.
»Willst du was trinken?«

Ich nicke, er gibt mir ein Glas Wasser und setzt sich mir gegenüber. Besorgt aber neugierig sieht er mich über den Tisch hinweg an. Als ich einen Schluck getrunken habe, erzähle ich ihm alles, obwohl es da nicht viel zu berichten gibt. Mein Vater hat die ganze Zeit über geschlafen.
»Ich bin Müde, ich geh ins Bett«, sage ich. So erschöpft habe ich mich noch nie gefühlt.
Besorgt schaut Steven mir hinterher, »Ich komme auch gleich.«
Ich schlüpfe aus meinen Klamotten und lasse Sie dieses Mal einfach auf dem Boden liegen. Ich kuschel mich unter die Decke, als Steven sich zu mir legt, bin ich schon fast eingeschlafen. Er kuschelt sich an mich ran und hält mich fest. Ich lasse meinen Tränen freien lauf. Warum war ich nur so stur, weshalb habe ich nicht nachgegeben und mich schon vorher mit meinem Vater versöhnt? Wieso muss immer erst was passieren, bis ich begreife, wie wertvoll jeder einzelne Mensch ist? Hat nicht jeder eine zweite Chance verdient?
Es dauert lange, bis der Tränenstrom versiegt und ich einschlafe. In der Nacht träume ich wild. Von Tot- und Beerdigung, von Trauer und Menschen in schwarzen Anzügen. Schweißgebadet werde ich wach. Ich schaue auf die Uhr, es ist erst drei Uhr. Trotzdem winde ich mich vorsichtig, damit Steven nicht aufwacht, aus der Umarmung und stehe auf. Meine Sachen vom Vortag hebe ich auf und nehme Sie mit ins Bad, ziehe mich an und gehe in die Küche. Doch ich fühle mich wie eingesperrt, ich muss hier raus. Schnell schreibe ich Steven einen Zettel, >>bin spazieren mach dir keine Sorgen<<.
Ich öffne die Haustür und gehe fröstelnd noch einmal zurück, es ist kühl geworden. Ich nehme meine Jacke vom Harken und ziehe sie an. Wohin ich laufen soll, weiß ich nicht, aber meine Füße. Sie tragen mich zur

Wohnung meiner Mutter. Ich schaue durchs Fenster im Erdgeschoss, sie sitzt auf dem Sofa und weint. Vorsichtig klopfe ich an. Erschrocken fährt sie hoch und schaut sich um. Als Sie mich sieht, öffnet sie das Fenster.
»Was machst du denn um diese Uhrzeit hier?«
»Ich konnte nicht mehr schlafen und wollte ein wenig spazieren gehen. Und jetzt bin ich hier, lässt du mich rein?«
»Ja!«
Als Sie die Haustür öffnet, sehe ich erst, wie fertig Sie ist, ihre Augen sind verquollen und das, was vom Auge weiß sein sollte, ist rot. Ich schließe Sie in meine Arme, für einen Moment bleiben wir so stehen. >>Fang nicht zu weinen an, sei stark für deine Mutter<<, sage ich mir immer wieder. Es hilft, in der Stunde, in der wir zusammensitzen und reden, habe ich nicht geweint. Erst als ich wieder auf dem Weg nach Hause bin, kann ich die Tränen nicht mehr zurückhalten. Ich bleibe stehen, sehe mich um, ich stehe mitten auf der alten Weserbrücke, weit und breit ist kein Mensch zu sehen. Ich schreie meine ganze Angst, die Wut und die Verzweiflung heraus. Immer nur >>AHHHHH<< bis mir die Luft ausgeht. Aufgeschreckte Vögel von der Insel unter mir flattern auf und fliegen in den Himmel. Sie nehmen alles mit, was mich belastet hat. Kraftlos sinke ich auf die Knie und bleibe für einen Moment so sitzen. Erst als mein Baby mir einen Tritt verpasst, erwache ich aus meiner Trance. Mir ist kalt, ich zitter am ganzen Körper, langsam, mich am Geländer der Brücke festhaltend, stehe ich auf und gehe wieder zurück nach Hause. Müde, wie ich bin, setze ich mich auf die Couch, kuschel mich in eine Decke und schalte den Fernseher an. Es dauert nicht lange und ich schlafe ein, erst als Steven aufsteht, um sich für die Arbeit fertig zumachen, werde ich vom klappernden Geschirr

geweckt. Ich strecke mich, lege die Decke beiseite und wanke schlaftrunken zu meinem Freund.
»Habe ich dich geweckt?«
Fragend sieht er mich an, fast sieht er aus, als wenn er ein schlechtes Gewissen hat.
»Nein, ich war heute Nacht ein wenig bei meiner Mutter.«
»Du warst bei deiner Mutter?«
Skeptisch zieht er die Augenbrauen zusammen, ich liebe die kleine steile Falte, die sich zwischen seinen Augen bildet, wenn er besorgt ist. Als ich vor ihm stehe, gebe ich ihm einen Kuss und streiche seine Stirn glatt.
»Alles in Ordnung, ich hatte nur einen Albtraum und musste raus, jetzt geht es mir schon besser.«
»Warum bist du nicht wieder ins Bett gekommen?«
»Ich wollte dich nicht wecken.«
Verstehend nickt er und wendet sich wieder der Kaffeemaschine zu.
»Auch einen?«
„Gerne."
Ich setze mich an die Theke und stütze die Hände unters Kinn.
»Ich habe auch nicht besonders gut geschlafen, deine Familie ist die einzige Familie, die ich habe, ich mache mir genauso große Sorgen.«
Bevor er mir den Kaffee geben kann, wende ich mich ab, ich will nicht schon wieder weinen. Ich weiß nicht wie oder warum, aber ausnahmsweise bleiben meine Augen trocken. Wer weiß vielleicht haben die Vögel fürs Erste ja wirklich alle Sorgen mitgenommen und alles wird gut? Ein frommer Wunsch, ich weiß, aber was bleibt, wenn auch die Hoffnung schwindet?
»Wann bist du heute wieder zurück?«
»Ich denke gegen 16 Uhr, bist du dann zuhause oder im Krankenhaus?«

»Zuhause ich will Nele nicht schon wieder in ein Krankenhaus schleppen, ich habe das Gefühl, wir kommen da nie raus.«
Steven legt seine Hand unter mein Kinn und zwingt mich ihn anzusehen.
»Doch das werden wir, ganz bestimmt, aber erst muss das Baby da sein.«
Ich grinse ihn an und lege meine Hand auf seine.
»Nicht mehr lange, die hälfte ist fast geschafft.«
»Ich kann es kaum erwarten.«
Da sind wir denk ich nicht die Einzigen.
»Morgen", erschrocken sehen wir zu Tür, Nele steht dort mit verquollenen Augen und gähnt herzhaft.
»Warum bist du denn schon auf?«
Sie zuckt mit den Schultern und setzt sich neben mich.
Nachdem ich Nele, ein paar Stunden später in den Kindergarten gebracht habe, gehe ich ins Krankenhaus.
Immer noch grau im Gesicht aber wach sitz mein Vater in seinem Bett und diskutiert mit einer Schwester.
»Ich brauche das wirklich nicht mehr! Mir geht es gut.«
»Das ist die Anweisung vom Arzt!"
»Dann machen Sie doch wenigstens das Gepiepse aus, bitte!«
Die Schwester schüttelt den Kopf und geht.
»Guten Morgen …«, vorsichtig trete ich ans Bett meines Vaters, unschlüssig, ob ich ihn umarmen, oder einfach nur seine Hand halten soll stehe ich da.
»Morgen entschuldige, aber ich bin genervt«
»Das merke ich«, ich grinse ihn an.
»Aber wenn du dich aufführst, wie ein kleines Kind, werden Sie dich absichtlich länger an der Maschine lassen. Nach der Visite bist du die Geräte bestimmt los, hab nur ein wenig Geduld.«

»Wenn du das sagst«, Papa grinst und entblößt seine weißen Zähne.
Er greift nach meiner Hand und ich falle ihm um den Hals.
»Wie geht es dir«, flüster ich in sein Ohr. Meine Gefühle drohen mich schon wieder zu übermannen.
»Gut, mach dir keine Sorgen, schön das du da bist.«
Ich nicke und ziehe mich wieder zurück, setze mich auf den Stuhl neben seinem Bett und sehe ihn einfach nur an. Er hat unheimliche Ähnlichkeit mit mir, die Augen, die Nase, die Haarfarbe und fast sogar die Haarlänge. Er ist eben ein richtiger Rocker.
Etwas verunsichert was ich jetzt sagen soll, sitze ich weiter nur da. Alles, was ihn jetzt gerne fragen würde, muss ich mir verkneifen, ich darf ihn nicht aufregen.
»Du musst aber nicht die ganze Zeit hier sitzen und mich beobachten, du kannst auch nach Hause gehen, wenn du willst. Du kannst aber auch bleiben, es liegt an dir.«
Träge winke ich ab.
»Schon okay, ich bleibe noch ein bisschen. Mir ist gestern klar geworden, wie dumm ich mich verhalten habe.«
»Lass uns darüber doch Reden, wenn ich wieder gesund bin, ja? Es wird harte Arbeit die ganzen Jahre aufzuarbeiten, aber wir können es versuchen. Nicht du oder deine Schwester haben, einen Fehler gemacht, sondern ich.«
»Okay reden wir später darüber.«
»Solange kannst du ja, wenn du möchtest, von dir Steven und Nele erzählen und von meinem Enkelkind«, schelmisch grinst er mich an. Zwei Stunden später habe ich ihm alles erzählt. Wirklich alles, wie ich Nele kennengelernt habe, was mit Steven gewesen ist und wie ich so schnell schwanger geworden bin.

»Wirklich? Du bekommst einen Jungen? Das ist doch wunderbar. Habt ihr schon eine Idee, wie er heißen soll?«
»Wir schwanken noch, zwischen zwei Namen, aber wir haben ja noch ein bisschen Zeit.«
»Bewegt er sich schon? Ich erinnere mich noch gut daran, wie deine Mutter aufgeschrien hat, als du dich das erste Mal bewegt hast. Sie hat sich erschreckt und war gleichzeitig total entzückt. Den ganzen Tag hat sie sich nicht mehr bewegt, immer nur wieder auf Ihren Bauch gestarrt und gewartet das Sie dich noch einmal spürt.«
»Ja ab und an tut er mir den Gefallen, aber immer wenn Steven die Hand auf den Bauch hält, ist sofort wieder Ruhe.«
»Das kenne ich zu gut, das hast du«, er wird von einem Arzt unterbrochen, der zur Tür herein kommt. Ich muss warten, bis die Visite vorbei ist, erst dann darf ich wieder zu meinem Vater.
»Siehst du, was habe ich gesagt? Du bist die Monitore los.«
»Ja aber ich musste ganz schön betteln.«
»Ich glaube, ich hole mir eben einen Kaffee oder einen Tee mal sehen, ich komme gleich wieder.«
Bevor ich gehe, gebe ich ihm einen Kuss auf die nicht rasierte Wange, genauso habe ich ihn in Erinnerung, pieksend mit drei Tage Bart. Obwohl ich vor ein paar Tagen noch so sauer war, ist jetzt alles so, als wäre nie etwas gewesen. So schnell kann es gehen, wenn einem bewusst wird, wie vergänglich alles ist. Auf die richtige Aussprache muss ich zwar noch etwas warten, aber sie wird kommen. Wenn uns das dann nicht wieder zusammenschweißt, weiß ich auch nicht. Ich kann mich noch zu gut erinnern, dass wir immer Spaß hatten, wenn wir unterwegs waren. Nie wurde es langweilig, nie hat er geschimpft. Unten in der

Cafeteria begegne ich meiner Mutter. Sie sieht abgespannt und Müde aus.
Ich gehe zu ihr und umarme Sie.
»Hast du noch etwas schlafen können?«
Sie schüttelt den Kopf.
»Dann solltest du nach Hause gehen, es geht ihm gut. Er ist sogar die Monitore los.«
»Nein, ich bleibe«, trotzig wie ein kleines Kind stampft sie mit dem Fuß auf. Ich hebe abwehrend die Hände.
»Dann richte ihm noch einmal schöne Grüße aus, ich lasse euch dann mal alleine.«
Als ich wieder zuhause bin, denke ich darüber nach was ich nicht alles mit meinem Vater erlebt habe. Ein Ereignis hat sich so tief in mein Gehirn gebrannt, das ich sogar manchmal davon träume.
Ich sitze auf den Schultern meines Vaters und halte mich an seinem Hals fest. Links neben uns ist die Weser und die kleine halbhohe Mauer, auf der ich so gerne laufe. Von hier oben sieht alles noch viel höher aus, ich bekomme Angst und klammere mich noch fester an meinen Vater. Er lacht und versichert mir das er mich nicht hinunter stürzen lassen wird. Er geht am Krankenhaus vorbei Richtung Altenheim. Als wir eine Bank erreichen, setzt er mich darauf und sagt ich soll warten. Ich beobachte ihn, wie er die Wiese überquert und kurz vor dem Wasser stehen bleibt. Er scheint etwas zu sammeln und legt alles in seinen Pullover, den er zur Tragetasche umfunktioniert hat. Als nichts mehr hineinpasst, kommt er wieder zu mir. »Komm mit, ich will dir etwas zeigen.«
Er nimmt mich an die Hand und führt mich über die Wiese, er ist etwas zu schnell, ich merke, dass er aufgeregt ist. Mein rechter Fuß bleibt an einem Stock hängen und ich stolper. Doch bevor ich der Länge nach hinfallen kann, zieht er mich nach oben und stellt mich wieder auf meine Füße. »Hoppla!«

Er lacht und geht jetzt etwas langsamer. Am Wasser angekommen zeigt er mir, was er gesammelt hat. Viele kleine flache Steine kommen zum Vorschein.
»Ich zeig dir jetzt, wie man flippt.«
Er nimmt einen Stein in die Hand und wirft ihn aufs Wasser, doch er geht nicht unter, er hüpft fünf Mal auf und erst dann, fast in der Mitte der Weser geht er unter. Ich jubel vor Freude und versuche es auch. Doch ich schaffe es nicht, mein Stein taucht sofort ein. Traurig sehe ich zu meinem Vater hoch. Er kniet sich neben mich und zeigt mir, wie ich den Stein halten muss. Zusammen werfen wir ihn und schaffen es das er zweimal aufkommt und dann erst im Wasser verschwindet. Erst als ich das Gleichgewicht verliere und in die Weser falle, und sich meine Klamotten voll Wasser gesaugt haben, gehen wir nach Hause. Meine Schuhe machen bei jedem Schritt schmatzende Geräusche, ich finde das so toll, dass ich nicht weine und sogar vor renne. Zuhause angekommen ist meine Mutter total entsetzt und stellt mich unter die warme Dusche.

*

Von solchen Erinnerungen gibt es noch viele. Ich nehme mir vor, mit Nele an die Weser zu gehen und ihr zu zeigen, wie man Steine flippen lässt. Sie ist jetzt genauso alt wie ich damals. Als wir am Abend zusammen am Tisch sitzen und essen, erzählt Nele, wie toll ihr Nachmittag war. Steven hört aufmerksam zu und sieht mich hin und wieder freudestrahlend an. Bei unserem Ausflug lief es fast genauso ab wie damals mit meinem Vater. Nur mit ein paar kleinen unterschieden, ich habe Nele nicht getragen und sie ist nicht ins Wasser gefallen. Spaß hatten wir trotzdem jede Menge.
Nachdem Nele eingeschlafen ist, ich habe nicht mal eine Seite ihrer Lieblingsgeschichte vorgelesen, klingelt das Telefon. Steven ruft mich und ich renne so schnell ich kann hinunter, ich erwarte das Schlimmste. Aber es ist nicht meine Mutter mit einer neuen Hiobsbotschaft, sondern Ines. Erleichtert seufze ich auf.
»Entschuldige das ich jetzt noch anrufe, aber ich muss dir unbedingt etwas erzählen.«
»Was denn?«
»Ronny, er hat eingewilligt, wir gehen am Samstag zusammen essen.«
»Das freut mich für dich«, schon wieder Ronny, werde ich den Kerl irgendwann nochmal los?
»Als du mich im Café hast einfach so sitzen lassen, wusste ich nicht was ich zu ihm sagen soll. Ich habe kein Wort herausgebracht. Das scheint ihn verstört zu haben. Heute war ich dann wieder da und er hat nicht locker gelassen. Er hat mich eingeladen und gesagt er geht erst wieder, wenn ich zugesagt habe. Dass ich schwanger bin, scheint ihn nicht abzustoßen, im Gegenteil.«

Ines redet ohne Punkt und Komma, ich höre nur zu und versuche nicht in meine Erinnerungen an das Kennenlernen von mir und Ronny abzugleiten.
Steven schleicht um mich herum, ich weiß, dass er eifersüchtig ist. Wenn ich es mir aussuchen könnte, dann würde ich von all dem was Ines erzählt auch nichts hören wollen. Aber was wäre ich für eine Freundin, wenn ich mich deswegen zurückziehen würde.
Nach einer Stunde hat sie genug erzählt und ich weiß, dass Sie am Samstag zusammen essen gehen. Sie sich total in ihm verliebt hat und sich wünscht, dass Sie zusammenkommen.
»Wie soll das bloß weiter gehen?«
Frage ich Steven, als ich neben ihm sitze.
»Ich weiß nicht, wie ich damit umgehen soll, dass Ines mit Ronny zusammenkommen will. Was soll ich denn machen, wenn Sie es wirklich zusammen versuchen? Die Freundschaft aufgeben? Ich weiß, dass du eifersüchtig bist, du hast nur keinen Grund dazu! Ich habe mit ihm abgeschlossen und das solltest du auch.«
»Ja ich weiß, aber es fällt mir schwer. Immerhin wart ihr Mal glücklich.«
»Wenn du genau zugehört hast, wüsstest du das, das so nicht stimmt. Wir haben ständig gestritten, wenn er und sein blöder Kumpel ausgegangen sind, habe ich mir immer Gedanken gemacht, ob er mir auch treu ist. Und außerdem hat Monia ja auch noch ihre Finger mit im Spiel gehabt.«
Steven zieht mich zu sich heran und ich kuschel mich an seine Brust, ich höre sein Herz schlagen, es schlägt sehr schnell und kräftig.
»Ich versuche mich zurück zunehmen versprochen. Im Grunde weiß ich ja das du nichts mehr für ihn empfindest, trotzdem habe ich Angst dich zu verlieren.«
Ich sehe zu ihm hoch,

»Das brauchst du nicht! Ich trage dein Kind in mir, wir wohnen zusammen und ziehen deine Nichte auf. Ich werde den Teufel tun und das alles aufs Spiel setzen.«
Gedankenverloren streicht er mir die Haare aus der Stirn und seufzt.
»Ich weiß«, er gibt mir einen Kuss und ich sinke zurück in seine Arme.

*

Am Samstag vor Ines Date klingelt pausenlos das Telefon. Immer wieder bombardiert sie mich mit Fragen. >>Was soll ich anziehen, was soll ich sagen, gibt es Themen über, die er nicht gerne spricht,<, und, und, und. Nach dem achtzehnten Anruf platzt mir der Kragen, ich bin gerade dabei, mich und Nele für unseren Ausflug in den Wald anzuziehen. »Wenn du jetzt noch einmal anrufst, komme ich zu dir und verhaue dich! Lern ihn kennen, genieß die Vorfreude und hör auf mich zu nerven«, schreie ich ins Telefon. Ohne auf eine Antwort zu warten, lege ich auf.
Als Nele und ich dann endlich auf dem Spielplatz am Finkenborn angekommen sind, tut mir das letzte Gespräch ein bisschen Leid. Aber ich habe eigene Sorgen und eine Familie, um die ich mich kümmern muss. Mein Vater wurde gestern aus dem Krankenhaus entlassen aber er braucht Ruhe, ich darf ihn nicht besuchen. Worauf ich mich aber freue, ist der morgige Tag. Wir wollen nochmal nach Hannover fahren und in den Zoo gehen. Diesmal ohne Schleichwege und hervor springende Tiere. Obwohl es heute recht kühl ist, habe ich ein kleines Picknick für mich und Nele mitgenommen. Ich breite eine Thermodecke auf dem Boden aus und lege eine unserer Sofadecken darauf. So kann uns die Kälte des Bodens nichts anhaben. Ein paar Mettbällchen kullern ins Gras, als ich den Deckel öffne. Nele krabbelt hinterher und will sich einen davon in den Mund stecken, im letzten Augenblick kann ich ihr das Bällchen wegnehmen und biete ihr einen sauberen an. Der Früchtetee ist dank der Thermoskanne noch warm und so genießen wir das Essen. Erst danach erkunden

wir den Spielplatz. Wir rutschen zusammen, rennen herum, wippen und schaukeln. Nach zwei Stunden lasse ich mich zurück auf die Decke fallen. Das Baby in meinem Bauch protestiert sofort und tritt mich.
»Tut mir leid Krümel, aber ich brauche eine Pause, genug geschaukelt für den Moment.«
Irgendwo habe ich gelesen, dass die Babys im Mutterleib die Stimme der Mutter hören können und es genießen, wenn Sie singen. Nele spielt in der Zeit alleine weiter. Erst kurz bevor wir wieder nach Hause gehen wollen entdeckt sie die Rehe im Gehege neben dem Spielplatz.
»Bitte können wir Sie füttern«, bettelt Nele.
»Wir haben aber nichts dabei was Sie essen dürfen«, gebe ich zu bedenken. Ich sehe mich um, das Gras ist nicht gemäht worden, ich reiße ein Büschel aus und reiche es Nele. Vorsichtig geht sie einen Schritt auf eine Hirschkuh zu und hält ihr das Büchel hin. Als das Tier genüsslich hineinbeißt, lässt Nele erschrocken los. Lachend gebe ich ihr ein neues Büschel.
»Möchtest du es nochmal versuchen?«
Energisch schüttelt sie den Kopf.
»Gut dann lass uns nach Hause gehen ja? Ich brauche dringend etwas schlaf, ich bin ganz schön erledigt."
Überhaupt merke ich in letzter Zeit immer deutlicher, wie die Schwangerschaft mich anstrengt. Kleinste arbeiten bringen mich zum Schnaufen und fordern dann in Form von einem Mittagsschläfchen ihren Tribut.
Nach einer Stunde Fußweg kommen wir zuhause an, mein Handy, das ich vorsorglich zuhause gelassen habe, zeigt mir 3 SMS und 5 Anrufe in Abwesenheit. Alle von Ines, zuerst drücke ich die Anrufe weg, dann lese ich die Nachrichten.
>>Es tut mir leid, ich habe nicht darüber nachgedacht, dass ich dich vielleicht nerven könnte<<.

>>Wenn du willst, komm ich morgen auf einen Kaffee rum, ich erzähle auch nichts von dem Date versprochen<<.
>>Ich hoffe, du willst überhaupt noch mit mir befreundet sein?!<<
Ich schreibe ihr zurück.
>>Natürlich will ich das, allerdings sind wir morgen nicht zuhause, wir fahren noch einmal in den Zoo. Komm doch am Montag!<<
Wollen wir doch mal abwarten ob Ines ihr Vorhaben nicht selbst in die Tat umsetzen kann. Alt genug ist sie ja.

*

Am Abend des nächsten Tages sitzen Nele, Steven und ich eng aneinander gekuschelt auf dem Sofa und sehen uns zum Abschluss eines traumhaften Tages noch König der Löwen an. Nele schläft ein, bevor Simba ausreißt, weil er denkt, dass er seinen Vater getötet hat. Wir halten den Film an und Steven trägt sie in ihr Bett. Auch ich bin so Müde das ich einfach, ohne mich auszuziehen, ins Bett fallen könnte.
»Das war ein toller Tag, auch wenn wir alle Shows verpasst haben. Ich hatte so viel Spaß mit Nele auf dem Spielplatz.«
»Das hat man gesehen, auch wenn ich mit deiner kleinen Kugel vielleicht nicht gerutscht wäre.«
»Warum denn nicht?«
Empört drehe ich mich zu ihm um.
»Naja ich habe gedacht nach allem, was passiert ist, was für Schwierigkeiten die Schwangerschaft schon gemacht hat, wärst du etwas vorsichtiger.«
Sanft streiche ich ihm über die Wange.
»Ich tue nur dass, wozu ich Lust habe. Ich bin vorsichtig, wenn ich gemerkt hätte, es tut uns nicht gut«, ich lege beide Hände schützend auf meinen Bauch, »dann hätte ich sofort aufgehört.«
Nachdenklich nickt er, sagt aber nichts.
»Komm«, ich nehme ihn an der Hand und ziehe ihn mit mir nach oben.
»Lass uns ins Bett gehen, der Tag war lang genug:«
»Da hast du recht.«
Steven untermalt seine letzte Äußerung mit einem herzhaften Gähnen. Ein wirklich gelungener Tag denke ich, bevor ich einschlafe.

*

Am Montag sitzen Ines, Ellen und ich bei mir und wir trinken Tee. Steven, der heute frei hat, versucht nicht so oft in die Küche zu kommen aber es gelingt ihm nicht. Er ist genauso neugierig, wie es mit Ines und Ronny gelaufen ist wie Ellen. Nur ich würde das Thema gerne überspringen.
»Los jetzt erzähl schon, wie war es mit Ronny«, vor Neugier fast platzend ist Ellens Stimme total schrill. Meine Finger trommeln auf den Tresen, was Ines falsch interpretiert, sie richtet sich zur vollen Größe auf, holt tief Luft und sprudelt los.
»Also das Date war nicht so berauschend, ich wusste nicht, was ich sagen sollte, aber er hat sich davon nicht abbringen lassen. Er hat geredet ich habe zugehört, und als wir gegessen haben, hat er mich mitgenommen zur Promenade. Mit dem Wetter hatten wir ja Glück, es war nicht ganz so kalt wie die Tage davor.«
Sie macht eine Pause und sieht uns abwartend an, Ellen hat das Kinn in ihre Hände gelegt und wartet darauf das Sie weiter erzählt.
VORSPULEN BITTE, denke ich sage aber nichts.
»Gegen Mitternacht hat er mich nach Hause gebracht, und mich geküsst. Der kann vielleicht küssen, sage ich euch. Der Wahnsinn. Ich bin verliebt. Nicht nur das, er hat gesagt, er könnte sich eine Beziehung mit mir vorstellen, trotz Baby! Kannst du dir das vorstellen Angie?"
Ich zucke zusammen, was hat sie gerade gesagt? Ich habe nicht richtig hingehört.
»Wie bitte?«
»Hast du nicht zugehört? Er will mit mir zusammen sein, trotz Kind! Ich bin überglücklich. Nie hätte ich gedacht, dass ich einen Mann finde trotz Kugel.

Gestern haben wir telefoniert, hach, es könnte so schön sein.«
»Warum könnte?«
Verständnislos blicken Ellen und ich uns an.
»Weil da jemand ist, der uns nicht in Ruhe lässt, ständig taucht sie bei ihm auf. Man könnte sagen, er hat eine Stalkerin!«
»Lass mich raten, Monia?«
»Genau, sag mall was ist das eigentlich für eine Schlange? Muss ich mir wegen ihr Gedanken machen? Muss ich befürchten, das Sie mir Ronny wieder wegnimmt?«
Ich beuge mich leicht vor und greife ihre Hand, ihre Augen glitzern, ich befürchte, sie fängt gleich zu weinen an.
»Monia schafft das nicht noch einmal! Wenn ich das richtig sehe, hat Ronny aus unserer Beziehung«, wir werden von Steven unterbrochen, der hinter uns neuen Kaffee aufsetzt, damit er nichts verpasst. Irgendwie süß seine Eifersucht.
»Er hat dir erzählt das Monia ihn stalkt, mir hat er es verschwiegen. Ich denke, er meint es ernst.«
Jetzt kann sie die Tränen nicht mehr zurückhalten.
Ellen und ich springen auf und gehen zu ihr um Sie zu umarmen.
»Also wenn ich dazu auch mal was sagen dürfte?«
Verwundert drehen wir uns um, Steven steht vor der Kaffeemaschine, die Hände in die Hüfte gestemmt.
»Ich bin nicht gerade begeistert, das Ronny eine Rolle in unserem Leben spielt. Aber ich kann das hier nicht mit ansehen! Wie wäre es, wenn wir dieser Monia mal gehörig die Meinung geigen? Mit allem Drum und Dran? Vielleicht lässt sie euch ja dann in Ruhe?«
»Und wie hast du dir das vorgestellt mein Schatz?«
Hilflos zuckt er mit den Achseln.
»Ich weiß es nicht so genau, dazu sollten wir Ronny vielleicht auch zum Gespräch einladen.«

Ines springt auf, geht um den Tresen herum und nimmt Steven in den Arm. Habe ich nicht einen tollen Mann? Eifersüchtig und doch vernünftig. Ich sehe ihn an und zwinker ihm zu, hinter Ines Rücken steckt er den Daumen nach oben.
»Ruf ihn an und frag, wann er Zeit hat.«
Steven löst sich aus ihrer Umklammerung, schiebt sie ein Stück von sich weg und sieht ihr fest in die Augen.
»Am besten sofort, ich habe heute frei, da können wir einen Plan ausarbeiten.«
Er bekommt noch einen Kuss auf die Wange, dann geht Ines ins Wohnzimmer, um zu telefonieren.
Mit hochrotem Kopf kommt sie wieder in die Küche.
»Er kommt gleich hier her, ich hoffe, das war jetzt in Ordnung?«
Sie ist so aufgeregt, dass Sie nicht stillstehen kann, sie rennt in der Küche umher und fängt an aufzuräumen. Ich widme mich Ellen, die etwas verdattert auf ihrem Hocker sitzt und den Kopf schüttelt.
»Wie weit seit ihr denn mit dem Kinderzimmer? Du hast ja nicht mehr lange. Irgendwo habe ich gelesen, dass so langsam der Nesttrieb einsetzen müsste.«
»Das Kinderzimmer ist fertig. Ich brauche noch ein paar Sachen fürs Baby, ein paar Bodys, Strampler, eine Jacke und ein Mützchen. Selbst Windeln habe ich schon gekauft. Langsam frage ich mich, ob ich bescheuert bin! Ich habe doch noch zehn Wochen."
»Solange du nicht platzt, ist doch alles gut!"
»Platzen?«
»Ja wenn ich mir deinen Bauch so anschaue, dann werde ich das Gefühl nicht los, das das« erreicht ist. Kannst du überhaupt noch deine Füße sehen?"
»Nein, schon seit Ewigkeiten nicht mehr. Guck dir mal meine Schuhe an, ich kann sie nicht mal mehr zubinden.«

Ich sehe auf ihre Füße, sie trägt tatsächlich Schlappen. Sneakers, in die man nur reinschlüpfen muss, weil Sie hinten offen sind.
»Was machst du denn, wenn es anfängt zu schneien?«
»Dann darf mein Mann nicht aus dem Haus, bevor er mir geholfen hat die Schuhe anzuziehen.«
Sie grinst von einem Ohr zum anderen.
»Steven? Hast du zugehört?«
Er nickt.
»Dann weißt du ja, was dir bald blüht.«
»Oder du stehst zusammen mit mir um fünf Uhr auf, dann ziehe ich dir gerne die Schuhe an.«
Er streckt mir die Zunge raus, ich bedanke mich mit einem leichten Knuff in seinen Oberarm. Wir lachen, als es an der Tür klingelt, verstummen wir abrupt. Stevens Miene verfinstert sich. Ines geht und öffnet die Tür, Ellen und ich gucken um die Ecke, ob die beiden sich küssen?
Tatsächlich, Ronny nimmt sie in den Arm und gibt ihr einen kurzen Kuss auf den Mund. Wow, ich glaube, er meint es wirklich Ernst mit ihr. Kurz höre ich in mich hinein, habe ich wirklich mit ihm abgeschlossen? Ja, ich freue mich für die beiden, wirklich!
Hand in Hand kommen die beiden in die Küche, schüchtern nickt Ronny Steven zu. Die Luft scheint zu knistern, sie ist aufgeladen, ich hoffe, Steven begreift endlich, dass Ronny keine Gefahr für ihn ist.
»Hi Angie und?«
»Ellen«, sie streckt ihm die Hand hin, die er dann schüttelt.
»Wow, ist das hier das treffen der Kugelbäuche?«
Verlegen kratzt er sich am Kopf.
»So in der Art, komm setz dich, wir müssen uns etwas wegen Monia einfallen lassen!«
»Brauchen wir nicht«, Stevens Stimme, ist angespannt, ich merke, dass er all seine Kraft braucht, um nicht auf Ronny loszugehen.

»Komm bitte kurz mit mir mit«, ich nehme Steven am Arm und ziehe ihn ins Wohnzimmer.
»Jetzt atme erstmal durch, du siehst doch, dass Ronny nichts von mir will, entspann dich! Ich werde dir nicht weglaufen. Wie soll das nur werden, wenn Ines und er fest zusammenkommen?«
»Du hast ja recht, es fällt mir nur so schwer, ich kann einfach nicht vergessen, dass ihr mal ein Paar wart."
»Ein Paar das nur Schwierigkeiten hatte. Keiner von uns war wirklich glücklich und jetzt entspann dich bitte.«
Als wir wieder in der Küche stehen, beginnt er uns seinen Plan vorzustellen.
»Ich bin der Meinung, sie muss mit ihren eigenen Waffen geschlagen werden. Es hilft nicht, Sie zu ignorieren oder Sie mit Samthandschuhen anzufassen. Wir müssen Sie dort treffen, wo es ihr wehtut.«
Keiner von uns weiß, worauf Steven hinaus will.
»Schau dir Ines mal genau an Ronny, was fällt dir auf?«
Etwas verwirrt legt er den Kopf schief.
»Ihre Augen?«
Ines wird rot, doch Steven schüttelt den Kopf.
»Ich meine etwas viel Offensichtlicheres! Sie ist schwanger! Ich weiß nicht viel von Monia aber das, was ich weiß, verrät mir Folgendes: Sie ist ein Biest, denkt du gehörst ihr! Sie würde es nie akzeptieren, wenn du neben ihr, oder kurz vor, eine Beziehung oder einen One-Night-Stand mit einer anderen gehabt hättest. Erzähl ihr das es dein Kind ist und das du nur kurz Panik bekommen hast und deswegen mit ihr zusammen warst. Meiner Meinung nach müsste das reichen, damit Sie euch endlich in Ruhe lässt."
»Das glaube ich nicht! Das wäre doch zu einfach«, werfe ich ein.
»Monia lässt sich von so etwas nicht abschrecken, dazu ist sie zu besessen von ihm.«

»Oh sag das nicht«, sagt Ronny zu mir.
»Das muss ich nur richtig verkaufen, sie kommt ja ständig zu mir ins Café, wenn ich es ihr genau da sage, vor allen Leuten. Dann denke ich, könnte das klappen."
»Darf ich dich an die Auseinandersetzung mit ihr im Einkaufscenter erinnern? Zuschauer interessieren Sie nicht sonderlich, im Gegenteil, sie hat es genossen.«
»Da täuscht du dich aber gewaltig! Hat sie sich danach bei dir gemeldet? Hat sie dich in Ruhe gelassen oder weiter gemacht mit ihrem falschen Spiel?«
Darüber muss ich kurz nachdenken ...
Gemeldet hat sie sich bei mir nicht mehr, zumindest nicht persönlich, nein er hat recht, Sie hat mich danach in Ruhe gelassen.
»Okay du hast recht"« gebe ich zu.
»Mich hat sie danach in Ruhe gelassen, verdammt. Das könnte wirklich funktionieren.«
„Sag ich doch."
Steven kommt hinter mich und umarmt mich, ich lege meinen Kopf an sein Schlüsselbein.
»Danke Steven! Ich werde das so schnell wie möglich in die Tat umsetzen. Kommst du mit mir mit Ines?«
Glücklich strahlt sie ihn an und nickt, nimmt ihre Jacke und geht mit ihm zur Tür hinaus.
»Eine wirklich gute Idee«, lobt Ellen, »Ich werde dann jetzt mein Baby nehmen und zu meinem Mann nach Hause gehen.«
Ellen legt eine Hand unter ihren Kugelbauch und macht sich umständlich daran aufzustehen. Als Sie es geschafft hat, watschelt sie in den Flur nimmt ihre Jacke und geht.
Nicht ganz vierundzwanzig Stunden später klingelt es an der Tür. Ich gehe hin und öffne sie.
»Ich glaube, wir haben es geschafft«, Ines drückt sich ohne ein Wort des Grußes an mir vorbei und geht ins

Wohnzimmer. Etwas irritiert schließe ich die Tür und folge ihr. Sie sitzt auf dem Sofa und klopft mit der Hand auf den Platz neben ihr. Kaum sitze ich neben ihr, fängt sie an von dem Treffen mit Monia zu berichten.
»Er hat sie gestern gleich angerufen und sich für den späten Nachmittag mit ihr verabredet. Er hat ihr natürlich nicht gesagt, dass ich mitkomme. Als wir ankamen, saß sie schon im Café Louise. Wir sind Hand in Hand durch die Glastür getreten, ich kann dir sagen, ihr Blick ... einfach toll. Sie war total schockiert, ich meine mein Bauch ist ja nicht mehr zu übersehen. Sofort hat sie die Arme vor der Brust verschränkt und sich zurück gelehnt. Als Ronny ihr dann erzählt hat, dass ich von ihm schwanger bin, das er vor ihr mit mir zusammen war. Ist ihr das Gesicht ausgeglitten. Sie war fassungslos und hat angefangen zu rechnen. Sie hat zwar noch versucht unsere Beziehung schlecht zu reden aber als Ronny ihr gesagt hat, dass er alles tun will, damit es mir und dem Baby gut geht, war sie erstmal still. Als er dann noch rausgehauen hat, dass er mich heiraten will, fing sie an zu toben. Ich habe noch nie jemanden gesehen, der beim Reden so viel spuckt. Das Gesicht war wutverzerrt. Sie hat mich als Flittchen beschimpft und noch schlimmeres. Irgendwann sind wir einfach aufgestanden und gegangen. Aller Augen waren auf uns gerichtet. Das Café war proppenvoll. Draußen haben wir uns noch einmal umgedreht und gesehen das Sie immer noch da sitzt. Sie hat mit den Füßen gestampft und auf den Tisch gehauen, zwei Kellner standen neben ihr und haben versucht sie hochzuziehen, damit Sie, Monia rauswerfen können. Ich habe Ronny angesehen und gelächelt. Er gab mir einen Kuss und weg waren wir. Ich glaube es ist überstanden.«
»Wow.«

Mehr weiß ich dazu nicht zu sagen, das Monia Temperament hat, weiß ich ja aber das Sie sich so in der Öffentlichkeit gehen lässt, hätte ich nicht gedacht.
»Ist das nicht wunderbar?«
»Ja ich bin, wow, ich weiß gar nicht was ich sagen soll. Da hatte Steven wohl einen richtig guten Einfall.«
Überschwänglich fällt Ines mir um den Hals.
»Du musst Steven unbedingt«, die Türklingel unterbricht sie, ich stehe auf und öffne die Haustür.
Ich glaub ich träume, Monia steht da, wie ein Häufchen Elend, ihre Augen sind rotgerändert und die Wangen tränennass.
»Was willst du denn hier? Willst du dir meinen jetzigen Freund auch noch unter den Nagel reißen?«
»Nein Angie bitte, es tut mir Leid, ich weiß jetzt zu gut was ich dir angetan habe. Können wir reden? Ich will mich entschuldigen.«
Perplex, wie ich bin, trete ich einen Schritt zurück.
Von unserem ziemlich einseitigen Gespräch angelockt kommt Ines aus dem Wohnzimmer.
»Was machst du denn hier?"«Keift Monia.
»Das ist Ines, du müsstest Sie eigentlich kennen, weißt du? Ihr seid euch gestern begegnet.«
Wütend stürzt Monia an mir vorbei auf Ines zu.
Gerade noch rechtzeitig erwische ich Sie am Arm, schiebe den Eindringling unsanft wieder zur Haustür hinaus und schließe die Tür.
»Das war knapp, komm gehen wir wieder ins Wohnzimmer.«
Allerdings lässt Monia sich so schnell nicht vertreiben, sie klingelt Sturm und tritt gegen die Tür. Immer und immer wieder schreit sie, ich soll die Tür aufmachen, damit Sie Ines umbringen kann. Nach zehn Minuten halte ich es nicht mehr aus und rufe die Polizei. Wenig später höre ich das Martinshorn und es schimmert bläulich durch das Wohnzimmerfenster.

»Lass mich los! Ich habe nichts getan! Lass mich los sonst schreie ich!«
Ines und ich stehen hinter der Tür und hören, wie Monia abgeführt wird. Als es wieder an der Tür klingelt, fahren wir erschrocken zusammen und uns entfährt ein spitzer Schrei.
»Frau Bauer? Machen Sie bitte die Tür auf, hier ist die Polizei!«
Ich öffne nur einen Spaltbreit und spähe hinaus. Monia wird gerade ins Polizeiauto gesetzt.
»Darf ich bitte reinkommen?«
Ich lasse den nett lächelnden Polizisten vorbei, als er im Flur steht schildern wir ihm, was passiert ist, er schreibt alles auf einen Block.
»Wollen Sie Anzeige wegen Bedrohung erstatten?«
Ines nickt etwas schüchtern.
»Dann kommen Sie doch bitte später aufs Revier dann nehmen wir ihre Aussage auf. Sie beide bitte!«
»Machen wir.«
»Ich wünsche ihnen noch einen schönen Tag.«
Der Polizist winkt zum Abschied und verschwindet wieder. Monia, die im Auto sitzt, tobt sie hämmert gegen die Scheibe und versucht auszusteigen.
»Vielleicht sollte man Sie einweisen lassen.«
»Das werden Sie schon tun, da bin ich mir ganz sicher.«
Der Tag ist wirklich verrückt. Als Steven an Nachmittag nach Hause kommt, erkläre ich ihm schnell alles. Mit Ines gehe ich wenig später zum Revier in der Lohstraße und wir geben unsere Aussage zu Protokoll. Die Polizistin mit der wir uns unterhalten berichtet uns das man Monia vorerst nach Hildesheim gebracht hat, in die geschlossene Abteilung.
Ein Problem weniger geht es mir durch den Kopf. Ines scheint es auch so zusehen. Sie atmet erleichtert auf und hört sofort auf zu weinen.

*

Es ist der letzte Samstag vor dem ersten Advent, Nele und ich wollen Kekse backen doch wir sind beide viel zu ungeduldig. Vor zehn Minuten haben wir den Teig in den Kühlschrank gestellt und warten jetzt ungeduldig das die Stunde, die der Teig ruhen soll, vorbei geht.
»Was machen wir jetzt, während wir warten?«
Nele zuckt mit den Schultern.
»Wollen wir etwas spielen?«
»Nein ich will Kekse backen!«
»Ich auch, aber im Rezept steht, der Teig muss eine Stunde lang im Kühlschrank ruhen.«
»Warum?«
»Das weiß ich auch nicht! Das steht da nicht.«
Wir starren zum Kühlschrank,
»Weißt du was? Wir nehmen ein bisschen raus und versuchen mal, ob der Teig sich ausrollen lässt! Wenn nicht kommt er zurück und wir warten weiter.«
»Jaaaaaa!«
Jubelnd springt Nele vom Hocker und rennt zum Kühlschrank.
Der Teig fühlt sich ein bisschen weich an, trotzdem schneide ich ein Stück davon ab und lege ihn auf den Tresen. Vor dem Ausrollen streue ich, wie im Rezept angegeben, alles mit Mehl ein.
Als wir es zusammen geschafft haben einen kleinen Teppich zu rollen nimmt Nele die Ausstechförmchen und freut sich über ihre ersten Kekse.
»Warte mal, es fehlt, noch was«, Nele hält, in ihrer Bewegung inne und sieht mir fragend hinterher.
Im Wohnzimmer mache ich den CD-Player an und stelle ihn auf volle Lautstärke. Rolf Zuckovski und Freunde fangen sofort an, tolle Weihnachtslieder zu singen. Gut gelaunt bestücken Nele und ich das erste Blech mit Keksen, ganz genauso wie in dem Lied in

der Weihnachtsbäckerei. Nur das unsere Kekse nicht verbrennen und wir Sie sofort nach dem Sie aus dem Ofen kommen verzieren. Zum Abkühlen legen wir Sie auf Backpapier auf der großen Arbeitsfläche.
»Machen wir weiter?«
»Aber natürlich süße, wir haben ja eben gesehen das wir nicht zu warten brauchen.«
Wir brauchen den ganzen Nachmittag um die vielen Keksdosen zu füllen. Toll ist allerdings, dass ich nicht kochen muss, Nele und ich haben uns nebenbei immer mal wieder ein paar Kekse gegönnt. Natürlich nur, um zu testen, ob Sie auch schmecken.
Morgen am ersten Advent kommen meine Mutter und mein Vater zu besuch. Er scheint sich gut erholt zu haben, wenn man ihn sieht, erkennt man nicht mehr das er eine Herzmuskelentzündung hatte. Unser Verhältnis ist besser geworden, ich freue mich jedes Mal, wenn er mich anruft und nachfragt wie es dem Leben und mir so geht.
Der Adventskranz mit seinen vier roten Kerzen der auf dem Wohnzimmertisch steht, wartet darauf, angezündet zu werden. Die frische Tanne, aus der der Kranz gebunden ist, verströmt im ganzen Haus wunderbaren Waldgeruch. Ich liebe Weihnachten, endlich habe ich einen Grund dieses Fest so zu begehen, wie es sich gehört. Ich brauche mich nicht mehr über einen Baum mit nur einem Geschenk darunter zu schämen, oder leise sein beim singen der Lieder. Zumindest nicht, wenn ich Nele dabei habe. Dann ist es mir sogar egal, wenn ich in der überfüllten Fußgängerzone stehe und mich ein >>Oh Tannenbaum<< überkommt. Nele findet das alles supertoll, sie kann fast jedes Lied mitsingen und abends vor dem Schlafengehen lese ich ihr eine Weihnachtsgeschichte vor.
Heute allerdings ist Steven an der Reihe, ich und Ines sind mit Ellen verabredet. Sie hat striktes

Aufstehverbot. Vor ein paar Tagen erhielt ich von ihr einen panischen Anruf, sie sei auf den Hintern gefallen und wüsste nicht was Sie tun soll. Ich habe ihr natürlich gesagt sie soll auflegen und den Krankenwagen rufen, was Sie dann auch gemacht hat. Panisch bin ich ins Krankenhaus gerannt, um ihre Hand zu halten. Wir haben zusammen gebangt das dem Baby nichts passiert ist. Zum Glück wurden wir nach knapp zwei Stunden erlöst, nur seit dem darf sie eben bis zur Geburt nicht mehr rumlaufen. Damit Sie sich nicht so einsam fühlt, haben Ines und ich beschlossen, Ellen zu besuchen und Sie zu trösten. Ellens Mann kümmert sich wirklich rührend um Sie, er liest ihr jeden Wunsch von den Augen ab und betüddelt Sie. Wenn er arbeiten muss, ist eine Haushaltshilfe da, nur auf Toilette gehen darf sie noch selbst. Meist sitzen wir um ihr Bett herum und spielen Karten, so wie es meine Oma immer mit ihren Freundinnen gemacht hat. Nur das wir nicht Doppelkopf, Rommy oder Canasta spielen. Wir spielen UNO, es ist das einzige Spiel, das ich bei Nele gefunden habe und verstehe.

Wir plaudern den ganzen Abend, keine von uns achtet auf die Zeit, erst als mein Handy klingelt, gucke ich auf die Uhr. Es ist nach 22 Uhr, wo ist nur die Zeit geblieben?

»Ich wollte dir nur eine gute Nacht wünschen Liebes, ich mag nicht mehr warten, ich bin hundemüde.«

»Ich habe den Wink verstanden, Michael bringt mich gleich nach Hause, er hat gesagt, wenn ich nach Hause will, soll ich Bescheid sagen.«

»Dann warte ich noch einen Moment. Bis gleich.«

»Bis gleich«, zu meinen Freundinnen gewandt sage ich, »Feierabend Mädels, ich will nach Hause, es ist ja auch schon spät.«

»Ich bin auch erledigt, ob Michael mich gleich mitnimmt?«

»Aber natürlich!«
Mit unseren Mänteln steht er grinsend in der Tür und hilft uns, Sie anziehen.
»Du kannst es wohl kaum erwarten mit deiner Frau allein zu sein was?«
»Nein, das kann ich nicht, ich habe mir noch etwas vorgenommen.«
Es kommt einem fast so vor, als wenn er hinter der Tür auf sein Stichwort gelauert hat und uns jetzt nicht schnell genug loswerden kann. Aber es sei ihm gegönnt, er ist wirklich toll.
»Ich wünsche euch noch einen schönen Abend«, sage ich, bevor ich aus dem Auto steige. Ines haben wir zuerst abgesetzt.
Er tippt sich an einen imaginären Hut und wartet, bis ich die Autotür zugeschlagen habe. Dann fährt er mit quietschenden Reifen davon. Was haben die beiden denn noch vor? Ich werde es wohl nicht erfahren, Ellen redet kaum über sich und ihren Mann. Als ich die Haustür gerade aufschließen will, wird sie von innen geöffnet, grinsend steht Steven vor mir und begrüßt mich überschwänglich. Drinnen hilft er mir aus dem Mantel, nimmt mich an die Hand und führt mich die Treppe rauf ins Schlafzimmer. Er öffnet die Tür und auf jeder Fläche, wo man etwas abstellen kann, flackern Kerzen. Das Bett ist frisch bezogen und lädt dank der vielen Kissen zum Kuscheln ein.
»Habt ihr euch abgesprochen?«
»Wer wir?« verschmitzt grinst Steven mich an.
»Also doch! Ich wusste doch, dass da etwas nicht mit rechten Dingen zu geht. Er hat ja praktisch darauf gewartet, dass wir endlich gehen.«
»Wir haben den heutigen Tag zum Frauenverwöhntag erkoren.«
»Wir?«
»Ja Michael, Ronny und ich.«
»Du redest mit Ronny?«

Ich glaube, ich bin im falschen Film, noch vor ein paar Tagen wäre er ihn am liebsten an die Gurgel gegangen.
»Können wir aufhören zu reden und mehr verwöhnen bitte? Zieh dich doch aus und leg dich unter die Decke ich muss eben noch was holen ich habe etwas vergessen.«
Ich tue, was er gesagt hat und lege mich ins Bett, ich muss mich wirklich sehr bemühen, nicht einzuschlafen.
Nachdem Steven neben mir liegt, fängt er langsam damit an meinen Rücken mit warmen Öl einzureiben. Als er dann anfängt, mich zu massieren, seufze ich wohlig auf. Ich wusste gar nicht, dass ich so verspannt bin. Ich genieße es sehr, das er mich so verwöhnt.
Unser Baby auch, jedes Mal wenn Steven eine kurze Pause einlegen muss, um seine Hände zu entspannen, tritt es gegen meinen Bauch.
»Das ist so gemein, ich habe noch nicht einmal gespürt, wie es tritt.«
»Vielleicht können wir ihn ja überlisten, leg eine Hand auf den Bauch und mit der anderen massierst du kurz, es könnte doch sein, das er dann wieder zu tritt.«
Steven tut genau das, eine Hand ruht auf meinem Bauch und mit der anderen massiert er weiter, als er dann aufhört, tritt das Baby erneut.
»Da«, ruft er aufgeregt, »es hat funktioniert, ich habe das Baby gespürt.«
Das Spiel wiederholen wir noch ein paar Mal. Immer wieder tritt das Baby gegen Stevens Hand, bis er sogar vergisst, mich weiter zu massieren und mir stattdessen gedankenverloren über den Bauch streichelt. Ich drehe mich auf den Rücken und schaue mir die riesige Kugel genau an. Wenn ich mit den Zehen wackel, kann ich gerade noch so meinen großen Zeh sehen.
»Hast du dich eigentlich für einen Namen entscheiden können? Mein Favorit ist nach wie vor Finn.«

»Meiner auch«, bestätigt Steven.
»Dann also Finn«, ich streichel meinen Bauch.
»Bald haben wir dich im Arm Finn«, wie zu Bestätigung des Namens tritt er erneut zu und ich sehe zum ersten Mal in meinem leben, wovon ich bis jetzt nur gelesen habe. Ich kann genau SEHEN, wo er mich tritt. Die Stelle wölbte sich leicht nach außen.
Entzückt richte ich mich auf und starre weiter auf die Stelle.
»Hast du das gesehen?«
Ich sehe Steven an, auch er ist fasziniert von diesem Schauspiel und wartet darauf, dass wir noch mehr zu sehen bekommen.
»Los noch einmal Finn«, feuere ich mein Baby an. Tatsächlich tut er es an diesem Abend noch mehr als einmal. Steven springt irgendwann auf und holt die Kamera. Ich bedecke meine Brüste und dem Schambereich und lasse ihn eine Aufnahme nach der anderen machen. Weit nach Mitternacht schlafen wir aneinander gekuschelt ein.

*

»Stille Nacht, Heilige Nacht alles schläft,«
»Ich will nicht schlafen!«
»Musst du doch auch nicht süße.«
Meine Familie ist komplett um unseren Esstisch versammelt und singt ein Weihnachtslied nach dem anderen, die Kekse die Nele und ich gebacken haben schmecken wunderbar. Selbst Cecilia, die ich noch nie Kekse essen gesehen habe, greift öfter zu.
Es ist der erste Advent, die Zeit in der Familien zur Ruhe kommen und das letzte Jahr reflektieren sollen. In den seltensten Fällen klappt das, ich habe schon viel zu oft miterlebt, wie die Leute mit jedem Tag der verging, nervöser, genervter und abgehetzter wurden. Sie werfen dann mit Sätzen um sich wie: >>ich weiß gar nicht, ob ich das richtige Geschenk gefunden habe, mir will einfach nicht einfallen was ich meiner Schwiegermutter schenken soll<<.
Ich habe mich von dem ganzen Rummel noch nie anstecken lassen. Meine Geschenke kaufe ich immer so früh wie möglich, es sind immer nur Kleinigkeiten, die man selbst bei Nichtgefallen in den Schrank stellt, ohne ein böses oder enttäuschtes Wort darüber zu verlieren. Ich liebe die Weihnachtszeit, die Innenstadt blitzt und blinkt, überall hängen Lichter und es riecht nach Zuckerwatte, Schmalzgebäck und kandierten Mandeln. Der einzige Nachteil ist, dass man echt schwer dahin kommt, wo man hin will, weil der Weihnachtsmarkt, die ohnehin schon, schmalen Straßen blockiert und die Menschenmenge gebündelt und zusammengepfercht in alle Richtungen strömt, um sich alles angucken zu können. Doch daran mag ich gerade nicht denken. Die erste Kerze auf dem Adventskranz brennt langsam herunter und alle die ich liebe sind hier. Wir singen Weihnachtslieder, essen

Kekse und trinken Weihnachtstee. Es duftet herrlich nach Zimt und Orangen.
Erst spät am Abend gehen alle nach Hause, Cecilia und Nele sind aneinander gekuschelt eingeschlafen. Julia macht noch schnell ein Foto, bevor Sie Cecilia sanft weckt und Sie ins Auto meines Vaters trägt.
Nele wacht gar nicht erst auf, als Steven Sie auf den Arm nimmt und ins Bett trägt.
»Das war ein schöner Abend«, flüstert er, als wir neben ihrem Bett stehen und Sie beobachten. Leise gehen wir hinaus.
»Ich liebe den Advent und Weihnachten.«
»Das merkt man.«
Nachdem wir ins Bett gegangen sind, liege ich noch lange wach, und denke über das vergangene Jahr nach. So turbulent und aufregend das ich es nicht missen möchte. Ich lege meine Hand auf meinen Bauch und denke an das, was uns noch bevorsteht. Wie soll ich nur Nele und unserem Baby gerecht werden? Verfällt Nele wieder in alte Muster und stößt mich von sich weg? Wird sie das Baby als ihren Bruder akzeptieren? Das alles wird sich zeigen, ich sollte mir nicht so viele Gedanken machen, ändern kann ich es sowieso nicht! Es kommt, wie es kommt, das hat schon meine Oma gesagt. Ein Weihnachtslied summend schlafe ich ein.

*

Der Mittwoch der nächsten Woche ist wieder ein besonderer Tag, ich darf wieder in meinen Bauch hineinsehen. Der Kindergarten hat heute geschlossen und so ist mir nichts anderes über geblieben, als Nele mitzunehmen. Ich hatte die Befürchtung, das Sie das verstören würde aber ich habe mich getäuscht. Fasziniert sitzt sie an meinen Füßen und starrt auf den Bildschirm.
»Und was ist das?«
Fragt sie immer wieder. Frau Dr. Hillebrand ist sehr geduldig und erklärt ihr alles.
»Wann kommt mein Bruder aus dem Bauch?«
Fragt sie mich.
»Anfang März kurt, bevor der Osterhase kommt.«
»Solange noch? Ich will doch kuscheln«,
»Das kannst du jetzt schon«, verwirrt sieht Nele zu meiner Ärztin.
»Leg deinen Kopf auf den Bauch und singe ihm dein Lieblingslied vor, vielleicht bewegt er sich dann und du kannst es fühlen.«
Nele hat das Wunder der Bewegung noch nicht gefühlt, bei all meinen Anstrengungen, es hat nie funktioniert, es blieb immer mucks Mäuschen still im Bauch. Vielleicht klappt es ja wirklich, wenn Nele ihm vorsingt. Wir werden das einfach mal ausprobieren.
»Wie weit sind Sie jetzt?«
Die Frage war nicht wirklich an mich gerichtet, sie sieht auf den Monitor, entzückt quietscht sie auf.
»Vierundzwanzigste Woche! Es dauert nicht mehr lange und dann haben Sie ihr Baby auf dem Arm. Geht es ihnen gut? Haben Sie irgendwelche Beschwerden?«
Ich schüttel den Kopf, seit mir nicht mehr übel ist, fühle ich mich wunderbar.

»Sehr gut, langsam können Sie sich ja Gedanken über eine Hebamme machen, je früher Sie sich darum kümmern umso eher bekommen Sie eine. Die Kapazitäten in dieser Stadt sind schnell erschöpft.«
»Jetzt schon eine Hebamme? Ist das nicht zu früh?«
»Nein, genauso wie Sie sich im Geburtsvorbereitungskurs anmelden sollten.«
»Den wollte ich eigentlich ausfallen lassen! Ich glaube nicht, dass mir so ein Kurs bei der Geburt hilft.«
»Oh doch das tut er«, widerspricht sie mir, »sie wissen dann, wie Sie atmen müssen, damit die Schmerzen nicht so schlimm sind und viele andere Sachen. Außerdem lernen Sie so andere Mütter kennen.«
Das ich für meinen Geschmack schon genug schwangere Frauen kenne sage ich ihr lieber nicht. Wir zicken uns manchmal wirklich genug an.
Ich nicke trotzdem. Ich weiß nicht, ob ich Steven zu so einem Kurs überreden kann. Ich weiß ja selbst nicht mal genau, was ich dort soll. Atmen kann doch jeder!
»Ihr Baby ist normal groß, es verläuft alles ganz wunderbar.«
Sie nimmt meinen Mutterpass in die Hand und blättert darin.
»Ein bisschen zu viel Gewicht haben Sie zugelegt, denken Sie beim Essen immer daran, das Sie nicht für zwei zu essen brauchen. Versuchen Sie einfach sich gesund zu ernähren und statt Süßigkeiten, Obst zu essen.«
»Aber es ist Adventszeit«, protestiere ich.
»Ich habe nicht gesagt, dass Sie gar keine Süßigkeiten essen sollen nur weniger.«
Sie zwinkert mir zu und schickt mich nach Hause.
Zuhause probieren Nele und ich, Finn zu überlisten. Sie legt den Kopf auf meinen Bauch und fängt an ihm ein Weihnachtslied vorzusingen. Doch es tut sich nichts, enttäuscht streckt sie meinem Bauch die Zunge

raus, klettert vom Sofa, holt die Fernbedienung und schaltet den Fernseher ein.
»Nicht traurig sein, irgendwann wirst du merken, wie sich dein Bruder bewegt.«
Ich versuche Sie zu trösten, doch ich habe nicht das Gefühl, das Sie mir zuhört. Ich lasse Sie einfach in Ruhe und schließe für ein paar Minuten die Augen.
Am Abend erzähle ich Steven von dem Besuch und zeige ihm das Ultraschallbild.
»Wollen wir denn einen Geburtsvorbereitungskurs machen? Ich finde nicht, dass wir einen brauchen.«
>>Bitte, bitte lass ihn nein sagen<<, denke ich.
Scheinbar sieht Steven das etwas anders als noch vor ein paar Wochen.
»Aber sicher gehen wir dahin, ich will doch auch wissen, wie ich dir helfen kann.«
Ein spöttisches Lächeln kriecht meine Kehle hoch. Gerade noch rechtzeitig kann ich es als kleinen Hustenanfall tarnen.
»Bei einer Geburt kann keiner helfen.«
Steven legt seine Hand, auf meine und sieht mich eindringlich an.
»Bitte, für mich.«
Ich gebe nach und verspreche uns anzumelden, natürlich muss ich auch wieder meine Mutter mit einbeziehen, Nele kann ja nicht alleine bleiben in dieser Zeit.
Gleich am nächsten Tag, gehe ich ins Krankenhaus und melde uns im Geburtsvorbereitungskurs an, er startet Ende Januar. Wieder zuhause durchforste ich die gelben Seiten auf der Suche nach einer Hebamme. Fast eine ganze Seite nehmen die Adressen und Telefonnummern ein. Ich telefoniere fast alle ab, verdammt, es ist wirklich schwerer als gedacht. Entweder müsste ich ewig weit fahren, um zu ihnen zu kommen oder Sie haben keine Plätze mehr frei. Die letzte Hebamme auf meiner Liste ist Corinna Schatz,

ich wähle ihre Nummer, doch nur der Anrufbeantworter meldet sich.
»Hallo mein Name ist Angie Bauer, ich bin in der vierundzwanzigsten Schwangerschaftswoche und suche eine Hebamme«, ich hinterlasse meine Telefonnummer und lege wieder auf.
Bereits am Nachmittag ruft sie mich zurück.
»Hallo Frau Bauer, hier spricht Corinna Schatz, Sie haben mir aufs Band gesprochen?«
»Ja das habe ich, es freut mich, das Sie mich zurückrufen. Ich suche eine Hebamme, die mich in der Zeit nach der Geburt betreut."
»Wann ist es denn so weit?«
»Zwölfter März.«
Kurz herrscht Stille zwischen uns, ich höre, wie Papier raschelt.
»Wenn Sie wollen, komme ich einfach mal bei ihnen vorbei und wir lernen uns kennen, wenn wir uns dann verstehen, können wir ja weiter sehen.«
»Das ist eine gute Idee! Wann wollen wir uns treffen?«
Etwas skeptisch bin ich schon, ich habe gedacht, Hebammen haben eine eigene Praxis, oder man müsste in das Geburtshaus am Ende der Stadt fahren.
»Wie wäre es gleich morgen früh?«
»Das passt sehr gut.«
Ich gebe ihr meine Adresse. Wie Sie wohl ist? Was ist denn ihre Aufgabe? Außer das Baby zu wiegen und zu schauen, ob es ihm gut geht?
Das werde ich Sie morgen alles fragen, für neun Uhr sind wir verabredet.
Nachdem ich Nele in den Kindergarten gebracht habe, hetze ich nach Hause, ich will noch ein bisschen aufräumen. Unser Frühstücksgeschirr steht noch in der Küche und überall liegen Klamotten herum. Ich möchte mir die Peinlichkeit einer dreckigen Wohnung wirklich gerne ersparen. Wie eine Furie renne ich

durch die Wohnung und räume alles dahin, wo es hingehört, gerade rechtzeitig werde ich fertig.
Ich gehe zur Haustür und öffne Sie, vor mir steht eine ungefähr einen Meter sechzig große, schlanke Frau mit blonden Fusseln auf dem Kopf. Ich bitte Sie herein und biete ihr einen Tee an, sie legt ihre Jacke und einen schwer aussehenden Arztkoffer neben die Couch und folgt mir in die Küche. Ich bin so verlegen, dass ich gar nicht weiß was ich sagen soll, was fragt man denn? Worauf kommt es bei so einem Gespräch an? Frau Schatz scheint meine Verlegenheit zu spüren.
»Bleiben Sie ganz ruhig, ich reiße ihnen nicht den Kopf ab, wir lernen uns doch erst kennen und da ist es ganz normal das Sie nicht wissen was Sie sagen sollen.«
Ihre Stimme hat einen sanften, fast beruhigenden Ton, ich kann mir gut vorstellen, Sie im Kreißsaal neben mir zu haben. Ich lächel Sie an und drücke ihr eine Tasse Tee in die Hand.
»Gehen wir ins Wohnzimmer?«
Frau Schatz nickt und folgt mir. Als wir auf dem Sofa sitzen erzählt Sie mir was alles zu ihren Aufgaben gehört, unter anderem macht sie gegen Ende der Schwangerschaft auch Akupunktur, was dabei helfen soll, nicht so lange in den Wehen zu liegen. Das hört sich alles sehr gut an.
Nach einer Stunde Unverbindlichem klönen bin ich locker und rede mit ihr, wie mit einer alten Freundin.
»Was meinen Sie, darf ich ihr Baby auch kennenlernen?«
»Natürlich, ich wollte gerade fragen, ob Sie mich nach der Geburt nicht betreuen wollen.«
»Ich meinte eigentlich jetzt.«
Verdutzt erstarre ich in meiner Bewegung, meine Gedanken wirbeln durcheinander, wie will sie das denn machen? Steckt sie irgendein Gerät in mich rein und schaut in mein inneres?

Frau Schatz sieht mich an, schaut in meine weit aufgerissenen Augen.
»Keine Sorge, es ist nichts Schlimmes.«
Hat sie meine Gedanken gelesen?
Sie kramt in ihrer Tasche und holt ein komisches hölzernes Ding heraus. Ich muss zugeben, dass es nicht gefährlich aussieht.
»Das ist ein Hörrohr, das benutzen die Hebammen schon sehr früh, um die Herztöne des Kindes zu überprüfen. Ich benutze es lieber als diese neumodischen Geräte, natürlich habe ich die auch immer dabei für die schwierigen Fälle. Doch hiermit«, sie dreht das Rohr in ihrer Hand.
»Hiermit höre ich einfach unverfälscht und natürlicher, was im Inneren vor sich geht.«
Ich nicke, wenn Sie meint.
»Lehnen Sie sich einfach entspannt zurück und machen den Bauch frei.«
Während Sie mich abhört, komme ich mir ein bisschen komisch vor, eine fremde Frau so dich an meinem Bauch zu haben. Als Sie fertig ist, nickt sie zufrieden.
»Wunderbar, Sie haben ein kräftiges Baby in sich, ich habe kalte Hände aber abtasten würde ich Sie auch noch gerne.«
»Machen Sie nur«, gespannt verfolge ich, was Sie nun tut. Sie drückt die Seiten meines Bauches, tastet über dem Bauch und drückt in den Bauch. Finn beschwert sich und tritt gegen ihre Hand. Als Sie dann etwas tiefer, nahe meinem Schambereich in den Bauch greift, grinst sie schelmisch.
»Das habe ich mir gedacht.«
»Was denn?« Frage ich besorgt.
Ihr kleiner Mann liegt bereits mit dem Kopf nach unten. Wollen wir hoffen, dass er es sich nicht noch anders überlegt und sich wieder dreht.«

»Bitte nicht, wenn er Purzelbäume schlägt, habe ich immer das Gefühl mein Herz rutscht in die Hose.«
Wissend nickt sie,
»Haben Sie sich schon bei einem Geburtsvorbereitungskurs angemeldet?«
»Ja im Krankenhaus.«
»Wann?«
»Ende Januar geht es los.«
»Als Paar oder alleine?«
»Paar.«
»Sehr gut, den leite ich! Aber ich würde, sagen ich komme Anfang Januar nochmal, das heißt, wenn Sie mich wollen!«
»Ja aber natürlich!«
»Gut, dann wünsche ich ihnen frohe Weihnachten und einen guten Rutsch ins neue Jahr, und sollten Sie Probleme haben rufen Sie mich an. Ich bin immer für Sie da, Tag und Nacht.«
Am liebsten wäre ich ihr zum Abschied um den Hals gefallen. Bevor Sie in ihr Auto steigt, fährt sie sich noch einmal durch die Locken und winkt mir zum Abschied. Die anderen Adventssonntage verbringen wir abwechselnd bei meinen Eltern, bei Julia und auch bei Ellen. Ines und Ronny sind auch da. Spät am Nachmittag sitzen die Männer zusammen und unterhalten sich. Ellen, Ines und ich sitzen etwas abseits, am Esstisch und beobachten Sie argwöhnisch.
»Nie hätte ich gedacht, dass die drei Freunde werden«, gesteht Ines.
»Ich auch nicht, schon gar nicht Steven und Ronny aber von Eifersucht keine Spur mehr.«
Verschwörerisch lehnt sich Ines zu uns rüber, kaum hörbar flüstert sie.
»Ich habe mitbekommen wie Ronny und Steven telefoniert haben, ich glaube, er liebt mich wirklich. Zumindest hat er Steven gegenüber so etwas

angedeutet. Ich glaube sogar, dass er mich irgendwann heiraten will.«
Ellen und ich quietschen leise,
»Das ist ja eine tolle Nachricht! Hat er das gesagt?«
Ines schüttelt den Kopf.
»Nicht direkt, nur angedeutet.«
»Besser als gar nichts, aber zuerst musst du dich wohl scheiden lassen«, wirft Ellen ein.
»Angie?«
Nele die heute nicht gut drauf ist gesellt sich zu uns und krabbelt auf meinen Schoß.
»Ich möchte nach Hause gehen, ich bin müde.«
Besorgt schaue ich in ihr kleines rundes Gesicht.
Nicht dass Sie krank wird. Morgen ist heilig Abend!
Ich fühle ihre Stirn und die Wangen, scheinbar ist alles in Ordnung.
»Steven?«
Es dauert einen Moment, bis er Notiz von mir nimmt.
»Ja?«
»Ich glaube, wir sollten nach Hause gehen, Nele ist Müde.«
Sofort steht er auf, kommt zu uns und fühlt ebenfalls ihre Stirn.
»Alles in Ordnung Engelchen?«
Fragt er Nele besorgt, sie nickt und gähnt.
Fünf Minuten Später sitzen wir im Auto. Nele schläft sofort ein.

*

Der Vormittag vergeht relativ schnell, ich bin damit beschäftigt, alles für den Abend herzurichten. Nele die Angst hat, etwas zu verpassen folgt mir auf Schritt und Tritt. Am späten Nachmittag kommen unsere Gäste und am späten Nachmittag nehme ich meine Nichte und Nele mit ins Kinderzimmer. So haben die anderen Zeit, den Baum zu schmücken und die Geschenke bereitzulegen.
»Wie lange dauert es denn noch? Ich will den Weihnachtsmann sehen.«
Ungeduldig geht Nele in ihrem Zimmer auf und ab. Cecilia sitzt am Schreibtisch und malt. Eine Stunde warten wir jetzt schon, auch ich werde langsam ungeduldig. Steven, Julia und meine Eltern wollen alles für die Bescherung fertigmachen. Was solange daran dauert, Geschenke unter den Baum zu legen, Abendbrot vorzubereiten und den Baum zu schmücken, weiß ich allerdings auch nicht.
Ich versuche schon die ganze Zeit Nele abzulenken, ich wollte ihr vorlesen, mit ihr spielen und kuscheln. Aber sie ist so ungeduldig, dass Sie schlechte Laune hat.
»Es dauert bestimmt nicht mehr lange«, versuche ich Sie zu beruhigen.
»Setz dich doch zu Cecilia und mal ein bisschen.«
Nele schüttelt den Kopf.
»Wenn du hier so rum rennst, vergeht die Zeit auch nicht schneller«, mischt sich Cecilia ein. »Außerdem machst du mich wahnsinnig! Ich will auch zum Weihnachtsmann, aber ich habe gedacht das, wenn ich dieses Jahr nicht alleine warten muss, die Zeit viel schneller vergeht. Aber du bist nur am Quengeln, komm her wir malen ein bisschen!"
Nur widerwillig setzt sich Nele zu ihr und fängt an ein Bild zu malen.

»Ich bin gleich wieder, da ich schau mall ob der
>>hohe Besuch<< schon da ist.«
Ich öffne die Kinderzimmertür nur so weit, dass ich
hinausschlüpfen kann. Sofort umfängt mich der Duft
von Tannen, frisch aufgeschnittenen Orangen, Keksen
und Zimt, herrlich. Ich gehe die Treppe hinunter und
sehe um die Ecke. Alle stehen in der Küche,
unterhalten sich und trinken Glühwein.
Als ich in der Küche stehe, stemme ich die Hände in
die Hüften.
»Wie weit seit ihr denn?«
In meiner Stimme schwingt leichter Unmut mit, die
haben hier unten ihren Spaß und ich die quengelnden
Kinder.
»Wir sind so weit fertig. Wir warten nur noch auf den
Weihnachtsmann.«
Weil ich befürchtet hatte, dass es auffallen würde,
wenn Steven oder mein Vater bei der Bescherung
fehlen, habe ich Michael gebeten, sich zu verkleiden.
Ich nicke, drehe mich um und schlüpfe ins
Wohnzimmer. Ich bin überwältigt, wie schön alles
aussieht. Die einzige Lichtquelle im Raum ist der
Tannenbaum mit seinen elektrischen Lichtern. In den
Christbaumkugeln spiegelt sich das Licht und lenkt es
an die Wand. Unterm Baum liegen keine Geschenke.
Draußen vor der Haustür steht ein Jutesack,
vollgestopft bis oben hin und wartet auf den
Weihnachtsmann.
Sofort fühle ich mich wieder wie damals als Kind.
Nervosität und Vorfreude machen sich in mir breit.
Ob der Weihnachtsmann diesmal auch etwas für mich
dabei hat? Ich klatsche in die Hände und hüpfe einmal
kurz in die Luft. Ziemlich albern, wenn man bedenkt,
wie alt ich bin. Bevor ich noch mehr meiner
kindlichen Freude herauslasse, gehe ich lieber wieder
nach oben zu den Mädchen. Ich hoffe, es dauert nicht
mehr so lange. Ich habe mir wochenlang den Kopf

zerbrochen, was ich Steven schenken kann, bis mir eingefallen ist, dass es gar nichts Großes sein muss. Er hatte nur einen einzigen Wunsch und der war nicht teuer und leicht zu beschaffen. Mir war es vorher nie aufgefallen aber er ist ein Fan von Cody McFadyen und interessiert sich brennend für die Smoky Reihe. Der wird Augen machen! Oben im Kinderzimmer ist es verdächtig still. Ich stecke den Kopf zur Tür hinein, aber es ist alles in Ordnung. Die beiden sitzen immer noch am Tisch und malen. Als Sie mich bemerken, wirbeln Sie herum und suchen in meinem Gesicht nach einem Zeichen, das es bald losgeht. Ich zucke die Schultern.
»Wir werden noch ein bisschen warten müssen, bis wir das Glöckchen hören.«
Mit einem lang gezogenen Seufzer drehen die beiden sich wieder um, ich mache es mir auf Neles Bett gemütlich und tätschel meinen Bauch.
Nach wenigen Minuten höre ich ein leises Klopfen, gefolgt von hastigen Schritten und Gemurmel. Damit die Mädchen nichts hören, gehe ich zu ihnen beuge mich über ihre Bilder und lasse mir erklären was Sie gemalt haben.
KLING KLINGELIIING.
Ganz leise dringt die Glocke an mein Ohr, sofort spitze ich die Ohren, nein ich habe mich nicht verhört.
»Lasst uns nach unten gehen.«
Die Mädchen nehmen mich in die Mitte und klammern sich an meine Hand. Sie ist vor Aufregung ganz verschwitzt. Mein Herz klopft so doll gegen meine Brust, das ich befürchte, es von außen sehen zu können. Doch als ich an mir runter sehe, ist alles so, wie es sein soll.
Der Griff um meine Hände wird mit jeder Stufe die wir hinuntergehen immer fester. Unten an der Treppe empfängt uns Steven der Nele, die leichenblass

geworden ist, auf den Arm nimmt. Er legt eine Hand auf ihre Brust.
»Donnerwetter, da ist aber jemand aufgeregt.«
Nele nickt stumm. Langsam öffnet sich die Tür zum Wohnzimmer. Sie haben sogar daran gedacht, Musik anzumachen. Julia, Papa und Mama stehen unbeholfen neben dem Sofa. Der Weihnachtsmann thront mittendrin und lächelt.
»HO HO HO, dann wollen wir doch mal anfangen.«
Michael spricht mit so tiefer Stimme, das selbst ich, ihn kaum erkenne. Nur seinen grasgrünen Augen verraten ihn. Steven stellt Nele zurück auf die Füße, direkt vor den Mann mit weißem Rauschebart. Erschrocken weicht sie ein Stück zurück.
»Du brauchst keine Angst vor mir zu haben. Du warst sehr brav dieses Jahr.« Brummt Michael.
Nele schaut ihn überrascht an und schüttelt den Kopf. Verwundert sieht der falsche Weihnachtsmann in die Runde, wir zucken ahnungslos mit den Schultern.
»Warst du nicht?«, brummt er wieder, »was haben meine Engel denn da übersehen?«
»Ich habe Angie gehauen«, piepst Nele. Ich knie mich neben Sie und schließe Sie in meine Arme.
»Aber das war doch halb so wild, du warst sehr brav dieses Jahr, mach dir keine Sorgen.«
»Kannst du denn auch ein Gedicht aufsagen?«
Nele sieht den Weihnachtsmann weiter an und schüttelt wieder nur den Kopf.
»Aber ein Geschenk, das möchtest du doch bestimmt haben oder?«
Neles Augen leuchten jetzt mit den Lichtern am Baum um die Wette. Sie geht einen Schritt auf ihn zu.
»Kann ich auch ein Lied singen?«
»Aber natürlich.«
Sichtlich verlegen beginnt Nele mit piepsiger, unsicherer Stimme >>Oh Tannenbaum<< zu singen. Als Sie geendet hat, klatschen wir alle in die Hände.

»Das war sehr gut. Dann wollen wir doch mal sehen, was ich für dich habe.«
Michael kramt verdächtig lange in dem Jutesack und sucht das richtige Geschenk. Nele sichtlich ungeduldig würde ihm am liebsten helfen. Als er es endlich gefunden hat, reicht er ihr das Geschenk und streicht ihr in einer väterlichen Geste über das Haar. Nele setzt sich unter den Tannenbaum und reißt das Geschenkpapier auf.
Der spitze Schrei, der dann folgt, lässt uns alle zusammenfahren.
»Das habe ich mir gewünscht, die Ponys wollte ich haben«, sie springt auf und fällt Michael um den Hals. Mir kommen vor Rührung die Tränen, ich habe Sie selten so glücklich gesehen. Auch Cecilia sagt kein Gedicht auf, sie singt uns >>Kling Glöckchen kling<< vor, nur textsicherer und selbstbewusster. Sie setzt sich neben Nele und packt aus. Sie scheint nicht sehr begeistert zu sein, von dem was ihre Mama ihr schenkt. Aber sie hat ja noch mich. Auf sie wartet noch eine Barbie, die sich in einen Schmetterling verwandeln kann.
»HO HO HO, dann kommen wir mal zum letzten Geschenk«, verkündet Michael als alle außer mir dabei sind Geschenke auszupacken. Vor Freude kann ich kaum stillstehen. Ich tippel von einem auf das andere Bein und presse meine Hände ineinander.
Im Raum ist es verdächtig still geworden, niemand spielt, keiner packt Geschenke aus, ja nicht einmal die CD spielt mehr.
Unsicher sehe ich zu meiner Familie, meine Mutter hat die Hände vor den Mund gepresst und die Augen weit aufgerissen. Meinem Vater rollt eine einzelne Träne über die Wange und meine Schwester scheint genauso nervös zu sein wie ich.
»Ja aber was«, beginne ich doch Steven legt einen Finger auf meine Lippen. Er deutet zum

Weihnachtsmann und kommt noch einen Schritt näher, nimmt meine Hände in seine und kniet sich vor mich hin.
Was ist hier bloß los? Was passiert gerade? Ich weiß nicht, wie ich mich verhalten soll. Mein Herz überschlägt sich fast und ich bekomme eiskalte Finger. Als Steven zu sprechen beginnt, fährt ein eisiger Schauer über meine Rücken.
Hilflos blicke ich mich um, aber niemand rührt sich.
»Angie«, ich blicke ihm in die Augen Sie schimmern feucht in dem spärlichen Licht und auf seiner Stirn bilden sich kleine Schweißperlen.
»Ich weiß, wir sind noch nicht lange zusammen und doch haben wir schon eine Menge durchgemacht. Wir haben Nele und unser Sohn wird bald geboren«, er hält kurz inne, seine Stimme ist rau und zittert. Nur aus dem Augenwinkel nehme ich wahr, dass Michael eine kleine rote, samtene Box öffnet. Und Sie mir hinhält.
»Trotzdem liebe ich dich über alles, ich möchte nicht einen Tag mehr ohne dich sein.«
Meine Gedanken wirbeln durcheinander, warum tut er das? Warum heute? Warum vor versammelter Mannschaft? Es ist doch noch viel zu früh! Unser gemeinsames Leben war durchzogen von Schlechtigkeiten und viel zu oft war ich drauf und dran aufzugeben.
»Aber du kannst doch nicht«, versuche ich das Unausweichliche abzuwenden, aber er redet einfach weiter, ohne auf mich zu achten.
»Ich möchte dich hier und jetzt, vor deiner ganzen Familie fragen«, Steven schluckt schwer, die nachfolgenden Worte scheinen ihm nicht so leicht über die Lippen zu gehen.
»Ich möchte dich bitten, meine Frau zu werden.«
Er sieht erwartungsvoll zu mir hoch, greift nach der Schachtel und zeigt mir noch einmal den

wundervollen Ring. Unfähig etwas zu sagen stehe ich einfach nur da und starre auf die Schachtel in seiner Hand. Ich kann das nicht, geht mir durch den Kopf. Jetzt noch nicht.
Ich drehe mich langsam um und betrachte den Weihnachtsbaum, so festlich geschmückt und doch, gerade jetzt stört er mich gewaltig. Steven hat alles verdorben. Er hat das ganze Fest ruiniert, hat es entzaubert. Vielleicht für immer, ab jetzt werde ich, wenn ich einen geschmückten Baum sehe, immer an diesen Moment denken müssen. Ich lasse ihn stehen und verlasse, das für mich zu volle Zimmer. Hinter mir bricht ein heilloses Durcheinander aus. Alle reden aufgeregt miteinander, während ich die Stufen nach oben renne. Ich schließe mich im Bad ein und übergebe mich. Nachdem ich mir den Mund ausgespült habe, versuche ich mich zu beruhigen. Das ist nicht das Ende, sage ich zu mir, mit den Händen aufs Waschbecken gestützt, zu meinem Spiegelbild. Du musst ihm nur erklären, was in dir vorgeht, dass es zu früh ist! Wenn er vernünftig ist, wird er des verstehen, es einsehen. Es dauert eine Weile, bis ich mich dazu durchringen kann, wieder nach unten zu gehen.
»Steven ich muss mit dir reden, kommst du bitte mit?«
Traurig schlurft er hinter mir her in die Küche. Ich weiß gar nicht, wie ich anfangen soll, wie soll ich ihm klar machen, was gerade in mir vorgeht? Ich stehe mit dem Rücken zu ihm, schließe die Augen und atme einmal tief ein und aus.
»Es ist nicht so, das ich dich nicht heiraten will, es ist einfach noch zu früh!«
»Das sehe ich anders.«
Ich wirbel herum und sehe ihn an, ich muss mich beherrschen, das ich nicht anfange zu schreien.

»Wir hatten bis jetzt mehr schlechte als gute Momente. Warum gerade jetzt? Warum musst du mich gerade heute fragen, ob ich dich heiraten will? Hat das nicht noch ein bisschen Zeit?«
»Nein du bekommst bald unser Baby und ich liebe dich mehr als mein Leben! Ich will dich nie wieder gehen lassen, warum dann nicht heiraten?«
Irgendwas an seiner letzten Bemerkung stört mich gewaltig.
»Warte, habe ich das richtig verstanden? Du willst mich heiraten, damit wir alle denselben Nachnamen haben?«
Stevens schaut verlegen auf seine Füße.
»Doch nicht nur! Hast du nicht zugehört?«
»Oh doch das habe ich.«
Wut kriecht in mir hoch und schnürt mir die Kehle zu. Es fällt mir immer schwerer, mich zu beherrschen.
»Nein, ich liebe dich und will mein Leben mit dir verbringen.«
»Dann macht es dir ja nichts aus noch ein wenig zu warten.«
Der Abend ist versaut, wenn ich nicht schwanger wäre, würde ich mich jetzt mit einer Flasche Wein auf das Sofa setzen. So gehe ich nur zurück ins Wohnzimmer. Meiner Mutter, die mich gleich in den Arm nehmen will, bedeute ich das alles in Ordnung ist. Michael, dem das garantiert unheimlich peinlich war, scheint gegangen zu sein. Die Mädchen packen ihre restlichen Geschenke aus und sind überglücklich. Wenn ich mich doch nur mit ihnen freuen könnte. Steven bleibt noch eine ganze Stunde allein in der Küche. Als er mich auf dem Sofa sieht, schüttelt er traurig den Kopf. Setzt sich aber trotzdem zu mir, gibt mir einen Kuss und flüstert mir ins Ohr.
»Ich werde dich so lange fragen, bis du ja sagst. Ich liebe dich und will dich ganz für mich, auch auf dem Papier.«

Drohung oder Versprechen? Wir werden sehen. Ich lächel ihn an und lehne mich zurück. Ein verrückter Tag, selbst für unsere Verhältnisse.
Nele ins Bett zu bekommen ist nicht einfach, sie ist zwar Müde aber das würde sie gerne ignorieren. Ihre hochroten Wangen, das genörgel und die schlechte Laune aber, dulden keinen Aufschub mehr. Bis Sie dann eingeschlafen ist, hat es keine fünf Minuten gedauert.
Traurig lege ich mich zu Steven ins Bett.
»Sag mal, warum hast du mich gerade heute gefragt? Ist dir etwa nie in den Sinn gekommen, dass ich nein sagen könnte?«
Traurig schüttelt Steven den Kopf und blickt auf seine gefalteten Hände, die auf der Decke liegen.
»Nein, wenn ich ehrlich bin, nicht.«
»Es ist nicht so, das ich dich nicht liebe«, versuche ich mich zu erklären.
»Guck mich mal an, meinst du wirklich so habe ich mir das vorgestellt? Kennst du eine Frau, die heiraten will, wenn Sie sich fühlt wie ein Nilpferd? Ich bin viel zu dick! Ich will an meinem Hochzeitstag ein enges Korsagenkleid in Weiß. Ich will so heiraten, wie ich mir das schon als kleines Mädchen ausgemalt habe.«
»Du, du, du! Denkst du auch mal an mich? An unser Kind? Welchen Nachnamen soll es haben? Deinen? Nie im Leben. Ich will das alles so ist wie es sich gehört, wenn Finn geboren wird.«
Langsam wird unsere Diskussion immer hitziger.
»Ach, jetzt wirfst du mir vor, nur an mich zu denken. Du machst es doch nicht anders, du willst heiraten, weil du willst, dass wir alle denselben Nachnamen haben! Auch kein guter Grund! Unnötig, wir können irgendwann immer noch heiraten, wenn es dir so viel bedeutet das dein Sohn gleich nach der Geburt Ehlert heißt, können wir das gerne machen. So etwas geht und jetzt lass mich in Ruhe ich will schlafen.«

Umständlich rutsche ich im Bett nach unten, drehe mich auf die Seite und versuche nicht zu heulen. Ich kneife die Augen fest zusammen, >>schlaf ein, Angie schlaf ein, sonst sagst du noch etwas, das dir hinterher leidtut<<.
Selbst am nächsten Morgen kann ich mich nicht entspannen, die Stimmung ist gedrückt. Selbst Nele merkt es und versucht nicht zwischen die Fronten zu geraten. Nach dem Frühstück holt sie sich ihr Spielzeug aus dem Wohnzimmer und verschwindet in ihr Zimmer.
Gerade als ich mir meinen zweiten Kaffee eingießen will, kommt Steven von hinten an mich ran und umarmt mich.
»Es tut mir Leid«, flüstert er in meinen Nacken.
»Was tut dir leid? Dass du mich heiraten wolltest oder das du mir vorgeworfen hast egoistisch zu sein?« Frage ich bissig zurück, meine Hormone fahren den ganzen Morgen schon Achterbahn. In der einen Minute bin ich euphorisch und total glücklich und in der anderen möchte ich mich im Bett verkriechen, weinen und nie wieder aufstehen.
»Letzteres! Ich habe eingesehen, dass die Gründe die ich gestern aufgeführt habe nicht gerade die besten waren. Ich bin immer noch dafür das wir, wenigstens standesamtlich, heiraten, damit alles in trockenen Tüchern ist, wenn das Baby kommt. Aber, ich verstehe auch deine Gründe. Allerdings darfst du es mir nicht übel nehmen, wenn ich dich noch einmal bitte meine Frau zu werden! Ich liebe dich einfach so sehr und hoffe einfach du kommst mir ein Stück entgegen, springst vielleicht sogar über deinen eigenen Schatten.«
Ich drehe mich zu ihm um und sehe ihm fest in die Augen.
»Das wird nicht passieren! Du wirst schon sehen, ich überlasse es dir, wie oft du mich noch fragen willst.

Aber eins kann ich dir sagen auf so eine Stimmung wie gestern Abend oder heute Morgen habe ich keine Lust. Also nimm es hin wie ein Mann schluck es runter, komm wieder zu dir, vergiss es und lass uns das Beste aus diesem Tag machen.«
Irritiert aber grinsend steht er mir gegenüber und schüttelt leicht mit dem Kopf. Ich bin dermaßen außer Atem, dass ich mich hinsetzen muss.

*

Da Steven zwischen Weihnachten und Neujahr Urlaub hat, erscheint es mir fast, als ob ich eine Portion zu viel von ihm bekomme. Egal wo ich hingehe, in die Küche, ins Wohnzimmer, in den Keller zum Wäsche waschen. Immer läuft er mir hinter her. Jedes Mal zucke ich zusammen, und versuche zu lächeln. Aber ich bin kein Animateur, ich kann ihn nicht den ganzen Tag unterhalten, er geht mir unheimlich auf den Keks! Erst an Silvester merke ich, das die Zeit die er mit mir verbringen musste, auch an ihm nicht spurlos vorbei gegangen ist. Und das er nur versucht hat Zeit mit mir zu verbringen, weil ihm langweilig war.
Er ist mit schlechter Laune aufgewacht, zwar versucht er die nicht an uns auszulassen oder uns anzustecken aber es gelingt ihm nur bedingt. Immer wenn ich ihn darum bitte etwas zu tun, mir bei den Vorbereitungen zu helfen knurrt er oder meckert vor sich hin.
Nach zwei Stunden stell ich ihn zur Rede.
»Was ist denn los mit dir?«
»Ich habe einfach schlechte Laune! Immerhin hast du mich die letzten Tage spüren lassen, wie sehr ich dir auf den Keks gehe!«
Ich trete nah an ihn heran und nehme seine Hände in meine.
»Ich weiß und es tut mir auch leid, aber du hast mir absolut, überhaupt keinen Freiraum mehr gelassen. Egal wohin ich gegangen bin, du kamst hinterher. Ich fühlte mich ein wenig eingeengt, kannst du das nicht nachvollziehen?«
»Nein, ist egal jetzt, in vier tagen bist du mich ja wieder los!«
»Das will ich gar nicht! Ich will nur, auch wenn du da bist, ein wenig Zeit für mich!«

»Die kannst du haben. Wie wäre es, wenn ich verschwinde und du und deine Familie, ihr feiert allein ins neue Jahr.«
Heftiger als beabsichtigt stoße ich ihn von mir weg.
»Kannst du jetzt aufhören, dich wie ein bockiges Kind zu benehmen? Es ist ja wohl nicht zu viel verlangt, mal allein auf Toilette zu gehen oder? Selbst dahin bist du mir gefolgt und mit deinem >>alles in Ordnung Angie<< auf die Nerven gegangen! Was soll mir denn bitte auf dem Klo passieren?«
Steven runzelt die Stirn, ich kann sehen das er versucht sich zu erinnern.
»Wirklich so schlimm?«
Ich nicke.
»Das ist mir nicht aufgefallen! Ich habe mich unheimlich gelangweilt! Aber das ich dich so sehr verfolgt habe war mir nicht klar, entschuldige bitte!«
»Ach schon gut, ich war auch kein Engel, die Schwangerschaft macht mir ganz schön zu schaffen, der Rücken schmerzt, die Beine lagern Wasser ein und … ach ist nicht so wichtig! Ich liebe dich, aber bitte versuch die schlechte Laune los zu werden!«
»Versprochen.«
Steven zieht mich wieder zu sich heran und küsst mich lang und innig auf den Mund.
»Ist dir eigentlich aufgefallen, dass wir seit Heiligabend keinen Sex mehr hatten!« Verschmitzt grinst er mich an.
Ahhh daher die schlechte Laune!
Ich lächel ihn an, gerade als ich mich eng an ihm schmiegen will, klingelt das Telefon. Ich gehe ran, ein aufgeregter Michael ist am anderen Ende.
»Ich glaube, es geht los! Drei Wochen zu früh aber die Fruchtblase ist eben geplatzt! Ich wollte euch nur sagen, dass wir wohl nicht zu eurer Party kommen. Meine Güte bin ich aufgeregt!«

»Grüß Sie lieb von uns und alles Gute! Ich hoffe, es dauert nicht so lange!«
»Das hoffe ich auch, so ich muss auflegen, der Krankenwagen ist da, ich melde mich, wenn es etwas Neues gibt!«
»Geht es los?«, fragt Steven.
»Ja bei Ellen ist die Fruchtblase geplatzt! Jetzt heißt es warten. Tust du mir einen Gefallen?«
»Welchen denn?«
»Schmückst du das Wohnzimmer? Ich rufe Ines an und sage ihr Bescheid.«
Ich bekomme noch einen Kuss, bevor Steven im Wohnzimmer verschwindet. Oh ist das aufregend! Ein Neujahrs Baby! Es sei denn, es dauert achtundvierzig Stunden, bis es geboren wird. Ich wähle Ines Nummer, doch sie weiß schon bescheid.
»Gut dann sehen wir uns heute Abend gegen sieben?«
»Ja na klar!«
»Ach Ines?«
»Ja?«
»Nicht dass du jetzt auch noch dein Baby bekommst! Du hast noch ein bisschen Zeit!«
Ich höre, wie Ines anfängt zu lachen und dann auflegt. Die Vorbereitungen sind schnell abgeschlossen, die Nachricht, das Ellen ihr Baby bekommt, hat uns alle beflügelt. Bei lauter Musik, Fröhlichem lachen und getanze, ist die Wohnung innerhalb von einer Stunde festlich geschmückt und die Vorbereitungen für das Essen abgeschlossen. Da es in der Nacht das erste Mal so richtig geschneit hat, gehen wir ein bisschen spazieren. Dick eingemummelt stapfen wir durch den frischen Schnee, der unter unseren Schuhen knirscht. Wir werfen uns Schneebälle zu und machen Schnee-Engel, wann immer wir an einer Wiese vorbei kommen. Nach zwei Stunden sind wir durchgefroren und beschließen nach Hause zu gehen und uns mit heißem Kakao wieder auf Temperatur zu bringen.

Kaum das wir zur Tür reinkommen klingelt erneut das Telefon.
»Hallo?«
»Angie? Ich bin es Michael. Ellen fragt die ganze Zeit nach dir, sie liegt jetzt am Wehentropf. Die Wehen, die Sie nach dem Blasensprung entwickelt hat, sind zu schwach. Allerdings scheint das Mittel auch nicht richtig anzuschlagen. Ich kann dir nicht genau sagen warum Sie dich sehen will aber ich habe versprochen das ich dich wenigstens Frage, ob du kurz vorbei kommen kannst.«
»Warte mal bitte kurz«, schnell schildere ich Steven, worum Michael mich gebeten hat. Er nickt, ohne zu zögern.
»Ich bin gleich da.«
Ich lege auf, mache meine Jacke zu und verspreche Nele und Steven so schnell es geht, wieder zurück zu sein.
Im Krankenhaus angekommen, wartet Ellens Mann am Eingang auf mich. Küsst mich auf beide Wangen und zieht mich mit sich.
Als ich den Kreißsaal betrete, erschrecke ich mich zu Tode. Ellen liegt im Bett, verschwitzt und mit schmerzverzerrtem Gesicht, überall hängen Schläuche und man hört die Herztöne des Babys unablässig bummern. Als Sie mich entdeckt, hellt sich ihre Miene auf und sie ringt sich, eine Kleines lächeln ab.
»Danke das du gekommen bist! Ich weiß nicht, warum aber ich wollte, dich unbedingt bei mir haben!«
Wie sie will mich bei sich haben? Bei der Geburt? Bis dahin? Ich kann das nicht. Alleine schon bei dem Gedanken zieht sich mir der Margen schmerzhaft zusammen. Wie soll ich unbefangen in meine Geburt gehen, wenn ich schon im Voraus weiß, was auf mich zu kommt. Nein das möchte ich nicht bei aller Liebe.
Ellen scheint mir meine Zweifel anzusehen.

»Keine Angst, ich will nicht, dass du bis zur Geburt bleibst, ich dachte nur, du könntest mich vielleicht ein Stündchen ablenken! Mir erzählen was du heute Schönes gemacht hast, Michael ist einfach zu nervös!«
Sie schaut an mir vorbei zu ihrem Mann. Auch ich drehe mich um, aber er ist nicht beleidigt, er nickt und scharrt verlegen mit dem Fuß.
Mir fällt einfach nichts ein, was ich ihr erzählen kann, ich bin wie gelähmt, wenn ich sehe, was Sie für Schmerzen hat.
Mir bricht der Schweiß aus, ich sehe an mir herunter und bemerke erst jetzt das ich nicht mal meine Jacke aufgemacht habe. Schnell wickel ich den Schal von meinem Hals, ziehe die Mütze vom Kopf und die Jacke aus. Als ich mich gerade zu ihr ans Bett gesetzt habe, kommt die Hebamme herein.
»Sie arbeiten im Krankenhaus?«, frage ich verdutzt.
Es ist meine Hebamme, Frau Schatz.
»Ja ich bin Beleghebamme, ich arbeite ab und an, ganz besonders an Feiertagen hier auf Station.«
»Ich habe Sie hier noch nie gesehen!«
»Oder Sie haben mich nicht wahrgenommen, was machen Sie denn hier? Ist alles in Ordnung?«
»Ja natürlich, Ellen ist meine Freundin und hat mich gebeten vorbeizukommen«, erkläre ich hastig.
»Ach so, na dann wollen wir doch mal gucken, wie weit Sie sind«, sagt sie an Ellen gewandt und grinst.
Nach der Untersuchung zieht sie ihre Handschuhe aus.
»Das kann noch ein wenig dauern wir sind erst bei drei Zentimetern. Versuchen Sie sich noch ein bisschen zu entspannen!«
Ellen nickt tapfer und schaut auf den Wehenschreiber. Die Wehen sind wirklich nicht doll und auch nicht wirklich regelmäßig. Sie seufzt und dreht sich wieder zu mir.

»Dann leg mal los, wie du gehört hast, haben wir alle Zeit der Welt.«

»Solange dann auch wieder nicht.«

Ich erzähle ihr von meinem Gespräch mit Steven und unserem Spaziergang. Die Wehen, die der Wehenschreiber aufzeichnet, werden immer heftiger und regelmäßiger. Immer wieder wischt Michael ihr die Stirn mit einem Tuch trocken und gibt ihr etwas zu trinken. Er kümmert sich wirklich rührend. Als ich mich wieder auf dem Weg nach Hause mache, hat es erneut angefangen zu schneien, die dicken schweren weißen Flocken fallen zu Tausenden vom Himmel. Ich habe das Gefühl das Sie das alte Jahr unter sich begraben wollen. Zuhause ist unsere Party in vollem Gange. Ich sehe schon von draußen, wie in unserem Wohnzimmer getanzt wird, alle sind ausgelassen und freuen sich. Als ich die Tür aufschließe, weht mir laute Musik entgegen und donnert in mein Ohr. Niemand bemerkt mich, erst als ich im Wohnzimmer stehe, kommt mein Vater zu mir und nimmt mich in den Arm.

»Schön das du wieder da bist«, schreit er mir ins Ohr. Sofort weiche ich ein Stück zurück, sein Atem riecht nach Bier und jedes Wort kitzelt in meinem Ohr. Ich bin mir nicht sicher, dass ich diese Lautstärke den ganzen Abend ertragen kann. Ich winke trotzdem fröhlich in die Runde und gehe in die Küche um etwas zu essen. Das Büffet ist reichlich bestückt. Jeder hat etwas mitgebracht, auf meinem Teller stapeln sich verschiedene Sorten Salat und andere Köstlichkeiten, wie zum Beispiel Käse-Weintraubenspieße. Ich setze mich und lasse es mir schmecken. Als auch ich mich an die Lautstärke gewöhnt habe, tanze ich ausgelassen durchs Wohnzimmer. Ein Geräusch, das nicht zu der gerade gespielten Musik passt, dringt an mein Ohr, es ist das Telefon. Ich mache mich aus den Armen meines Vaters los und nehme das Gespräch entgegen.

»Hallo?«
Ich schreie ins Telefon, weil ich Angst habe, mein Gegenüber könnte mich nicht verstehen.
Als niemand antwortet, nehme ich das Mobilteil mit nach oben.
»Moment, es ist so laut hier, nicht auflegen.«
Ich schließe die Tür vom Schlafzimmer und sperre die lauten Töne aus, mein Ohr piept, aber die kurze Verschnaufpause tut mir gut!
»Hallo?«
Frage ich erneut.
»Ich bin es Michael.«
Er klingt überglücklich.
»Sie ist da! Wir haben ein Mädchen, 3600 Gramm, 53 Zentimeter groß und einen Kopfumfang von 34 Zentimetern. Rike und Ellen geht es gut, es musste ein Kaiserschnitt gemacht werden. Rike war die Geburt zu stressig, aber jetzt ist alles gut.«
Ich schaue auf die Uhr. Wow denke ich, das ging jetzt aber schnell.
»Herzlichen Glückwunsch! Wann wurde sie denn geboren, die Kleine?«
»Um 21.27 Uhr, ich war dabei! Ich war mit im OP und bin nicht umgefallen.«
Väterlicher Stolz schwingt in jedem seiner Stimme mit.
»Ich freue mich wirklich für euch! Wenn du später noch Lust hast, komm vorbei dann stoßen wir auf den neuen Erdenbürger an.«
»Mach ich, aber jetzt muss ich erstmal wieder zu meinen Mädels, feiert noch schön, bis später!«
Er legt auf und ich bleibe glücklich zurück. Die Erste im Bunde hat es geschafft. Wie groß die Kleine wohl in drei Wochen gewesen wäre, überlege ich. Sie ist ja jetzt schon ein ganz schöner Brummer. Wieder unten gehe ich in die Küche und öffne eine von den Sektflaschen, die zum Anstoßen gedacht waren. Ich

fülle vier Gläser bis zum Rand mit Sekt und für Ines, Nele, Cecilia und mich je ein Glas mit Orangensaft. Danach stelle ich alles auf ein Tablett und trage es ins Wohnzimmer, nachdem ich es auf dem Esstisch abgestellt habe, schalte ich die Musik aus. Alle drehen sich zu mir um und schimpfen.
»Wir haben etwas zu feiern«, verkünde ich.
»Vor ungefähr einer halben Stunde wurde die kleine Rike per Kaiserschnitt geboren!«
Alle fangen an zu jubeln und fallen sich in die Arme. Kurz erzähle ich, was Michael mir berichtet hat. Dann nimmt sich jeder ein Glas und im Chor rufen wir.
»AUF RIKE!«
Eine halbe Stunde vor Mitternacht ist auch Michael bei uns. Müde aber glücklich fällt er uns in die Arme und beantwortet jede Frage mit großem Stolz.
Als er bei mir angekommen ist, zückt er sein Handy und zeigt mir die ersten Bilder seiner Tochter. Sie liegt bei ihrer Mutter auf dem Arm, gut eingepackt in eine Decke. Sie hat große Augen und eine kleine Stupsnase. Die kleinen Ärmchen sind unter dem Kinn vergraben. Die beiden sehen ein wenig mitgenommen aber glücklich aus. Was für ein wundervoller Tag!
Die letzten Sekunden bis zum neuen Jahr zählen wir gemeinsam runter. Nele ist bei Steven auf dem Arm, sie ist vor zehn Minuten auf dem Sofa eingeschlafen und wir haben Sie eben geweckt, weil wir es ihr versprochen haben.
»Zehn ... neun ... acht ... sieben ... sechs ... fünf ... vier ... drei ... zwei ... eins ... FROHES NEUES JAHR!«
Wir brüllen im Chor und fallen uns um den Hals. Als Steven bei mir angelangt ist, sieht er mir tief in die Augen und ich weiß sofort, was er vorhat! Er sinkt wieder auf die Knie und fragt, ob ich ihn heiraten will. Unbemerkt von allen anderen hat er es schon wieder getan. Ich lächel ihn an und schüttel den Kopf.

»Nein immer noch nicht!«
Er steht auf, doch auch er grinst. Vielleicht war es gar nicht so ernst gemeint.
»Das habe ich mir gedacht! Aber versuchen kann ich es ja! Gewarnt habe ich dich«
»Machen wir jetzt bumm?« Fragt Nele.
Wir trommeln die anderen zusammen, ziehen uns an und gehen nach draußen. Doch Nele will schon bei der ersten Fontäne wieder rein, es ist ihr zu laut. Vom Fenster aus beobachten wir, wie tausend bunte Lichter in den Himmel schießen. Jedes Mal wenn eine Rakete explodiert und ihre Farbenpracht zum Vorschein kommt, ruft Nele entzückt »Oh!«
Nach einer halben Stunde hat sie genug und möchte ins Bett. Kaum das ihr Kopf das Kissen berührt ist sie auch schon eingeschlafen.
Ich gehe wieder hinunter und fange an Ordnung zu machen. Draußen ist es mir zu kalt, außerdem muss ich mir eingestehen, dass ich ziemlich eifersüchtig auf Ellen bin, es dauert noch so lange, bis ich mein Baby, im Arm halten kann.
Schnell wische ich den Gedanken beiseite, ich sollte mich lieber freuen. Die erste aus unserer kleinen Gruppe hat es geschafft und es ist alles gut gegangen. Die Feier geht noch bis um 3 Uhr in der Nacht, wir lachen, trinken und tanzen. Die Feier ist geglückt, überglücklich gehe ich, nach dem alle gegangen sind ins Bett. Morgen möchte ich unbedingt ins Krankenhaus gehen und mir die kleine Rike etwas genauer ansehen.

*

Sachte klopfe ich am nächsten Morgen an die Zimmertür auf der Wöchnerinnenstation. »Herein«, ertönt es dumpf durch die Tür, leise um Rike nicht zu wecken, sollte sie schlafen, drücke ich die Türklinke hinunter.
Ellens Bett ist an die Wand geschoben, sodass Sie genau auf die Tür blicken kann. Auf ihrem Arm hält sie ihr Baby. Erst als ich näher komme, sehe ich das Sie dabei ist zu stillen. Verlegen wende ich mich ab, ich weiß gar nicht, wo ich hingucken soll.
»Ich ... Äh hi, ich gehe ... ich komme gleich wieder ... lass dir Zeit!«
»Nein, nein, schon in Ordnung! Bleib ruhig, freue mich das du kommst, wir sind gleich fertig, Rike ist gerade wieder eingeschlafen.«
Völlig verstört versuche ich, ihre Brüste nicht anzustarren, aber das kleine Häufchen Mensch zieht mich sofort in ihren Bann. Ich versuche an Ellens riesen Möpsen vorbei, nur und in das Gesicht ihrer Tochter zu gucken. Aber mein Blick wandert immer wieder zurück.
Irgendwann gebe ich es auf, stattdessen frage ich:
»Sag mal wo kommen denn diese riesen Möpse her?«
»Ja wenn ich das wüsste! Aber mir gefällt es! Es ist zwar noch keine Milch drin, aber das kommt schon noch. Warte mal kurz.«
Ellen löst Rike von ihrer Brust, mit einem lauten Schmatzer lässt das Baby los. Zufrieden reibt die Kleine sich über das Gesicht, gähnt und schließt die Augen. Ellen setzt sich mit schmerzverzerrtem Gesicht aufrechter hin und legt das Baby über die Schulter, damit es ein Bäuerchen macht.
»Wie geht es dir denn? Was machen die Schmerzen?«

Besorgt, dass es mir vielleicht auch so gehen könnte, erhoffe ich mir eigentlich nur eine Antwort, doch Ellen ist ehrlich und beschönigt nichts.
»Die Narbe tut sau weh! Wenn ich mich nochmal entscheiden könnte, würde ich lieber die Wehenschmerzen nochmal durchmachen! So ist es echt die Hölle! Willst du mal sehen?«
Gerade noch rechtzeitig kann ich Sie davon abhalten, die Bettdecke hinunter zu schieben. Ich mag mir nicht mal vorstellen, wie so ein aufgeschnittener Bauch aussieht!
»Die haben mich auch gar nicht genäht, die haben mich geklammert.«
»Geklammert?«
Ungläubig runzel ich die Stirn, wieso wird so eine große Wunde nur geklammert? Wie soll das denn zusammenhalten?
»Ja, wirklich, du kennst doch diese Haarspangen, nicht die Klips, sondern die mit den Ärmchen, die aussehen wie die Greifer von einem Teddyautomat auf dem Jahrmarkt«, ich nicke unsicher.
»Davon habe ich sieben Stück im Bauch!«
»Wahnsinn, wie lange musst du jetzt im Krankenhaus bleiben?«
»Fünf Tage.«
»Das geht ja noch.«
Rike scheint tief und fest zu schlafen ich stehe auf und streichel ihr über die wenigen schwarzen Haare. Sie ist zauberhaft.
»Das habt ihr gut hinbekommen! Ich werde jetzt nach Hause gehen, damit ihr euch ausruhen könnt. Wir sehen uns spätestens auf der Babyparty nächste Woche!«
Ich gebe Ellen einen Kuss auf die Wange und auch die kleine Rike bekommt ein Küsschen.
Wieder zuhause hat Steven fast alle Hinterlassenschaften der Party entsorgt. Ich brauch

nur noch Staub zusaugen und den Fußboden zu wischen. Den Rest des Tages verbringen wir vor uns hindösend auf dem Sofa.
Es ist der perfekte Einstieg ins neue Jahr.

*

Der erneute Besuch meiner Hebamme am 10.01.2013 macht mich etwas nervös, ich liege lang ausgestreckt auf dem Sofa und sehe ihr zu, wie Sie lauter kleine Nadeln auspackt, die Sie in mich piksen will.
»Keine Panik das tut nicht weh und es hilft gegen die Rückenschmerzen.«
Mein Bauch ist in letzter Zeit so groß geworden, dass ich fürchte zu platzen. Nachts kann ich nicht mehr schlafen und das, obwohl ich todmüde bin. Finn randaliert jede Nacht, erst wenn ich aufstehe und ein bisschen herumlaufe, hört er auf mich zu treten. Doch sobald ich wieder liege geht es von vorne los. Steven bekommt von all dem nichts mit. Er schläft wie ein Stein und wundert sich, warum ich nicht aus den Federn komme. Wenn ich es dann doch mal geschafft habe einzuschlafen. Die anfallenden Aufgaben im Haushalt fallen mir auch immer schwerer das fängt schon beim Geschirrspüler einräumen an. Ich komme gar nicht so weit runter! Meine Beine und Füße sind geschwollen und Frau Dr. Hillebrand sagte beim letzten Termin, vor zwei Tagen, ich soll mich schonen und nicht soviel herum laufen. Wenn das doch alles so einfach wäre. Ich habe noch tausend Sachen zu erledigen. Morgen ist die Babyparty bei Ellen ich habe versprochen ein oder zwei Salate vorzubereiten aber mit meinem dicken Bauch komme ich kaum an den Herd. Steven findet das alles sehr amüsant und lacht mich ständig aus. Er sagt, ich soll den Haushalt, Haushalt sein lassen, er würde sich darum kümmern, wenn er von der Arbeit kommt. Ich kann bloß nicht tatenlos zusehen und rumliegen, das bin nicht ich. Also versuche ich es doch immer wieder und scheitere. Noch knapp zehn Wochen dann soll unser Finn geboren werden und ich habe das Gefühl noch nicht vorbereitet, zu sein!

Als Carmen jetzt die erste Nadel in mich pikst, durchzuckt mich ein kleiner Stromschlag. Mein Bein krampft sich zusammen, aber die Hebamme lächelt nur und guckt mich zufrieden an.
»Ich würde sagen, die Nadel sitzt perfekt! Gewöhn dich an das Gefühl, vier Wochen vor der Geburt sorgen wir dafür, dass dein Muttermund weich wird und sich unter der Geburt schneller öffnet.«
Wenn Sie meint! So schlimm wie ich gedacht habe ich Akkupunktur zum Glück nicht. Auch wenn ich, als Sie fertig ist, aussehe wie ein Igel. Nach zwanzig Minuten entfernt sie alles und tastet wieder an meinem Bauch herum.
»Ich habe mal eine Frage an dich Carmen, wenn die Geburt losgeht, kann ich dich dann anrufen, kommst du dann und stehst mir bei?«
Traurig schüttelt sie den Kopf.
»Leider nicht, ich kann nur dabei sein, wenn der Kleine sich während meiner Schicht auf den Weg macht.«
Schade, aber so ist das nun mal.
»Hast du dir denn schon Gedanken gemacht, wie du das Baby auf die Welt bringen willst und wo?«
»Wie wo?«
Frage ich verdutzt, es gibt ja wohl nur die Möglichkeit ins Krankenhaus zu gehen, wenn man das Baby nicht zuhause entbinden will.
»Du könntest das Baby zuhause bekommen oder im Geburtshaus.«
Ich schüttel den Kopf, NIEMALS!
»Nein das will ich nicht, alles zu gefährlich. Wenn ich an meine Freundin denke, die einen Kaiserschnitt bekommen hat, weil das Baby zu viel Stress hatte und die Herztöne gefallen sind, geh ich lieber ins Krankenhaus, wo Sie auf alle Eventualitäten vorbereitet sind.«

»Das verstehe ich gut, dann warten wir mal ab, wann der Kleine sich auf den Weg macht, noch hat er ja etwas Zeit!«
»Ich bin die Letzte in unserem Gespann, Ellen hat ihr Baby ja schon bekommen und Ines hat Termin am 26.02! Ich muss bis März warten.«
»Wer weiß, vielleicht kommt er ja früher, mach dich nicht verrückt, die Babys wissen genau, wann es Zeit ist. Falls es doch zu lange dauert, gibt es ein paar Methoden, die wir anwenden können, um ihm einen kleinen Schups zu geben. Aber darüber reden wir, wenn es so weit ist!«
Ich nicke.
»Dann geh ich jetzt wieder, ich wünsche dir viel Spaß bei dem Geburtsvorbereitungskurs in zwei Wochen, ich bin Mitte Februar wieder hier und dann machen wir weiter mit der Akkupunktur. Schon dich, so weit es geht, und leg die Füße hoch, damit du nicht noch mehr Wasser einlagerst!«
Ich verspreche es ihr, auch wenn ich weiß, dass ich mich nicht daran halten kann.
Carmen streicht mir zum Abschied über den Arm und ermahnt mich noch einmal, liegen zu bleiben.
Nele ist total entzückt von der kleinen Rike. Sie steht neben dem Stubenwagen auf einem Hocker und beobachtet das schlafende Baby. Steven hat gestern Abend noch zwei Salate vorbereitet und mich auf das Sofa verbannt. Er hat gesagt, ich soll endlich mal auf die Leute hören, die Ahnung haben und nicht immer meinen eigenen Kopf durchsetzen. Er hat ja recht.
Da die Party nur für Frauen ist, sind Michael, Ronny und Steven zum Bowling gefahren. Ines und ich sitzen auf dem bequemen Sofa in Ellens Wohnzimmer und beobachten wie eine weitere Freundin von ihr, Ellen mit etwas füttert, das aussieht wie Babykotze. Als Sie bei uns ankommt und wir ein Löffelchen der grünen Pampe probieren sollen, weigere ich mich. Allein der

Geruch bringt mich zum Würgen. Mein Kind bekommt so etwas nicht zu essen, da koche ich lieber selber!
An den vielen Spielen, die sich die anderen fünf Freundinnen ausgedacht haben, nehme ich nicht teil. Auch Ellen nicht die immer noch, leichte Schmerzen vom Kaiserschnitt hat. Trotzdem haben wir alle Spaß und freuen uns, wenn Rike ihren Senf dazugibt, in dem Sie wohlig im Schlaf seufzt oder quietscht. Als es dann endlich darum geht, die Geschenke auszupacken bin ich gespannt, was Ellen zu meinem sagt. Ich habe Besteck bestellt, graviert mit dem Namen ihrer Tochter. Als Sie es auswickelt, ist sie sichtlich gerührt und wirft mir einen Kuss zu. Von Ines bekommt sie einen Rosa Strampler mit dazu passendem Pullover und einer Jacke.
Auch die anderen steuern ordentlich etwas bei, ein Pampersgutschein, Feuchttücher, ein Satz Flaschen und Gutscheine zum Babysitten. Erst gegen Schluss wird Rike wach und verlangt lautstark nach einer frischen Windel und Muttermilch. Nele weicht ihr nicht von der Seite und beobachtet alles ganz genau. Nur schwer bekomme ich Sie dazu mit mir nach Hause zu gehen.
»Bitte ich möchte noch bei dem Baby bleiben.« Bettelt sie mich an.
»Aber es ist Zeit fürs Bett! Wir kommen bald wieder, versprochen, und bis unser Baby da ist, dauert es ja auch nicht mehr lange.«
Widerwillig zieht sie ihren Schneeanzug an und wir gehen nach Hause. Dort angekommen hat Steven das Abendessen schon vorbereitet, wir brauchen uns nur noch hinsetzten und essen.
Nele erzählt nur von Rike und wie toll Sie das Baby findet. Das lässt mich darauf hoffen, das Sie nicht eifersüchtig wird, wenn Finn geboren wird.

*

»Wo bleibt er nur?«
Nervös renne ich von Raum zu Raum und versuche meinen Vater auf dem Handy zu erreichen. Er hat versprochen auf Nele aufzupassen während Steven und ich heute zum ersten Mal zum Geburtsvorbereitungskurs gehen. Der Kurs beginnt schon in einer halben Stunde und er wollte längst hier sein.
Als ich mir keinen anderen Rat mehr weiß, rufe ich bei meiner Mutter an. Bereits nach dem ersten Klingeln hebt sie ab.
»Hallo?«
»Mama ich bin es Angie, weißt du, wo Papa ist? Er wollte schon längst hier sein!«
Ich höre, wie Sie seufzt.
»Eigentlich habe ich gedacht, dass er wenigstens das macht, aber wenn ich ehrlich bin, wir haben uns gestern gestritten und er ist abgehauen. Keine Ahnung, wohin, aber es lief, schon seit Silvester nicht mehr rund. Er blieb immer länger weg, und war ständig betrunken. Ich hatte so gehofft, er hat sich geändert!«
»Mama das tut mir leid, und es tut mir leid, dass ich fragen muss, aber kannst du herkommen und auf Nele aufpassen? Wir müssen gleich los und mitnehmen möchte ich Sie wirklich nicht!«
»Ich bin in zehn Minuten da!«
Sie legt auf und ich frage mich, was genau zwischen meinen Eltern vorgefallen ist, dass Papa einfach abhaut. Nicht ganz zehn Minuten später klingelt es an der Tür, meine Mutter, total außer Atem steht an den Türrahmen gelehnt und wartet das ich ihr Platz mache, damit Sie rein kann. Schnell geben Steven und ich ihr ein Küsschen und verschwinden Richtung Krankenhaus.

Mit uns sind es zehn Pärchen, die auf den Gymnastikmatten auf dem Boden sitzen und auf Carmen warten.
Alle plappern durcheinander und erzählen von ihrer Schwangerschaft und wie Sie verlaufen ist. Ich halte mich dezent zurück und kuschel mich einfach nur an Steven. Als Carmen endlich auftaucht, ist abrupt stille im Raum. Alle blicken Sie gespannt an und warten darauf, dass Sie zu reden anfängt.
»So dann wollen wir mal starten, ich bin dafür das wir und erst einmal ein bisschen besser kennenlernen, wer mag denn anfangen?«
Da sich niemand meldet, beginne ich.
»Mein Name ist Angie und ich bekomme mein erstes Kind. Zuhause wartet noch die 3 jährige Nele auf uns, sie ist die Nichte meines Freundes. Wir kümmern uns um Sie, seit ihre Eltern ums Leben gekommen ist!«
Einen raunen geht durch die Menge, alle starren mich an, habe ich etwas Falsches gesagt?
Steven kommt mir zur Hilfe.
»Ich bin Steven und ich freue mich riesig auf unser Baby. Über den Tod meines Bruders mag ich nicht so gerne reden aber wenn ihr fragen zur Schwangerschaft habt, fragt ruhig!«
Immer diese Sensationslust, schlimm ist das.
Schnell beginnen die anderen und stellen sich der Reihe nach vor. Ich bin die einzige Erstlingsmutter, die meisten bekommen ihr zweites Kind, vier von ihnen sogar ihr Drittes. Man oh man Hut ab, mir reicht es, wenn Finn auf der Welt ist, mit Nele und ihm habe ich garantiert, alle Hände voll zu tun.
Zum Glück bleiben uns heute die peinlichen Atemübungen erspart. Carmen zeigt uns mit einer Puppe und einem Becken aus Stoff wie sich das Baby einen Weg durch den Geburtskanal sucht, erzählt uns, wie wir uns während der Wehenpausen entspannen können.

Als ich so sehe, wie das alles vonstattengehen soll, bekomme ich ein wenig Angst vor der Geburt. Nach der Stunde nimmt Carmen mich noch kurz beiseite und redet mir gut zu.
»Ich habe gerade deinen Blick gesehen, du brauchst keine Angst haben. Wenn es zu schlimm wird, gibt es noch so, einiges was man unter der Geburt machen kann, damit die Schmerzen erträglicher sind. Davon rede ich dann in der nächsten Woche«, sie nimmt mich in den Arm und entlässt uns dann nach Hause. Dort angekommen sitzen meine Mutter und mein Vater zusammen auf der Couch, gucken fernsehen und lachen. Ich versteh die Welt nicht mehr. Als mein Vater mich bemerkt, springt er auf und kommt zu mir.
»Es tut mir leid, dass ich nicht pünktlich hier war! Ich hatte die falsche Zeit im Kopf. Ich war total verwundert deine Mutter hier anzutreffen aber wir haben uns ausgesprochen. Ich werde noch sehr viel an mir arbeiten müssen und verlässlicher werden, ich tue mein bestes, versprochen!.«
Ich nicke bloß, ich weiß nicht was ich dazu sagen soll. Schön, wenn er sich ändern will, jetzt muss er nur noch beweisen, dass er es auch schafft.

*

Ausnahmsweise habe ich die letzte Nacht mal richtig gut geschlafen, die letzte Woche war die Hölle. Nicht nur, dass Finn mich in der Nacht wach hält, nein zu allem übel habe ich Krämpfe im Unterleib und Sodbrennen. Wie soll ich so denn bitte Kraft für die Geburt sammeln? Zu allem Überfluss muss ich heute wieder ins Krankenhaus, es soll zum ersten mal ein CTG geschrieben werden. Schon auf dem Weg dorthin muss ich öfter stehen bleiben und die Wehen veratmen als mir lieb ist. Insgesamt brauche ich für die Strecke über eine halbe Stunde. Endlich angekommen bin ich schweißgebadet. Ich schleppe mich noch die letzten paar Meter bis zum Schwesternzimmer.
»Bitte ich brauch ein Glas Wasser«, ich merke, wie mir langsam schwarz vor Augen wird. Die Schwester, die eben noch ganz ruhig am Computer gesessen hat, springt von ihrem Stuhl auf und kommt mir gerade noch rechtzeitig zur Hilfe. Sie greift mir unter die Arme und führt mich zu einem Stuhl, auf den ich mich fallen lassen kann. Sie flößt mir zwei Gläser Wasser ein und ruft dann sofort Frau Dr. Hillebrand. Besorgt mustert sie mich.
»Das sieht aber gar nicht gut aus, Anni bitte einmal Blutdruck messen und dann bringen Sie, Angie mir bitte ins Behandlungszimmer, ich mache ein CTG.«
Anni nickt und tut, was gesagt wurde.
»Ein bisschen niedrig ihr Blutdruck, 80 zu 50, schonen Sie sich denn auch genug?«
Fragt sie mich besorgt.
»Ich denke schon, ich versuche es zumindest«, der Blick, den Sie mir zuwirft, zeigt mir ziemlich deutlich das Sie mir kein Wort glaubt.
»Okay, nein ich denke eher nicht. Ich lege öfter am Tag die Füße hoch, aber es gibt einfach Dinge, die

sich so kurz vor einer Geburt nicht aufschieben lassen.«
«Dann fragen Sie Freunde und Verwandte um Hilfe, ich kann ihnen sagen, was Frau Dokter ihnen gleich sagen wird, wenn Sie ab jetzt nicht besser auf sich aufpassen.«
»So was denn?«
»Sie wird sie stationär aufnehmen.«
»Das geht aber nicht!« Protestiere ich.
»Dann schonen Sie sich«, niedergeschlagen gebe ich klein bei.
Das heißt, ich muss meinen ganzen Tagesablauf anders organisieren und schon wieder meine Eltern einspannen.
Wie Anni es vorausgesagt hat, ist Dr. Hillebrand wenig begeistert! Auch von meinem CTG. Es wurden vereinzelte, nicht regelmäßige Wehen aufgezeichnet und der Herzschlag von Finn ist scheinbar auch nicht ganz so, wie er sein sollte. Es kostet mich einiges an Überzeugungskraft, dass Sie mich nicht gleich im Krankenhaus behält. Nicht Mal alleine nach Hause darf ich gehen. Ich rufe meine Mutter an, und bitte Sie mich abzuholen. Unter den wachsamen Augen von Anni warte ich im Schwesternzimmer, bis meine Mutter eintrifft.
»Da bin ich, dein Vater wartet mit dem Auto vor der Tür. Ab jetzt bleibst du auf dem Sofa oder noch besser noch im Bett! Ich werde mich um alles kümmern«, ich öffne den Mund, um zu widersprechen doch mit einer Handbewegung bringt sie mich zum Schweigen.
»Keine widerrede! Ich helfe, ob du willst oder nicht.«
Von ihr gestützt gehen wir zum Auto, wo mich auch mein Vater besorgt im Rückspiegel mustert.
Mama hat sogar eine kleine Reisetasche dabei.
Zuhause angekommen werde ich gleich ins Bett verfrachtet.

»Du stehst nur auf, wenn du auf Toilette musst, du hast alles hier, was du brauchst, Fernsehen, Laptop und Handy. Ich fange jetzt an ein wenig Ordnung zu schaffen und hole Nele danach vom Kindergarten ab, versuch zu schlafen ja?«
Die hat gut Reden! Ich sinke in die Kissen und bemühe mich wirklich nicht los zuheulen. Soll ich etwa den Rest der Schwangerschaft im Bett liegen? Da bekomm ich doch einen Knall.
Da kommt mir eine Idee, ich rufe Carmen an und frage, was Sie davon hält, doch sie macht mir ziemlich schnell klar, das ich liegen bleiben muss. Haben die sich alle gegen mich verschworen?
»Und was ist mit dem Geburtsvorbereitungskurs?«
»Der fällt für dich aus, wir machen unseren eigenen Kurs, keine Angst, ich zeige dir zuhause, wie du die Wehen veratmen kannst und alles, was ich im Kurs erkläre.«
Na toll, ich bin wirklich dazu verdammt die nächsten zehn Wochen, im Bett zu verbringen.
Nachdem wir aufgelegt haben, dreh ich mich auf die Seite und schließe die Augen. Als ich wieder wach werde, sitzt Nele neben mir am Bett und hält mir einen Teller mit Tomatensuppe hin.
»Oma hat gesagt, du musst im Bett bleiben, sie bleibt jetzt hier, guck mal ich bring dir was zu essen«, plappert sie los. Ich ringe mir ein lächeln ab und setze mich wieder hin. Ich schaue in die Suppenschale und fange lauthals an zu lachen.
»Wo ist denn die Suppe?«
Verlegen sieht Nele auf ihre Füße.
»Ich habe etwas verschüttet, auf der Treppe, die Suppe war heiß!«
»Hast du dir wehgetan?«
Energisch schüttelt sie den Kopf.
Erleichtert atme ich auf.

»Gut dann nimm die Schale doch weder mit nach unten und sag Oma bescheid, dass du gekleckert hast, dann kann sie es wegwischen!«
»Erst musst du aufessen.«
Ich führe die Schale an die Lippen und schlürfe, Nele zuliebe, den kleinen Schluck raus.
»Oh das ist aber lecker! Hast du Oma geholfen?«
Sie schüttelt den Kopf und geht wieder nach unten, es dauert nicht lange und meine Mutter hat die Schüssel erneut gefüllt.
Als Steven von der Arbeit kommt, setzt er sich besorgt zu mir ans Bett und hält meine Hand.
»Was machst du denn für Sachen?«
»Gar nichts! Ich bin doch nur ganz normal zum Kindergarten gegangen mit Nele und dann ins Krankenhaus! Keine außergewöhnlichen Wege oder sonst irgendwas. Ich habe nicht mal den Haushalt gemacht.«
»Dann versteh ich nicht, was heute los ist.«
»Ich auch nicht! Naja viel gegessen habe ich heute nicht, vielleicht lag es ja daran.«
»Egal was es war, du bleibst erstmal schön im Bett bis Dr. Hillebrand etwas anderes, sagt. Ich werde nachher das Kinderzimmer komplett fertigmachen dann haben wir eine Sorge weniger. Ich liebe dich.«
Mit diesen Worten bin ich wieder allein. Das Liegen geht mir schon jetzt, gewaltig auf die Nerven aber ich will nicht riskieren, dass unserem Baby irgendetwas passiert.
Trotz allem finde ich an dem ganzen Tag auch eine gute Seite, ich bin endlich mal nicht Müde. An das, am Tag schlafen könnte ich mich gewöhnen.
Irgendwann gegen Abend gehe ich hinunter, um mich auf das Sofa zu legen. Oben fühle ich mich allein. Wir sehen bis spät in die Nacht zusammen fern, wann immer ich etwas brauche, springt meine Mutter auf

und bringt es mir. Sie macht sich wirklich gut als Krankenschwester.
Tage Später habe ich mich daran gewöhnt, herumzuliegen und nichts zu tun. Ja ich genieße die ganze Aufmerksamkeit. Auch das frühe Aufstehen fehlt mir gar nicht. Ich habe festgestellt das ich unheimlich gerne, lange schlafe. Die Auszeit ermöglicht mir sogar, mich noch ein bisschen intensiver mit Nele zu beschäftigen. Oft sitzt sie neben mir und wir spielen eins ihrer Spiele, oder wir puzzeln. Auch auf Ellen und Ines kann ich mich verlassen. Genauso wie wir es bei Ellen gemacht haben, als Sie nach ihrem Sturz liegen musste, kommen die beiden jetzt mich besuchen, und wenn ich mir Rike zum Kuscheln ausleihe, geht mir das Herz auf. Sie ist so ein süßes Baby und so pflegeleicht. Sie schläft, isst und macht in die Windeln. Ich habe Sie noch nicht einmal weinen gehört. Auch Ines ist von ihr hin und weg. Wir unterhalten uns über ihr Schlafverhalten, Gewohnheiten und das Stillen.
»Wie klappt es denn? Hast du genug Milch?«
»Hör bloß auf! Ich könnte zwei Kinder damit satt kriegen. Ständig muss ich den Überschuss abpumpen, damit meine Brüste nicht explodieren.«
»Weißt du, wenn meine Tochter nur halb so hübsch und lieb wird wie deine Ellen, bin ich total zufrieden.«
»Oh sie kann aber auch anders, gerade nachts, wehe ich bin zu langsam, dann schreit sie die ganze Nachbarschaft zusammen.«
»Was? Das kannst du?«
Ich streichel dem kleinen Bündel auf meinem Bauch über den Rücken.
»Das kann man sich gar nicht vorstellen.«
»Oh doch glaub mal, nachts kommt sie gerne und oft aber am Tag schläft sie ständig. Meine Hebamme sagt, das kommt mit der Zeit, dann haben Sie raus

wann Tag und wann Nacht ist! Apropos, wann kommt Carmen zu dir, um mit dir zu atmen?«
»Morgen, ich bin ja gespannt, wie das wird! Konnte dir eigentlich dein Mann unter der Geburt etwas Gutes tun?«
Verwundert steht Ellen auf und nimmt ihr Baby wieder an sich.
»Nein, außer Stirn wischen … aber geholfen hat das alles nichts. Zum Rücken massieren und Ischias drücken hatten wir gar keine Zeit.«
»Das habe ich mir gedacht! Tolle Aussichten.«
»Ronny will mit in den Kreißsaal«, platzt es aus Ines heraus.
Ellen und ich sehen uns an und dann wieder zurück zu ihr.
»Ja aber das ist doch … das ist doch viel …«
»Das ist doch viel schöner, als wenn er nicht mit einbezogen wird«, komme ich Ellen zuvor.
»Genau«, stimmt sie mir etwas verwirrt zu, „das wollte ich sagen."
Ines grinst von einem Ohr zum anderen.
»Ja das finde ich auch, weißt du ich war mir nie sicher, ob er das wirklich ernst meint aber, naja mittlerweile denke ich das doch etwas Festeres aus uns werden könnte.«
Das Thema haben wir schon gehabt, trotzdem war ich der Meinung, dass Ronny sich früher oder später aus dem Staub machen wird.
Ines strahlt übers ganze Gesicht. Komisch ich habe mir Ronny eigentlich nie als Vater vorstellen können, also in unserer Beziehung. Trotzdem freue ich mich für die beiden, schön das Sie mit dem Baby nicht alleine ist.
Eine Stunde später machen meine Freundinnen sich wieder auf den Weg nach Hause und ich bleibe allein auf meiner Couch zurück. Meine Mutter hat sich Nele

geschnappt, um ein bisschen im Schnee zu spielen. Unerwartet früh kommt Steven von der Arbeit.
»Was machst du denn hier?«
»Ich habe heute früher Schluss gemacht, momentan macht es einfach keinen Spaß! Immer wieder gibt es ärger mit unserem neuen Azubi, der macht einfach nie etwas richtig und ich darf ihm dann hinterher rennen und alles wieder in Ordnung bringen! Aber glaubst du den Chef interessiert das? Er soll das Gehege sauber machen und macht es nur zur Hälfte, er soll füttern und nimmt nicht genug Futter mit! Ich könnte platzen.«
»Komm leg dich einen Moment zu mir! Mama ist mit Nele draußen!«
Als er neben mir liegt, dreh ich mich auf die Seite, er kuschelt sich eng an mich und nach fünf Minuten schnarcht er mir ins Ohr. Als das Telefon klingelt, schreckt er aus dem Schlaf hoch, klettert über mich rüber und wankt schlaftrunken in den Flur. Kurze Zeit später steht er wieder neben mir.
»Das war Carmen, sie muss morgen im Krankenhaus für eine Kollegin einspringen und kann deswegen nicht atmen kommen, ich habe gesagt, wir sind zuhause und sie soll eben jetzt vorbeikommen. Ich hoffe, das ist in Ordnung?«
Den letzten Satz gähnt er mehr als das er spricht, ich nicke.
»Dann geh ich mal Tee kochen.«
Panisch sehe ich mich im Wohnzimmer um, es ist nicht gerade ordentlich, überall liegt Speilzeug und auch die Kaffeetassen von Ines und Ellen stehen noch auf dem Tisch.
»Schatz kommst du mal bitte?«
Als er wieder in der Tür erscheint, zeige ich mit dem Finger auf das Chaos.
»Kannst du das bitte noch schnell beseitigen? Hier sieht es ja aus wie bei Hempels unterm Sofa.«

Sofort macht er sich leise murrend an die Arbeit, trotzdem verstehe ich einige der Wortfetzen.
»Möchte mal wissen warum ich… wo ist denn Ihre Mutter … wollte die nicht alles sauber halten?«
Tief gekränkt verkrieche ich mich unter der Decke, ich kann doch auch nichts dafür, das ich mich nicht bewegen darf.
Als meine Mutter wenig später wieder zuhause ist, bringt sie Carmen gleich mit. Sie hat eine rote Nase vom kalten Wind und zieht den Rotz hoch. Als ihr bewusst wird, was Sie gerade getan hat, läuft ihr Gesicht rot an, sie entschuldigt sich und geht erst einmal auf die Toilette. Nele die neugierig ist was jetzt passiert setzt sich zu mir und wartet. Nele riecht nach frischer, kalter Luft und nach Schnee. Wie gerne würde ich spazieren gehen und den knirschenden Schnee unter meinen Füßen spüren.
Gut gelaunt kommt Carmen wenig später ins Wohnzimmer und fängt gleich damit an mir zu zeigen, wie ich die Wehen veratmen kann. Meine Mutter, die hinter ihr steht, atmet auch mit. Als Sie bemerkt, was Sie da tut fängt sie an zu lachen.
»Das ist wie ein Reflex! Ich öffne auch immer den Mund, wenn ich Kleinkinder fütter! Schlimm ist das.«
»Aber total normal«, Carmen weiß anscheinend, wovon Mama da spricht, vielleicht werde ich dieses Geheimnis demnächst auch begreifen, mir ist bis jetzt noch nie in den Sinn gekommen, den Mund zu öffnen nur, weil Nele es tut!
Wehen veratmen scheint gar nicht so schwer zu sein, wie ich dachte, immer wieder lobt Carmen, wie gut ich das mache. Aber mal im Ernst … wie soll Atmen schmerzen nehmen? Ich beschließe mich überraschen zu lassen und atme mit Carmen und Mama um die Wette. Nele, der das hier zu langweilig geworden ist, sitzt bei Steven in der Küche und hilft beim Kochen.

»So ich werde jetzt gehen, beim nächsten mal zeige ich euch beiden, wie das mit der Massage funktioniert. Damit Steven auch etwas zu tun bekommt.«
Frech grinst sie mich an, dass ich nicht glaube, dass er auch nur im geringsten helfen kann, behalte ich lieber für mich.
Ich bekomme ein Küsschen auf die Wange und Carmen rauscht zur Tür hinaus.
»Sie ist wirklich nett«, kommentiert meine Mutter die letzte Stunde.
»Nicht nur das, sie ist ein Schatz im wahrsten Sinne des Wortes! Ihr Nachname ist Schatz. Als ich Sie angerufen und ihre Stimme gehört habe, wusste ich sofort das ist die richtige für mich.«
»Das glaube ich dir.«
Das Abendessen, das Steven gezaubert hat, ist wirklich lecker, Putenbrust in einer Tomaten-Sahne-Paprika Soße. Ich könnte mich reinsetzen so gut ist es gelungen, auch Nele isst mit großem Appetit. Nur meine Mutter stochert in ihrem Essen herum.
»Was ist denn los«, fragt Steven besorgt.
»Ach nichts, ich glaube, ich möchte nach Hause gehen, mal wieder in meinem Bett schlafen, an meinen Mann gekuschelt.«
Hinter ihrem Rücken sehen Steven und ich uns an und nicken.
»Dann geh doch ruhig, ich bin ja jetzt hier und kann mich um die Mädels kümmern, es wäre aber gut, du könntest Nele morgen in den Kindergarten bringen, das schaffe ich leider nicht.«
Die Augen meiner Mutter leuchten, sie springt auf und versichert morgen früh um sieben Uhr wieder zurück zu sein. So schnell habe ich meine Mama noch nie verschwinden sehen. Da es sowieso bald Zeit ist zu schlafen und ich vom vielen herum liegen müde bin, gehe ich um acht Uhr mit Nele zusammen nach oben. Sie wünscht mir eine gute Nacht und geht in ihr Bett.

Selbst Steven kommt statt unten noch fernzusehen mit ins Bett. Nach kurzem Kuscheln fallen wir übereinander her wie sexhungrige Teenager. Erschöpft und schwer atmend liegen wir danach nebeneinander.
»Ich wusste, dass ich was vergessen habe.«
»Was hast du vergessen«, fragt Steven verwundert.
»Dass man im Bett auch sehr viel Spaß haben kann.«
Ich drehe mich auf die Seite und sehe ihn an, er grinst und schließt die Augen. Kurze Zeit später schlafe auch ich ein, endlich mal wieder ein bisschen glücklich.

*

Die letzten Tage des Januars dümpeln in langweiliger Manie vor sich hin, mir geht das liegen und nichts tun auf die Nerven und von Tag zu Tag werde ich mürrischer. Steven und ich zanken uns öfter, er hat auf Arbeit nur stress und kommt dann zu einer Frau nach Hause die ebenfalls schlecht gelaunt ist.
»Wenn es dir so scheiße geht, dann verschwinde doch. Ich schaffe das mit Nele auch allein. Nimm deinen dicken Bauch und den Hintern von meinem Sofa und hab woanders schlechte Laune«, schreit er mich an.
Das hat gesessen, an liebsten wäre ich sofort vom Sofa gesprungen, hätte meine Tasche gepackt und wäre gegangen. Doch mein Vater, der auf einen Kaffee vorbei gekommen ist, packt Steven grob am Arm und zieht ihn in die Küche. Ich höre wie die beiden Diskutieren, kann aber nicht verstehen, was Sie sagen. Entsetzt frage ich mich, wie man nur so gemein sein kann. Als wenn ich nicht auch lieber gut gelaunt überall dort hingehen würde, wohin ich will. Als ob ich nicht gerne kochen, mit Nele spazieren gehen oder den Haushalt machen würde!
Als in der Küche wieder Ruhe ist, kommt Steven zu mir, setzt sich neben mich. Er sieht unheimlich traurig aus.
»Es tut mir leid! Wirklich, ich muss unbedingt einen Ausgleich schaffen, egal wo ich bin, überall sind nur Probleme! Ich halte das nicht mehr lange aus.
Natürlich ist es falsch von mir gewesen das eben zu sagen aber«…
Mutlos lässt er den Kopf hängen. Ich umfasse seine Hand, was ihn dazu bringt weiter zu reden.
»Dein Vater hat recht, so geht das nicht weiter, wir werden am Wochenende zusammen essen gehen, nur damit ich mal von den Problemen weg komme. Ich

hoffe, das ist okay für dich und du nimmst die Entschuldigung an?«
Ich nicke, wenn ich jetzt versuche zu sprechen, würde er merken, wie sehr er mir wehgetan hat und das will ich nicht. Stumm sitzen wir noch eine Weile da und halten uns bloß an den Händen.

*

Beim nächsten Termin im Krankenhaus am 10.02.13 gibt es endlich Entwarnung, es sind keine Wehen zu sehen und die Wassereinlagerungen sind nicht schlimmer geworden.
»Sie dürfen jetzt ab und an ein wenig aufstehen, nutzen Sie die Zeit, um draußen spazieren zu gehen.«
»Das werde ich, versprochen!«
»Allerdings möchte ich Sie nächste Woche gleich wieder sehen, nicht dass alles wieder von vorne anfängt und Angie?«
Eindringlich sieht sie mir in die Augen.
»Übertreiben Sie es nicht! Ich würde es sowieso herausfinden, überlassen Sie alles Anstrengende, Kindergarten hinbringen und abholen, den Haushalt und kochen weiter jemand anderem.«
»Ja das werde ich. Danke.«
»Nächstes Mal machen wir dann auch einen 3D Ultraschall, mal sehen, wem das Baby ähnelt.«
»Das kann man sehen?«
Vor Erstaunen bleibt mir der Mund offen stehen.
»Bringen Sie also unbedingt ihren, verlobten mit.«
»Wir sind nicht verlobt. Ich habe seinem Drängen immer noch nicht nachgegeben. Außerdem hat er mich das letzte mal Silvester gefragt und seit dem nicht mehr. Brauch er aber auch nicht.«
Abwehrend hebt sie die Hände.
»Okay schon gut, ich dachte ja nur …«
»Nein da denken Sie falsch.«
Da ich keine Lust habe mich mit meiner Ärztin weiter über mein Privatleben zu unterhalten, verabschiede ich mich von ihr.
Glücklich falle ich meinem Vater, der vor der Tür gewartet hat, um den Hals.
»Ich darf wieder aufstehen, nur nicht übertreiben! Ich freu mich ja so.«

»Das ist doch toll, heißt das ich bekomme deine Mutter zurück?«
»Nein, leider nicht, Haushalt und Kinderbetreuung soll ich weiter anderen überlassen aber ich darf spazieren gehen. Hach wie schön, nicht nur mehr auf dem Sofa liegen.«
»Immerhin ein kleiner Fortschritt.«
»Genau!«
Er winkt mir zu, ich soll ihm zum Auto folgen.
»Komm ich fahr dich nach Hause.«
»Bitte«, bettel ich, »können wir nicht laufen?«
»Nein, dazu sind mir die Parkgebühren hier zu hoch, spazieren gehen kannst du nachher mit Steven.«
Widerwillig folge ich ihm zu seinem Auto. Aber er hat recht, warum die neu gewonnene Freiheit, nicht mit meinem Schatz feiern.
Ungeduldig verharre ich auf dem Sofa, bis Steven spät abends von der Arbeit kommt. Draußen ist es schon wieder dunkel. Ich stehe auf und falle ihm um den Hals, als er protestieren will, lege ich meinen Zeigefinger auf seinen Mund.
»Ich habe grünes Licht, ich darf wieder ein bisschen herumlaufen. Gehst du mit mir spazieren? Bitteeeeeeee!«
Er lächelt mich an, nimmt seine Jacke und ruft meiner Mutter, die in der Küche steht und das Essen kocht, zu:
»Wir sind in einer Stunde zurück!«
Ich freue mich auf den Spaziergang, wickel mir meinen dicken Schal um den Hals und ziehe die Jacke an. Doch, statt das er mit mir Richtung Weser verschwindet, führt er mich zum Auto.
»Ich will spazieren gehen, nicht Auto fahren!«
Entrüstet bleibe ich stehen und mache mich von ihm los.
»Ich weiß, steig ein ich fahre uns dahin, wo wir ungestört sind und es besonders schön ist.«

Der Klüt geht mir durch den Kopf, er will mit mir bei Mondschein durch den Wald spazieren, wie süß! Ich steige ein, und wie ich es mir gedacht habe, lenkt er das Auto hinauf zum Klüt. Die kahlen Bäume lassen das Mondlicht hindurchscheinen. Teilweise sieht es so aus, als wenn ein einzelner Baum oder ein kahler Strauch einen Heiligenschein aufgesetzt bekommen hat. Es ist ein wunderschöner Februarabend. Steven parkt das Auto und nach dem ich ausgestiegen atme ich die Frische Luft in tiefen Zügen ein. Steven führt er mich zu einem der »heiligen Bäume«, der Boden ist noch immer leicht bedeckt mit Schnee, doch glatt ist es nicht. Er stellt mich an den Baum und küsst mich, sofort schmiege ich mich an ihn und wünsche mir das die Zeit stillsteht.
»Ich weiß, dass du das nicht hören willst, aber es wird höchste Zeit. Du musst jetzt endlich zu Vernunft kommen und mich heiraten. Wir haben nicht mehr viel Zeit, bitte werde meine Frau.«
»Also wenn du mich nur hier hochgebracht hast, um mir wieder einen Antrag zu machen können wir gleich wieder nach Hause fahren. Ich werde dich irgendwann heiraten aber nicht jetzt, die Zeit ist einfach noch nicht reif.«
Enttäuscht geht er einen Schritt zurück.
»Wann ist sie das denn?«
Sein Gesicht wird vom Licht des Mondes eingerahmt, in seinem Blick liegt etwas Flehendes, doch ich kann einfach noch nicht ja sagen. Ich kann mich nicht so blindlings in etwas so Endgültiges stürzen. Natürlich tut es mir leid, dass ich ihn immer wieder abweise. Dennoch bin ich der Meinung, ich habe ihm schon oft genug erklärt, warum ich noch nicht zustimmen kann.
»Ich kann nicht sagen, wann es so weit ist, ich weiß nur, dass es sich jetzt noch nicht richtig anfühlt. Bitte gib mir noch mehr Zeit. Ich liebe dich.«

Traurig nickt er und gibt mir einen Kuss. Gespielt fröhlich nimmt er mich an die Hand und führt mich weiter den Wanderweg entlang. Wir schlendern zwanzig Minuten lang, bis ich ihn darum bitte das wir nach Hause fahren. Mir ist kalt, ich bin müde und habe Hunger.
Zehn Tage später bekomme ich morgens um sechs Uhr einen Anruf. Ines plappert aufgeregt vor sich hin. Ich verstehe nur die Hälfte.
»Die Erste um drei Uhr … konnte nicht schlafen … bin auf dem Weg ins Krankenhaus … alle fünf Minuten.«
Mit einem Mal bin ich hellwach, sie bekommt ihr Baby. Ich wünsche ihr alles Gute und warte den ganzen Tag gespannt auf einen Anruf. Doch niemand meldet sich.
Erst um die Mittagszeit am nächsten Tag steht ein sichtlich geschaffter Ronny bei uns vor der Tür. Steven, der heute frei hat, öffnet ihm. Ich sitze in der Küche und kann beobachten, wie Ronny ihm um den Hals fällt. Dann kommt er zu mir und küsst mich auf die Wange.
»Alles gut gegangen. Wir haben ein Mädchen, ich brauche einen Schnaps! Habt ihr was da?«
Steven schenkt ihm einen Wodka ein, den Ronny in einem Zug hinunterstürzt.
»Das war nötig, danke.«
»Jetzt erzähl, wie ist es gewesen? Wie groß und schwer ist sie denn? Wie heißt sie?«
Ich bin total gespannt und innerlich fängt alles an zu kribbeln, jetzt bleibe nur noch ich.
»Sie heißt Lisa-Marie und ist 51 Zentimeter groß, 2990 Gramm schwer und hat einen Kopfumfang von 33 Zentimetern. Ines hat das alles wunderbar hinbekommen, mit einer PDA. Zum Schluss war sie wirklich erschöpft aber trotzdem, meine Güte ich bin jetzt so etwas wie ein Papa!"

„Herzlichen Glückwunsch, fast Papa!«
Sagen Steven und ich im Chor.
Ich kann sehen, dass er etwas eifersüchtig ist, nicht darauf, dass mein Exfreund hier bei uns in der Küche steht, sondern, dass alle um uns herum schon das haben, worauf auch er sehnsüchtig wartet.
»Ich will euch auch gar nicht lange aufhalten! Ich gehe jetzt duschen und eine Stunde schlafen und dann zu meinen beiden Frauen ins Krankenhaus. Bis bald. Ach ja Angie, ich soll dir von Ines ausrichten, dass Sie hofft, du kommst morgen zu ihr ins Krankenhaus!«
»Natürlich mache ich das, bis bald!«
Als er wieder zur Tür raus ist, der Besuch hat keine fünf Minuten gedauert, nehme ich Steven in den Arm.
»Bald können wir uns auch so freuen! Vier Wochen noch dann haben wir es geschafft.«
Er gibt mir einen langen Kuss und streichelt mir über den Bauch.
»Ich freue mich schon unheimlich auf den 3D Ultraschall!«
»Ich mich auch.«
»Jetzt aber kann ich es gar nicht erwarten, Lias-Marie kennenzulernen. Ob Sie genauso süß ist wie Rike?«
»Alle Babys sind süß«, genervt verdreht Steven die Augen, »und alle sehen gleich aus!«
»Ach quatsch das stimmt doch gar nicht.«
Ein bisschen Zanken wir noch hin und her, dann kommen meine Mutter mit Nele zurück nach Hause.
»Ich habe eine tolle Idee«, verkündet Steven, »lasst uns doch zur Feier des Tages zusammen essen gehen.«
Wir stimmen alle zu und machen uns gleich auf den Weg.
Wir gehen zu einem kleinen Italiener um die Ecke, es sind nicht viele Stühle besetzt und so haben wir freie Auswahl. Als Vorspeise bestellen wir Bruschetta. Danach wollen Steven, Mama und ich eine Pizza,

Nele bekommt einen Bambini Teller Spaghetti Bolognese. Ausgelassen stoßen wir mit Wasser, Cola und Fanta auf die Geburt der kleinen Lisa-Marie an. Zum Nachtisch gönnen wir uns noch Vanilleeis mit heißen Kirschen. Erst am späten Nachmittag sind wir wieder zu Hause. Da ich für heute schon genug rumgelaufen bin, werde ich sofort wieder aufs Sofa verbannt.
Auch den Weg zum Krankenhaus darf ich am nächsten Morgen nicht zu Fuß zurücklegen, mein Vater, steht pünktlich um neun Uhr bei uns vor der Tür. Wo er dann allerdings die nächsten zehn Minuten damit verbracht hat, meine Mutter abzuknutschen. Leise klopfe ich an Ines Zimmertür, sie ist gerade dabei, Lisa-Marie zu wickeln. Ich eile zu ihr und sehe mir ihr kleines Wunder an.
»Sie ist ja so winzig. War Rike auch so klein?«
»Nein ich glaube nicht.«
»Herzlichen Glückwunsch«, als ich Rike ins Bettchen gelegt habe, umarme ich Ines lange.
»Wie war die Geburt für dich? Hast du dich gut erholt seitdem?«
»Sie war ganz schön anstrengend, weil es so lange gedauert hat, als ich dann pressen sollte, hätte ich lieber geschlafen. Klar das die Hebamme mich angeschrien hat, ich soll jetzt nicht aufgeben oder?«
Sie zuckt die Schultern und grinst mich stolz an.
Ich bleibe eine gute Stunde bei ihr, doch da Lisa-Marie hunger bekommt und ich beim Stillen nicht stören will verabschiede ich mich. Ines verspricht, mich in der nächsten Woche zu besuchen. Ich bin ja gespannt, wie das dann wird, drei Freundinnen, zwei Babys und eine schwangere die sich nur mäßig bewegen darf. Es wird Zeit, das mein Baby auch geboren wird, ich fühle mich irgendwie ausgestoßen. Als ich später mit meiner Mutter auf dem Sofa sitze, berichte ich ihr von meinen Gefühlen.

»Ach das kommt dir nur so vor. Das wird sich ändern, sobald Finn auf der Welt ist. Das was ich raus höre ist Neid, purer, verständlicher Neid.«
»Damit liegst du wohl goldrichtig. Ich weiß aber auch nicht, wie ich das abschalten kann.«
»Das musst du gar nicht Schatz, das erledigt sich von selbst.«
Wenn Sie das sagt, wird es schon stimmen. Mit einem Seufzen lasse ich mich zurück in die Kissen sinken.
Kann nicht jemand die Zeit vorstellen?
Die nächsten Tage vergehen in langweiliger Einöde, Schlafen, liegen, essen, liegen, duschen, liegen, schlafen. Ich will das so nicht mehr.
Als es eine Woche später an der Tür klingelt, bin ich sichtlich nervös. Ellen und Ines besuchen mich zusammen mit Ihren Mädchen. Freundlich begrüßen Sie mich und die Unterhaltung dreht sich darum, wie sich die letzten Tage bis zur Geburt dehnen.
»Tage sind gut. Ich habe noch zwei Wochen. Die Zeit schleicht nur so vor sich hin. Ich weiß gar nicht mehr was ich noch machen soll. Meine Spaziergänge finden nicht mehr draußen statt, ich stehe in Finn seinem Zimmer und kontrolliere, ob ich auch wirklich alles habe. Ich nehme die Anziehsachen aus dem Schrank, lege Sie zusammen und packe Sie wieder weg. Ich glaube ich bin verrückt.«
»Nein bis du nicht. Ich meine Lisa-Marie kam ja auch früher, aber ich hatte den Nesttrieb schon um die dreißigste Schwangerschaftswoche.«
Erleichter atme ich aus.
»Da bin ich ja froh!.«
Nach diesem Gespräch wird es laut, zuerst fängt Rike an zu weinen, es dauert nicht lange und Lisa-Marie stimmt mit ein. Wie können kleine Babys nur so laut sein?
Egal was Ellen und Ines auch versuchen, die beiden Mädchen hören nicht auf, zu weinen. Nach einer

Stunde machen Sie sich gestresst auf den Weg nach
Hause. Mir dröhnt der Kopf. Bitte lieber Gott lass
mein Baby nicht aus unerfindlichen Gründen weinen.
Die nächsten Besuche von Carmen sind wie erwartet
spannend. Sie erzählt mir das es jetzt jederzeit
losgehen kann. Mein Baby liegt unten und nach dem,
was Frau Dr. Hillebrand in den Mutterpass
geschrieben hat, ist der Muttermund schon verkürzt
und weich. Ich kann es nicht abwarten, am liebsten
würde ich sofort ins Krankenhaus gehen und die
Wehen einleiten lassen. Da es aber unverantwortlich
ist, warte ich die Zeit lieber ab. Das Treffen heute mit
Carmen ist zwar spannend, aber auch schmerzhaft. Sie
sticht ihre Akkupunkturnadeln in meine Beine, die
großen Zehen und meinen Hinterkopf. Bei jeder neuen
Nadel ist es wieder, als wenn ich einen Stromschlag
bekomme. Zwanzig Minuten muss ich stillliegen,
Minuten, in denen Sie sich entspannt zurücklehnt und
Kaffee trinkt. Schon während der Behandlung merke
ich, wie ich leichte Wehen bekomme. Sie tun nicht
weh aber trotzdem da.
»Carmen? Ist das normal? Ich glaube, ich habe eine
Wehe.«
Sie steht auf und beugt sich über meinen Bauch, tastet
ihn ab und nickt.
»Ja das sind die sogenannten Vorwehen, Sie
verkürzen den Muttermund, siehst du ich habe doch
gesagt, Akkupunktur bringt was.«
Stolz und mit sich zufrieden setzt sie sich zurück in
den Sessel.
»Dann muss ich mir darüber nicht den Kopf
zerbrechen?«
Carmen schüttelt den Kopf und strubbelt durch ihre
Haare.
»Ich werde dich jetzt von den Nadeln befreien und
nach Hause gehen ich hatte Nachtschicht.«

Kaum das Sie zur Tür hinaus ist schlafe ich auf dem Sofa ein. Geweckt werde ich von ziemlich Heftigem ziehen im Unterleib, noch im Halbschlaf versuche ich, es zu ignorieren. Beim nächsten Mal ist es schon heftiger und ich muss, so wie Carmen es mir beigebracht hat Atmen. Es darf noch nicht losgehen. Es ist noch viel zu früh. Ich richte mich auf und versuche aufzustehen, doch bevor die Wehe vorbei ist schaffe ich es nicht. Ich atme also einfach weiter und schaue auf die Uhr. Es ist kurz nach zwölf Uhr. Ich notiere die Zeit auf einem kleinen Zettel und verstecke ihn hinter einem Sofakissen. Ich möchte erst sichergehen das es wirklich wehen sind, bevor ich alle aufscheuche. So geht es den ganzen Nachmittag weiter, immer wieder habe ich leichte bis mäßig starke Wehen. Gegen Abend werden Sie immer regelmäßiger. Von meiner Familie bekommt keiner etwas mit, ich schaffe es mich zusammenzureißen, wenn einer von ihnen in der Nähe ist. Zuerst liegen zwanzig Minuten dazwischen, dann zehn. Als zwischen ihnen nur noch fünf Minuten liegen, werde ich nervös und rufe nach Steven.
»Schatz? Ich habe den ganzen Tag schon Wehen, jetzt werden Sie immer regelmäßiger, fährst du mich bitte ins Krankenhaus?«
Entsetzt starrt er mich an und rührt sich nicht von der Stelle.
»Steven?«
Immer noch keine Antwort, er steht nur da und starrt mich an.
»Mama? Kommst du mal bitte?«
»Was ist denn süße?«
Langsam stehe ich auf.
»Ich habe regelmäßige Wehen aber Steven ist wie festgewachsen, er bewegt sich nicht und reagiert auch nicht. Ich geh jetzt allein ins Krankenhaus!«

Meine Mutter stellt sich Steven gegenüber und gibt ihm eine Backpfeife.
»Du nimmst dir jetzt meine Tochter und bringst Sie ins Krankenhaus. Das ist eine Geburt und kein Weltuntergang. Herrgott, manchmal glaube ich wirklich, du bist hier das Baby.«
»Was wie«, er erwacht aus seiner Trance und schüttelt sich wie ein nasser Hund.
»Oh verdammt klar!«
Wie ein aufgescheuchtes Huhn rennt er erst zurück in die Küche dann ins Bad und kommt wieder zu mir ins Wohnzimmer.
»Wo ist die Tasche?"
»Oben«, sagen meine Mutter und ich im Chor.
»Pass auf, ich wette er springt gleich ins Auto, braust los, und wenn er am Krankenhaus ankommt, fragt er sich, wo ich bin. Und erst dann fällt ihm ein, das er mich hier vergessen hat. In welchem Film passierte das nochmal?«
»Ich weiß es nicht, aber wenn er nicht gleich etwas ruhiger wird, kann es wirklich so weit kommen.«
»Angie? Ich bin so weit, lass uns fahren.«
»Vergiss nicht, dass Sie auch ins Auto einsteigen muss, bevor du losfährst«, ruft uns meine Mutter lachend hinterher. Gerade als ich im Auto sitze habe ich die nächste Wehe, sie ist so schlimm, dass ich Sie veratmen muss.
»Keine Angst«, versuche ich Steven zu beruhigen, »überleg mal, wie lange das bei Ines gedauert hat! Ich bekomme das Kind auf keinen Fall hier im Auto.«
Kaum das wir einen Fuß ins Krankenhaus gesetzt haben wird er wieder ganz hibbelig.
»Können Sie uns helfen? Meine Freundin hat Wehen, ich brauche einen Rollstuhl.«
»Steven«, pfeife ich ihn zurück, »ich kann alleine laufen ich brauche keinen Rollstuhl.«
»Ich will doch nur helfen«, jammert er.

»Du würdest mir helfen, wenn du ruhig bleibst.«
Auf der Geburtsstation angekommen warten wir darauf, dass jemand die Kreissaaltür öffnet.
Zuerst wird ein CTG geschrieben, die Wehen, die ich habe und auch merke, werden auf dem Gerät aber gar nicht angezeigt, ich glaube, es ist kaputt. Nach einer halben Stunde kommt die Hebamme wieder.
»Der Arzt hat gesagt, Sie möchten vorne bitte noch einen Moment Platz nehmen, er ruft sie gleich auf.«
»Ich danke ihnen.«
Steven der jetzt, wo er mich in guten Händen weiß, wieder die Ruhe selbst ist, tätschelt mir den Arm.
»Ich bin ja mal gespannt, ob du hier bleiben musst«
»Ach mittlerweile glaube ich es war Fehlalarm. Das CTG hat keine Wehen aufgezeichnet.«
»Oh echt nicht?«
Er klingt enttäuscht, aber noch wissen wir ja nichts Genaues.
»Frau Bauer? Herr Ehlers?«
Ein großer, dunkelhaariger Mann steht vor uns, freundlich lächelt er uns an. Damit ich ihm ins Gesicht gucken kann, muss ich meinen Kopf ziemlich weit in den Nacken legen. Wow, der ist ja groß.
»So wie es aussieht, sind das nur die Vorwehen, ich möchte sie noch kurz untersuchen und dann denke ich, können Sie nochmal nach Hause gehen.«
»Oh«, traurig schlurfe ich hinter ihm her ins Untersuchungszimmer.
»Immerhin, ihr Muttermund ist Fingernagel breit offen. Sie können sich darauf einrichten, dass es bald richtig losgeht!«
Vor Freude klatsche ich in die Hände. Ich werde bald mein Baby im Arm halten, meinen kleinen Finn.
Steven scheint dasselbe zu denken. Auch er strahlt übers ganze Gesicht.
Wieder zuhause wecke ich meine Mutter, die auf dem Sofa eingeschlafen ist.

»Fehlalarm«, erkläre ich nur kurz und lasse Sie dann weiter schlafen.
Morgens um neun werde ich wach, unten in der Küche höre ich wie Steven und meine Mutter sich unterhalten. Ich schlage die Decke zurück und gehe auf die Toilette. Als ich mir danach die Hände wasche, durchzuckt mich ein Schmerz, wie ich ihn noch nie gespürt habe. Es zwickt im Rücken, im Bauch und auch in der Brust. Ich halte meinen Bauch und versuche mühsam stehen zu bleiben. Als der Schmerz vorüber ist, läuft mir warme Flüssigkeit das Bein hinunter. Was ist das? Panik überkommt mich und ich rufe nach Steven. Es dauert nicht lange und er steht vor mir. Besorgt greift er mir unter die Arme.
Meine Schlafanzughose ist nass.
»Was ist denn los?«
»Ich glaube meine Fruchtblase ist geplatzt!«
Er sieht an mir herunter,
»Sicher das es kein Pipi ist?«
»Ich war doch gerade erst auf dem Klo«, herrsche ich ihn an.
»Entschuldige, komm ich helfe dir aus den nassen Klamotten raus, und dann fahren wir ins Krankenhaus.«
»Nein ruf lieber den Krankenwagen«, protestiere ich.
Mittlerweile sind wir im Schlafzimmer angekommen, ich setze mich auf die Bettkante und Steven hilft mir aus den nassen Sachen raus. Als er es geschafft hat mich umzuziehen, stehe ich auf um Unterhose und Hose hochzuziehen, doch gerade, als ich mich aufgerichtet habe, geht der nächste Schwall Fruchtwasser ab.
»Verdammt«, schimpfe ich vor mich her.
Steven nestelt wieder an meiner Hose umher damit er mich wieder >>trocken legen<< kann.
»Lass einfach, ruf bitte einen Krankenwagen.«

Völlig verwirrt hastet Steven aus dem Zimmer. Als er wieder bei mir ist, sieht er unheimlich Müde aus.
»Alles in Ordnung?«
»Ja«, er ist ganz außer Atem und reibt sich den Nacken und streicht seine Haare aus der Stirn.
»Wo ist die Tasche, die du mit ins Krankenhaus nehmen wolltest?«
»Die steht unten im Flur, hast du den Krankenwagen gerufen?«
»Ja und deine Mutter ruft gerade alle an und sagt Bescheid, dass es losgeht. Ich kann es gar nicht glauben! Ich weiß nicht, ob wir bereit sind. Bekommen wir das denn hin mit zwei Kindern?«
»Für Zweifel ist es ein bisschen spät, meinst du nicht?«
Ich versuche ihm aufmunternd anzulächeln, aber er beachtet mich gar nicht wirklich. Er starrt an mir vorbei und hängt seinen Gedanken nach.
Es klingelt an der Tür, ich höre, wie meine Mutter die Sanitäter hereinbittet und ihnen den Weg zu mir ins Schlafzimmer erklärt.
»Hallo, Sie haben einen Blasensprung?«
Ich glaube nicht, dass der Sanitäter das schon oft gemacht hat, er sieht fast genauso nervös aus wie Steven. Ich bin gerade die Ruhe selbst, was ich zwar nicht verstehen kann, aber sehr begrüße.
»Ja vor ungefähr zehn Minuten. Bei der Untersuchung gestern hieß es, das Köpfchen ist noch nicht fest im Becken und ich darf nicht allein ins Krankenhaus fahren. Deswegen haben wir angerufen.«
Der zweite Mann taucht mit einem Metallkoffer neben seinem Kollegen auf.
»Alles in Ordnung hier?«
Kurz schildern wir ihm die Lage, danach verschwinden die beiden um eine Art Rollstuhl zu holen, auf dem Sie mich nach unten und in den Krankenwagen tragen wollen.

»Haben Sie denn schon Wehen?«
»Nein bis jetzt noch nicht!«
Gerade als ich das ausgesprochen habe, merke ich wie mein Bauch hart wird und sich die Gebärmutter zusammenzieht, da ist sie, die erste Wehe. Wie Carmen es mir gezeigt hat, atme ich tief durch die Nase ein und den Mund wieder aus. Der Schmerz hält sich zum Glück noch in Grenzen.
Steven schnappt sich unten angekommen noch schnell die Kliniktasche und drückt sie mir in die Hand.
»Darf ich mitfahren?«
Die beiden Männer nicken, meine Mutter ruft mir noch etwas hinterher, aber ich kann sie nicht mehr verstehen.
Im Krankenhaus angekommen werde ich erstmal ans CTG angeschlossen. Frau Dr. Hillebrand macht mir keine großen Hoffnungen, dass die Geburt schnell vorbei geht. Die Wehen sind einfach noch zu schwach und unregelmäßig. Eine halbe Stunde später kommt ein junges Mädchen zu mir und sagt sie würde mich gerne untersuchen. Ich schaue auf ihr Schild an der Brust. Sie ist Hebamme.
»Sie sind aber noch ganz schön jung«, stelle ich fest.
»Ich habe seit einem Jahr ausgelernt«, erwidert sie lächelnd.
Ich drehe mich auf den Rücken und lasse mich untersuchen. Nach dem Sie fertig ist, klopft sie mir auf den Schenkel.
»Wir sind bei vier bis fünf Zentimetern. Es geht voran! Die Wehen scheinen zwar nicht so stark zu sein aber die Hauptsache ist, sie halten die Geburt am Laufen. Brauchen Sie etwas?«
»Nein, ich habe alles danke.«
Steven kümmert sich rührend um mich, bei jeder Wehe hält er meine Hand und tupft mir die Stirn mit einem feuchten Lappen ab.

Besorgt blicke ich immer wieder auf das CTG und bete, das die Herztöne von unserem Baby nicht absacken wie bei Ellen, ich möchte ungern einen Kaiserschnitt.
Nach einer Stunde werden die Wehenabstände kürzer und die Schmerzen heftiger. Die junge Hebamme kommt und ich bitte Sie um ein Schmerzmittel.
»Ich untersuche Sie kurz und dann sehen wir mal, wie wir es ihnen leichter machen können. Oh, na das ging ja schnell! Wir sind bei acht Zentimetern. Es kann nicht mehr lange dauern.«
Sie verschwindet kurz aus dem Kreißsaal und kommt mit einer Spritze zurück.
Sie hat noch nicht die ganze, durchsichtige Flüssigkeit gespritzt, da wird mir schon ganz anders. Das Zimmer beginnt sich leicht zu drehen, die Wehe, die sich gerade anbahnt, tut weh aber ich schaffe es ohne zu schreien hindurch. Die Schmerzen scheinen von Zuckerwatte erstickt zu werden und ich kann nichts weiter als lachen.
»Ist das denn normal?«
Besorgt ist Steven hinter der Hebamme hergelaufen. Sie legt ihm die Hand auf die Schulter und beruhigt ihn.
»Die Geburt ist bis jetzt wirklich sehr gut verlaufen! Ich bin gleich wieder da, ab jetzt weiche ich ihnen nicht mehr von der Seite. Es kann jeden Moment richtig losgehen.«
»Nein das kann doch nicht … ich bin noch nicht … warum geht das so schnell?«
»Das kann ich ihnen nicht sagen, bei manchen Frauen ist das eben so, genießen Sie noch ein paar Minuten die Zeit zu zweit.«
Kaum das Steven wieder bei mir am Bett steht, klopft es an der Kreißsaaltür. Meine Mutter steckt den Kopf herein, ich freue mich wirklich sehr, Sie zu sehen.

»Wir warten vorne, holst du uns, wenn das Baby geboren ist?«
»Versprochen!«
Sie macht die Tür wieder zu und ich sehe mir Steven genau an, ihm ist der Schweiß ausgebrochen, sein Pullover ist klitschnass und von der Stirn rinnen die Schweißperlen nur so hinunter. Ich nehme den Lappen und wische ihm über die Stirn.
»Beruhig dich doch, es ist alles gut.«
»Ich würde ja gerne, aber ich kann nicht.«
»Doch du kannst. Für mich, bitte. Bitte.«
Dränge ich weiter. Gedankenverloren nickt er und drückt meine Hand.
Als die Hebamme zurück ist, untersucht sie mich noch einmal.
»Es ist so weit. Wenn Sie die nächste Wehe haben, können Sie einmal pressen.«
Ist sie sicher? Sie ist ja noch sehr jung, was ist, wenn Sie sich irrt? Bevor ich weiter darüber nachdenken kann, bahnt sich die nächste Wehe an.
»Schieben Sie ihr Baby ordentlich nach unten, ja genau so.«
Die ganze Zeit über feuert sie mich an, ich gebe mein Bestes.
Eine halbe Stunde später liegt ein kleines, nacktes Baby auf meinem Bauch. Steven schneidet mit zitternden Fingern die Nabelschnur durch. Sofort fängt Finn an zu schreien. Glücklich aber völlig fertig habe ich Angst, dass er mir aus den Armen fällt.
»Bitte, kannst du ihn mir abnehmen? Keine Kraft«, hauche ich mehr als das ich spreche. Müde, so müde, ich will nur noch schlafen. Die Hebamme kommt Steven zuvor.
»Dann kann ich ihn gleich wiegen, messen, baden und anziehen.«
Mit dem Handrücken streiche ich mir die verschwitzten Haare aus der Stirn.

Steven weicht ihr nicht von der Seite. Mein Baby ist 3260 Gramm schwer und 54 Zentimeter groß. Mein kleiner Wonneproppen.
Als Finn gebadet, gewickelt und angezogen in meinen Armen liegt rollen ein paar Tränen des Glücks über meine Wange. Ich drücke meinen Mund an seine kleine Stirn und küsse ihn. Zum allerersten Mal in meinem und seinem Leben. Steven, der halb hinter uns steht, beugt sich nach vorne und gibt erst mir und dann seinem Sohn einen dicken Schmatzer.
»Magst du Nele holen?«
Meine Stimme ist kaum mehr als ein Flüstern, ich fürchte, jedes laute Wort könnte den Moment zerstören und ich würde aufwachen. Erst als die Hebamme und der Arzt mir gratulieren, geht mir auf, dass es kein Traum ist. Es ist die Wirklichkeit. Wann ist der Arzt denn dazu gekommen? Ich erinnere mich nicht.
Nele kommt etwas schüchtern zur Tür herein, erst als Sie mich mit dem Baby auf dem Arm sieht leuchten ihre Augen auf. Sie rennt zu uns, krabbelt auf das Bett und kriecht zu uns. Vorsichtig schaut sie auf das kleine Bündel.
»Darf ich ihm einen Kuss geben?«
Auch sie flüstert. Steven, der sich auf die andere Seite des Bettes gesetzt hat, nickt ihr zu. Ich halte Nele ihren Bruder hin, damit Sie ihn begrüßen kann. Ehrfürchtig streicht sie ihm über die Wange, die Stirn und die kleine Nase. Dann nimmt sie seine kleine Hand in ihre und küsst sie.
Einer Eingebung folgend drehe ich mich zu Steven.
»Steven? Ich weiß, dass die Zeit nicht leicht war mit mir und dass du einiges verkraften musstest. Gerade in der letzten Zeit als ich immer und immer wieder gesagt habe, dass ich dich nicht heiraten will.«
Ich hole tief Luft,
»Willst du mich heiraten?«

Überglücklich schließt er uns in seine Arme und küsst uns der Reihe nach. Meine Mutter und mein Vater die zur Tür hereinkommen, seufzen glücklich und eilen zu uns. Es ist geschafft und alles ist gut. Ich habe mich mit meinem Vater versöhnt, meine Mutter ist glücklich. Steven und ich haben höhen und tiefen erlebt und werden trotzdem heiraten. Nele akzeptiert mich, und auch wenn Sie ab und an noch traurig wird, wegen ihrer Familie, rastet sie nicht mehr aus. Ich bin der glücklichste Mensch auf dieser Erde.

Danksagung

Hier möchte ich mich ausnahmsweise sehr kurz halten. Ich danke allen, die mit mir zusammen auf ein Wiedersehen mit Angie gewartet haben.
Britt möchte ich gesondert erwähnen, danke für die Hilfe beim Cover.
Christian danke, dass ich dich immer mit Fragen löchern durfte.
Mash <3 mein TM

Wenn die LIEBE anklopft (Band 1)
Erhältlich bei Amazon und in allen anderen Onlineshops
Und im regionalen Buchhandel bestellbar.

anikawerkmeister.jimdo.com
Facebook: Anika Werkmeister Autorin